心香一瓣◆著

扰婚

下半生，我能否再牵你的手

北方文艺出版社

图书在版编目（CIP）数据

扰婚 / 心香一瓣著. — 哈尔滨：北方文艺出版社，2012.7

ISBN 978-7-5317-2887-0

Ⅰ. ①扰… Ⅱ. ①心… Ⅲ. ①长篇小说－中国－当代 Ⅳ. ①I247.5

中国版本图书馆CIP数据核字（2012）第165050号

扰婚

作　　者 / 心香一瓣
责任编辑 / 李庭军　王　爽
装帧设计 / 雅格书装
出版发行 / 北方文艺出版社
地　　址 / 哈尔滨市道里区经纬街28号
网　　址 / http://www.bfwy.com
邮　　编 / 150010
电子信箱 / bfwy@bfwy.com
经　　销 / 新华书店
印　　刷 / 北京佳顺印务有限公司
开　　本 / 710×1000　1/16
印　　张 / 19
字　　数 / 254千字
版　　次 / 2012年9月第1版
印　　次 / 2012年9月第1次印刷
定　　价 / 32.00元
书　　号 / ISBN 978-7-5317-2887-0

扰婚

目录

简单宴请双方父母亲戚，宋浩天终于半裸婚抱得美人归。婚礼上，宋浩天却透过饭店的大玻璃窗，突然发现，外面缓缓发动的一辆宝马车摇下的玻璃窗里，闪过一张熟悉的面孔。他心里一惊，怎么像是陈晨？甚至忘记了自己是在婚礼上，宋浩天站起身来，急急忙忙来到饭店门口。但那辆宝马，已经绝尘而去。

蜜月刚刚回来，宋浩天就沮丧地接到吴总吴森森催命似的电话，让他提前上班。宋浩天本不大乐意。新婚蜜月，那是一刻千金地充满感觉和刺激。但当听到提成奖励时，宋浩天马上一激灵，贪婪的眼睛立刻大放光彩。郭伊然听说宋浩天要提前上班，小脸一拉极不愉快，她还没有从甜蜜的感觉中苏醒过来。

吴森森设下鸿门宴，让宋浩天摆平她的情敌于北北。宋浩天迫于一

第八章 ● 房产证上的户主之争 / 087

郭伊然拿银行卡的时候，无意间看到了他们的房产证，突然想到于北北的暗示以及大家的议论：女人只有在房产证上加上自己的名字，对今后的生活才有保证。就和宋浩天商量，在房产证上加上自己的名字。宋浩天说郭伊然没事找事。两人为婚房虽然属于宋浩天的私有财产，却由他们一起供养发生激烈争吵。

第九章 ● 冷战 / 099

郭伊然一气之下，回了娘家。郭芙蓉感觉这个事关系重大，想来想去，郭芙蓉还是站在了支持女儿的一方。哪怕和宋浩天冷战到底，也得把女儿的名字，给稳稳当当地加在房产证上。如果不行，她就亲自出马，去找宋浩天算账。要知道，房子装修和添置东西的钱，可是郭芙蓉给他拿的。

第十章 ● 婚后的房产公证 / 107

宋浩天让步，答应在房产证上加名。但他们的房子情形复杂，建委的工作人员告诉他们，按照相关规定，不能加名。宋浩天和郭伊然只好

第十九章 ● 换种生活方式，看上去很美 / 206

郭伊然搬进了郑子健送她的房子。宋浩天痛定思痛，放下所谓的面子以及一纸研究生的文凭，自谋职业加盟徐涛的婚庆公司。宋浩天吃惊地发现，干婚庆这行，也蛮有趣儿，并且还蛮具挑战意味。根本不像自己以前想象的，那么没有文化内涵。

第二十章 ● 爱就爱了，世俗是个什么东西 / 216

宋浩天告诉陈晨，他正自谋职业。陈晨想暗中资助宋浩天，被宋浩天发现后婉言拒绝。宋浩天终于被陈晨含而不露的感情所触动，决定冲破“姐弟恋”的世俗观念，与其携手一生。郭伊然陪于北北去找婚庆公司，帮于北北策划婚礼，却意外尴尬地遇到了加盟婚庆公司的宋浩天。

第二十一章 ● 桃色的圈套儿 / 226

遭受尴尬讽刺后的郭伊然，并不知道郑子健的桃色圈套儿，向郑子健撒娇，让他和自己一起回家看望妈妈。郑子健尽管内心极不情愿，却无法推脱只好答应。宋浩天回想起刚刚和郭伊然那尴尬的一幕，心有余

谈判遭到冷遇而不听闺蜜劝阻，冲动之下找到“神秘女人”陈晨。骂其乘人之危，无耻程度已经上升到小三。覆巢之下，岂有完卵？陈晨在郭伊然离开的瞬间，双腿一软，一下便瘫软在沙发上。

郑子健为了拿到工程项目，贿赂政府官员行贿 300 多万。为了达到少缴易地统建费的目的，郑子健还通过他老爸的关系，通过行贿和暗箱操作，少交易地统建费将近 700 万元。而且，他老爸以及公司其他涉案的高层，也一一相继被抓，依法追究刑事责任。

宋浩天下定决心选择陈晨，郭伊然感到万念俱灰，割腕自杀，被宋浩天撞见。宋浩天拨打 120 求救，郭伊然因失血过多成为植物人。宋浩天每天坚持和郭伊然说话，给她读她曾经喜欢的名著诗篇，帮她恢复记忆。终于，发生奇迹，使郭伊然恢复记忆。宋浩天和郭伊然花好月圆，却突然间收到陈晨的祝福百合。

楔　　子

炎热的夏季还没真正到来，江城已像一个巨大的蒸笼，闷热无比，无一丝风。

此刻，太阳躲猫猫似的，躲藏在稀薄的云层后面，时隐时现。它混沌的光，挣扎照耀，依然像个无法发泄激情的闷骚男人，焦灼而湿闷。

时值下午的上班高峰，大街上车水马龙，人流如织，一片喧嚣繁华。在一家停车场的一角，静静地停靠着一辆银石色的宝马 X6。宝马车的斜对面，是栋气势磅礴的 28 层写字楼。博艺传媒营销公司，就位于这栋大楼的第 9 层。

一个一脸清丽冷傲的女人，眯起眼睛，缓缓地摇下了这辆宝马的车窗玻璃。而后，她从放在车上的 LV 小包里，取出了一副阔边的太阳墨镜。微微翘起唇角，女人自嘲地笑了笑，伸手拢了拢荡在额前的一缕秀发，戴上了那副墨镜。

女人的视线，隔着远远的距离，透过墨镜，一直落在了这栋气势磅礴的写字楼，定格在 9 层的一个窗口。

和以往一样，窗子紧紧地关闭着，把开足了冷气的办公间和外面隔成了两个截然不同的世界。阳光，细细碎碎地洒落在窗玻璃上，折射出一道道炫目的弧线，使本来就看不很清楚的窗内，更成了一团模糊的光晕。

但是，女人知道，在这片炫目的光晕后面，那个叫做宋浩天的男人，此刻，正一脸坏笑地和同事胡扯闲侃，开着不大不小的荤玩笑。间或，正在抓狂地做着策划文案。

少顷，女人笑了笑，摘下墨镜。她微微地闭了一下酸涩的眼睛，毅然发动了那辆银色的宝马。掉转车头，女人向着新江大道，一路疾驰而去……

第一章 ● 爱情的最后一根稻草

1

郭伊然冷不丁说分手的时候，宋浩天正紧紧地搂着郭伊然，无限憧憬地做他们洞房花烛的春秋大梦。

郭伊然突然扬起小脸，按照以往经验，宋浩天正等着郭伊然闭上眼睛，等待他缠缠绵绵的一番温存。可是，他发现郭伊然并没和他的想象合拍，而是吃错药似的，睁着一双贼亮的眼睛发飙："我说浩天，我妈说了，坚持裸婚的男人都不靠谱。你要再不问你父母要买房子的首付钱，还坚持裸婚的话，你就自己裸去，咱们一刀两断。"

郭伊然没心没肺地扔下这句狠话，用力挣脱宋浩天暖暖的怀抱，一扭细腰，愤然离去。她窄瘦的脊背，直挺挺地挺着，一头秀发在夜色里划出一道优美的弧线。完全不顾宋浩天的脸色由红到白，再到灰黑。

宋浩天目瞪口呆地望着郭伊然离去的背影，突然间感到从没有过的疲惫。他傻了似的颓然一屁股在街角的长石级上坐下，望着夜色里的一片灯火，思绪翻腾。父母为培养自己上学考研，已经花掉了大把银子。如果再向父母要钱买房，简直猪狗不如，他宋浩天可张不开这个嘴。但是，没有新房，郭伊然就坚持一刀两断。

一时间，这个两难的问题，简直让宋浩天跟抽风似的瘫软在那儿。他感觉自己快要疯了，就是没疯，也差不多处于疯的边缘。他想冲着夜空大叫，可他的胸口像堵了块黏腻腻的东西，愣是叫不出来。都什么世道啊，分手就分手，谁他妈稀罕结婚来着。

其实，宋浩天特想结婚。不但他想，双方父母也在狠命儿地催。是谁说的，不以结婚为目的的恋爱，都是在耍流氓。宋浩天自以为还算个好男人，除了偶尔和美女开个荤玩笑，讲个小黄段子，他从不耍流氓。他要给自己所爱的女人一个美好的婚姻和未来。他超喜欢郭伊然不发飙时的小鸟依人，喜欢她钻进自己宽大的怀抱，紧紧抱住自己的温顺和赖皮。

那个时候，宋浩天感觉自己特幸福，特男人，简直就像一风流皇帝在世般爽快过瘾。那幸福美妙的感觉，一直从郭伊然紧紧抱着的那个部位，一寸一寸地向他的周身撒着欢地攀爬，使他飘飘欲仙，欲罢不能。可是现在……宋浩天痛苦地寻思：活人不能被“那啥”憋死，但是，没有婚房，还真能把爱情给搞死。

宋浩天的心里，不觉一阵苍凉。婚房，还真成了压倒爱情的最后一根稻草。昔日乖巧可爱得跟一小猫咪似的郭伊然，何以如此张牙舞爪，变得如此庸俗不堪，不可理喻？爱情，又何时变得如此现实和物质？

到底是和伊然分手，还是开口向自己的父母要钱？摆在宋浩天面前的两道难题，使他痛苦无比地在夜色里纠结和犯难。很显然，无论分手还是向父母要钱，都让宋浩天感到抓狂。何况，就算自己开口，父母也拿不出那么多钱啊。

买一套两室一厅的房子，不是太偏僻的地段，在江城这所不大不小的城市，价格至少也要80来万吧。首付20%，也就是16万。16万啊，这对于一生两袖清风、教书育人又辛苦培养自己的父母来说，可不是一笔小数目啊。何况，前几年奶奶心脏搭桥手术，几乎花光了他们家的所有积蓄。

习习夜风亲昵地抚过街边满目璀璨的夜店，让人充满无限的遐想。散落其间的那些勾肩搭背的小情侣，示威似的，不时地从宋浩天的眼前飘过，像是一场美好而浪漫的爱情大片。

宋浩天呆呆地望着眼前的一切，突然，他就那么眼睛一亮，想起了记忆里的那个“神秘女人”——陈晨。“病急乱投医”，要不要偷偷打电话向她转借一下？先把新房给搞定，然后，自己再慢慢攒钱去还？

嗯，这好像是个蛮不错的主意。可是，16 万啊，陈晨她会不会借给自己？

2

正苦思冥想着这档子烦心事儿，宋浩天突然间感觉自己的肩膀，被人重重地拍了一下，吓得他不小一哆嗦。抬眼一看，竟然是从小和他一起混大的哥们儿徐涛。

宋浩天惊魂未定地瞪了徐涛一眼，不满地说：“你丫幽灵似的神出鬼没，干吗呢？还搞这么个突然袭击，想谋财害命你也挑挑对象。”

徐涛冲宋浩天淫邪地笑笑：“你才幽灵鬼怪，怎么在这里晃荡？嗨，你看看你那失魂落魄的样子。失恋了，还是遭领导猛批？怎么整得跟一游魂似的。对了，我正想找你商量个事儿，这还真是凑巧，正好让我逮住你。”

宋浩天没有好气地问他：“什么事儿，说得这么庄重？”

徐涛说：“你现在手头宽松不？能否凑个一万两万的，给哥们儿我应应急。不瞒你说，最近，我公司资金周转不开，等过段儿时间步入正常轨道，我马上还你。”

这都什么事儿！真是哪壶不开提哪壶。宋浩天只感到脑袋迅速大了一圈儿，他一脸苦笑地说：“宽松？真要宽松也就好了。我还正在为凑钱的事儿发愁犯难呢，哪有能耐给你凑钱。”

徐涛听罢，立刻把眼睛一横，说：“浩天，我没有听错吧？两万块钱你小子凑不够，一万总可以吧？你少娘们儿似的和我扯淡哭穷。我又不是让你帮我凑个十万八万的，亏你还是和我一起玩泥巴混大的兄弟，这么点儿小忙，你都不帮？”

宋浩天一下急了：“帮你？我倒是想，可我没有这个能耐啊。我还想让你给我凑个十万八万呢。你知道不，刚才，郭伊然约我，我以为有什么好事儿，谁知道她是给我下最后通牒。如果我再拿不出买房的首付钱，她就和我一刀两断。你听听，这都什么话儿，多伤人。”

“什么？就为套房子，她要和你一刀两断？她真这么说的？”徐涛一脸吃惊。

宋浩天说：“我骗你干吗，我有骗你的必要吗？徐涛，我真就想不明白，8 年的感情，怎么说也算是经过大浪淘沙、时间考验的，到头来，竟然还不如一套房子靠谱。”

徐涛听后不屑地大笑：“哈哈，我说你小子怎么失魂落魄的，原来，还真的是失恋了哈。浩天，我早告诉过你，爱情这玩意儿虚无缥缈，说白了就一意淫梦幻，根本就不能拿它当饭吃。可你倒好，死心眼一个，偏偏不信这个邪。怎么样？现在，你终于知道什么叫做苦口良药了吧？受伤了吧？迷茫了吧？一时间找不到北了吧？”

听徐涛阴阳怪气的满嘴不说人话，宋浩天终于忍无可忍，他烦躁地冲徐涛大吼：“去去去，哪儿凉快你哪儿待着去。你丫到底还有没有点儿人性？少在这儿给我幸灾乐祸，添堵加乱。”

徐涛仍然一脸不屑，说：“浩天，我再次郑重地告诫你，你别看自己已经老大不小，也算是快三十而立的老男人了。但你的情商，仍然像个一根筋的小青年似的，稚嫩。不是我说你，如此下去，你想不明白的事儿还多着呢。我告诉你，现在的女孩子，哪个不是爱慕虚荣，钱迷心窍，处处攀比，恨不得嫁个印钞机？你别指望郭伊然她是个例外和传奇。走，今朝有酒今朝醉，我们兄弟多日不见，先不提这些伤感的破事儿，我们一起去喝它几杯？”

3

反正横竖都是个愁，倒不如和徐涛一起来个一醉方休。这样想着，宋浩天就冲徐涛点了点头，说："走吧，咱兄弟今天不醉不归。"

说话间，两人一起来到了路边的一个大排档，挑一干净的地儿，便坐了下来。

徐涛天生嘴贫，几杯啤酒下肚，就更是想哪儿说哪儿，口无遮拦。宋浩天因满腹心思，只是一边低头喝着闷酒，一边心不在焉地听徐涛海扯神侃。在酒精和香烟的刺激下，徐涛口若悬河。他从自己跟人跑了的老婆，一直扯到当今娱乐场所那些貌似满面清纯的陪酒"女学生"。最后，他终于又把话题扯回到了郭伊然身上。

徐涛作总结报告似的说："浩天，说了这么多，其实总归一句，女人还不就那么回事儿。别看她高傲得像尊女神，或者，冰清玉洁如一处子，还不都一样看到钞票就灿烂？像郭伊然这样不念多年情分，为了套房子，就和你翻脸的薄情女人，依我看啊，不要也罢。俗话说得好，人不能在一棵树上吊死。抛弃了她那棵让你吊死的歪脖子树，你会获得整片森林。"

宋浩天喝得醉意朦胧，但听到徐涛说郭伊然薄情，却极不乐意。他不允许任何人在他面前说郭伊然的不是。郭伊然就像他身上的一根肋骨，早在8年前，就深深地镶进他的骨髓。他不能没有伊然，更不能容忍任何人对郭伊然出言不逊。何况，还说什么歪脖子树，这都什么不成体统的破比喻，真乃狗嘴里吐不出"那个啥"。

于是，宋浩天接口说道："其实，这也不能完全怪郭伊然。要怪，就只能怪她那俗不可耐的老妈。是她老妈看我没钱，看我不顺，才从中为难作梗，说什么裸婚的男人都不靠谱，逼着郭伊然让我买房子。"

徐涛抿了口小酒，满眼讥讽地说："拜托，你就别再天真了，真是当局者迷。浩天，我来问你，是伊然结婚，还是她的老娘？"

宋浩天兀自给自己倒酒，瞪了徐涛一眼，不再搭理他。

徐涛并不在意，继续说："很显然，是你和伊然结婚。伊然真要非你不嫁，爱你爱得死去活来的话，她怎么不寻死觅活地和她的老娘据理力争？或者，干脆选择和你私奔？归根结底，也就两个字：薄情。我再问你，你能拿出房子的首付不？不能吧！郭伊然不是给你下了最后的通牒，说拿不出房子的首付，就和你一刀两断？因此，你现在就要有破釜沉舟的英雄气概，以不变应万变，对她不理不睬。大不了分手，还正好测验一下郭伊然对你的痴迷程度。除此之外，你小子没有别的办法。"

宋浩天仰天叹了口气，说："哎，我也想破釜沉舟来着。可是，8 年的感情，我真害怕就这样从此沉了。我看，我还是想办法借借，凑齐这个首付才能清净。"

徐涛不禁咧开大嘴笑了："你怎么还如此天真固执，你以为钱就那么好借？你去借借试啊。也就咱这样的关系，可以张得开口。一般关系，你还是尊口免开，谁借你啊。真有一点儿闲钱，人家还忙着去做投资理财。谁不知道，现在借钱的反倒成了大爷。何况，你这又不是笔小数目。现今的世道，说白了，人看钱都比爹妈亲。这些年来，我摸爬滚打，白手起家这个婚庆公司，真算看透了世间的人情冷暖，看够了无端的白眼，你就省省借钱的这份心思吧。"

是啊，徐涛的话，虽然听起来蛮刺耳的，但仔细想想，也颇有几分道理。哎，怪只怪郭伊然的老娘，世故贪婪，不明事理。

这还没有结婚，从心眼里，宋浩天就对他这位未来的岳母心存厌烦。但是，宋浩天的心里跟明镜似的，厌烦归厌烦，可不借钱搞定婚房，他和伊然肯定玩完。

看来这次，宋浩天还非得放下脸皮和自尊，向陈晨开口借钱不可。也只有陈晨，才能够真正帮到自己。

4

接连几天，宋浩天都浑浑噩噩，蔫不拉唧。

他满脑子乱糟糟的，像放立体电影一样不断重复着郭伊然说分手时的意断情绝，以及陈晨听到自己借钱后的满脸诧异。

他始终理不清头绪，到底该不该给陈晨打电话借钱？如果陈晨拒绝，自己堂堂一个热血男儿，岂不是特别没有面子和尊严？还不被传为笑话，被笑掉大牙？

管他呢，先打了电话再说。宋浩天狠狠地抽了几口闷烟，准备打电话。他嘴里喷出的烟雾，缠缠绕绕，立刻笼罩了他整张沉闷沧桑的脸。就在这令人丧气的烟雾里，宋浩天牵动厚厚的嘴唇，自嘲地笑笑，瞬间又改变了主意。他想，要不要先灌几大杯扎啤，给自己壮壮胆？

是的，宋浩天的嘴唇很厚很具肉感，以至很多和他有那么一点小暧昧的女人，都会带着无比夸张的表情和他调戏：“哎呀，我说浩天，你看起来眉清目秀的一脸书卷气，却长了张性感十足的嘴巴你知不知道？”宋浩天当然知道。每当此刻，宋浩天就会坏坏地扬扬眉毛，说：“那是，我家伊然春情泛滥的时候，就经常和我这么调戏。怎么？暗恋我了？还是犯了花痴？要不，咱们俩也试试？贼爽。”当然，这么调戏过他的，还有陈晨。

郭伊然是宋浩天的女朋友。确切地说，应该是宋浩天马上就要洞房花烛的未婚妻。只是因为婚房问题，暂时闹点小别扭而搁浅。可是，陈晨这女人又算他的什么什么哦？一时间，宋浩天还真说不清楚。其实，也不是说不清楚，而是宋浩天从来没有这样艰涩，而且严肃认真地思考过这个问题。

这样想着，宋浩天就微微眯缝起眼睛，重新从口袋里摸出了手机。他感觉，自己不能再这样优柔寡断地娘们儿下去，他要下定决心，不怕拒绝地拨打陈晨的电话，哪怕被陈晨那女人一脸鄙视。宋浩天深吸了一口气，但是，就在他将要按下按键的那一刻，他的手指又颓然间在按键上停顿。

宋浩天开始烦躁地在房间里不停地踱来踱去。他犯病似的来来回回，已经这样徘徊了不知道多少遍。不能再有丝毫的犹豫了，宋浩天骂了句自己“不成器的玩意儿”。心说，不打电话，永远没有希望。打电话了，没准就会发生奇迹。是谁说的来着，奇迹总是发生在很不经意的一瞬间。是啊，大不了被拒呗，宋浩天终于按下了手机的按键。

在宋浩天狂烈的心跳中，终于听见陈晨接起电话，她的声音在夜色里柔软懒散：“哈，这么晚了，我还以为哪个浑小子的骚扰电话，原来是浩天啊。”

宋浩天说：“是啊，陈姐，我是宋浩天。”

陈晨在那边轻笑：“知道啦。这么久没有联系，你竟然还奇迹般地健在，简直是奇迹。”

宋浩天简直想抽自己一个嘴巴，他知道陈晨这是和自己开玩笑，故意缓和尴尬的气氛，自己却一娘们儿似的，吭哧半天说不出话来。说不出话也就罢了，关键是慌乱之中，他竟然还错乱地按掉了手机按键给挂了。难道是天意不让自己向她借钱？从不迷信的宋浩天，望着断了线的手机，无力地靠着窗子愣神儿。

大约半分钟后，陈晨的电话追打过来：“你把电话给挂了，还是手机出了毛病？这么晚打电话给我，一定有什么特别重要的事情要说吧？”

宋浩天心里一惊，心想，陈晨果然冰雪聪明，也就硬着头皮说：“陈姐，是这样的。我想请你帮个忙，可不知该不该开口。我知道这事儿有点不着边际，可还是忍不住骚扰。如果不妥，还请陈姐你大人大量，就当我什么都没有说。”

陈晨说：“你吃错药了？和我说绕口令呢你？怎么如此的婆婆妈妈，这可不是你的一贯风格。有什么就和我直说，只要我能搞定，一定帮你。”

宋浩天闭着眼睛，艰涩地咬了下牙，试探着说：“我……我想向你借点儿钱，不过……不过，数目比较庞大。不知道，你可方便？放心，我会尽快还你。”

陈晨在电话那边顿了一下，笑了：“原来这样啊，看把你难的。数目比较庞大，大到什么程度？十几万？还是……”

什么？十几万？轰隆隆犹如一颗闷雷在耳边突然炸响，宋浩天紧紧攥在手里的手机，差点儿没啪的一下被雷掉地上。宋浩天怎么都没想到，陈晨会如此爽快大方，他更想不到，陈晨怎么会知道自己需要这个数目。神算，还是神人？一瞬间，宋浩天被惊得目瞪口呆。

陈晨听宋浩天这边没了声息，问：“怎么不吭了？浩天，你在听吗？”

宋浩天感到一阵慌乱：“在听，我在听。陈姐，真不知该如何感谢你。谢谢陈姐。可你怎么就知道我需要十几万？”

陈晨窃笑：“我不但知道你需要这个数目，还知道你马上要和郭伊然结婚。你借这些钱，是为买新房子的对吧？”

宋浩天更加吃惊，但他强忍住自己强烈的好奇，说：“是啊陈姐，婚期大概定在8月底，到时请陈姐你大驾光临，我会专程邀请陈姐，还请赏光。”

一阵沉默后，陈晨说：“我一直闷得要死，确实想去热闹热闹，沾点你的喜气。可是，8月中旬我大概要去外地一趟，很可能参加不了。”

宋浩天想，极有可能这是陈晨不愿参加婚礼的漂亮借口。不过，她不参加也好，就赶忙接口说：“那好，我回头给陈姐你补上吧？专门宴请。”

陈晨大笑：“我们之间谁跟谁啊，钱你随时过来拿，来之前给我个电话就成。”

挂断电话，宋浩天的心里还在吃惊，陈晨怎么会对他的一切了如指掌？甚至知道自己借钱的具体数目？是自己过于敏感，还是她对自己……但这种吃惊，很快就被借到钱后的喜悦所代替。哈哈，房子，房子，我宋浩天终于可以有钱买自己的婚房啦。

但是，冥冥之中，宋浩天并不知道，正是这套小小的婚房，鬼使神差地让他今后的生活，彻底地来了一个戏剧性的转折。他的爱情和命运，也将由此改写。

5

郭伊然自从和宋浩天说了分手的狠话，就一直没见宋浩天电话找她，心里渐渐由忐忑变为绝望。郭伊然低垂着头，无精打采地趴在餐桌上，望着桌上丰盛的饭菜，怎么都吃不下去。

她的妈妈郭芙蓉见女儿这个样子，满脸堆笑，连忙夹起一块女儿特喜欢吃的糖醋鲤鱼，放在她的碗里。

她唱歌似的说："我说伊然啊，快吃快吃。妈妈这不都为了你好，你想啊，如果男的真心对你，就会想方设法给你一个安稳的家。房子都没有，结什么婚啊。你可别被他的那套时髦的裸婚论给骗了。不拿钱买房，还弄那么新潮的幌子。别以为妈妈老土，跟不上你们小年轻的脚步。老妈我活这么大半辈子，跨过的桥都比你走过的路多，坚持裸婚的男人都不靠谱。"

又是这个陈词滥调，妈妈还有完没完啊。

郭伊然一听妈妈这话就急，她把筷子向餐桌上狠狠一摔，说："不吃了。为了我好，为了我好你就让我自己决定自己的事情啊。是我结婚啊，又不是你。你知道现在的房子多贵，谁买得起？你这不是把他往死路上逼吗？"

郭伊然很少和妈妈发这么大脾气，郭芙蓉先是一愣，接着，她就把声音提高了八度："我这是在把他往死路上逼？好啊，没结婚你竟然就这样护他，算我白养你了。我逼他了吗？我只是让他拿个首付，婚后好有点压力努力赚钱。我养你这么大容易不？省吃俭用供你上学就业。现在可好，你翅膀硬了，会顶撞我了。如果你爸爸他还活着……"说着，郭芙蓉开始无声地落下眼泪。

郭伊然感到一阵心酸，赶忙走过去安慰妈妈说："我知道你都是为了我好，我已经告诉浩天，如果不问他父母要钱，就坚决一刀两断。只是，我知道他父母，也不一定能拿出这个钱。"

一听这话，郭芙蓉的眼睛突然一亮："你真这样告诉他了？"

伊然说："可不，前几天就告诉了。"

郭芙蓉的眼睛再次一亮，问："他怎么说？答应你没？"

郭伊然说："答应什么啊答应。他一连几天都没给我电话，会不会真不理我了？妈妈，我们的感情一直蛮好，从大学到现在已整整8年，无论我怎么和他闹腾，和他大发脾气，他都会让着我。就是赌气，也绝不会超过一天，他肯定来找我道歉。可是这次，已经快一星期了，他都没有给我电话。看来，他真的伤心绝望了。妈妈，其实只要我们高兴，租房子结婚不也挺好？"

郭芙蓉看着女儿长叹一声："唉，你先别急，听妈的话，他会找你的，我们再等几天看看。咱们先吃饭吧，你看，饭菜都已经凉了，老妈去厨房把菜热下……"

但是，转眼一个礼拜过去了，宋浩天像人间蒸发似的，仍不见踪影。这下，绝望的不只是郭伊然，连郭伊然精于算计的老妈郭芙蓉，也开始感到忐忑不安，心里顿时七上八下的。

这个宋浩天，到底在搞什么？也不说凑钱，也不来找伊然商量，就这样和她们玩失踪？这都什么态度？难道他真下了狠心，要和伊然分手不成？

郭芙蓉在心里骂道：这个小兔崽子，心里到底还有伊然和我这个老岳母没？竟然和我玩起了游戏和心计。哼，不管怎么，没有房子，他是休想娶到我的宝贝女儿。我还偏不信这个邪，咱就走着瞧。

第二章 ● 被 逼 相 亲

1

郭芙蓉开始大张旗鼓，极力煽动亲朋好友给郭伊然牵线搭桥，介绍男朋友，逼着让郭伊然去相亲。

郭伊然等不到宋浩天的电话，本来就心烦意乱，看到妈妈竟然这样不近情理，甚至胡搅蛮缠，连同不搭调地折腾。除了吃惊，就只剩下了绝望和心碎。她寻死觅活，誓死不从，并恶毒地以绝食要挟，无声地反抗妈妈。

但是,山外青山楼外楼,姜到底还是老的辣。郭伊然的老妈,更狠更毒,她太明白自己女儿的软肋。如果死磕硬拧，固执任性的女儿，就纯粹是一头撞死南墙也不回头的小倔驴。

郭芙蓉灵机一动，计上心来，她软硬兼施地对女儿说：“伊然，你老爸去世早，你是妈妈唯一的依靠和希望。我知道，你自小就特听话特懂事儿。这点，一直是妈妈的自豪和骄傲。伊然，说实在话，妈也不想拆散你们。我就是想让宋浩天先买好房子，再来和你谈婚论嫁。如果真想拆散你们，这么多年，我干吗睁一只眼闭一只眼地任你们交往发展？我不早就横加阻拦，还会让你们发展到现在？”

郭伊然心里一惊，忙问老妈：“妈妈，你这是什么意思？”

郭芙蓉搂过女儿的肩膀，语重心长地说：“伊然，妈的良苦用心，你难道真不明白？你想吧，你不去相亲，不配合老妈一起相亲造势，宋浩天就不会急。只有让宋浩天知道，你已经在到处相亲，才能真正引起宋浩天和他们家人的重视。他们才会真正地用心衡量和重新考虑买房这件大事儿。就算他们真拿不出首付买不了房子，也会自投罗网，找咱们商量和说情。伊然，妈妈这也是没有办法的办法啊。”

妈妈的一席话，只说得郭伊然的心里，五味陈杂。她呆呆地看着妈妈的眼角新增添的几尾鱼尾纹，终于，心潮起伏，一下抱住了妈妈，哽咽着说：“妈，你看，你又长皱纹了。我又不是小孩子了，你就别再为我操心了好吗？我听你的，答应你去相亲还不成？”

郭芙蓉听后，一脸窃喜，她忙问伊然：“真的？这么说，你答应妈妈去相亲了？”

郭伊然说：“妈，你给我点儿时间，让我再好好考虑考虑。”

郭芙蓉说：“行，妈听你的。”

但是，让郭伊然没有想到的是，这场作秀式的相亲造势，竟然噩梦似的，使她遭遇了一连串的极品男。

2

第一次和A男的尴尬。

A是个沉默寡言的人，他高大的身板，连同紧闭的唇，都给人一种男人的威严。

郭伊然虽然伶牙俐齿，但也是个不很会说场面话的人。她特反感虚伪的场面客套和做作，除非棋逢对手，遇到和她特别志趣相投的狐朋狗友。于是，也就可想而知，一对沉默寡言的人，在清风徐徐的公园里，不知所措。

A男说：“今晚的月亮真好，像个圆圆的圆盘子。”

郭伊然说：“是哦，还有淡淡的花儿香。”

郭伊然想，他如果是个风趣的男人，接下来，一定会说：“那就让我们随便走走好了，顺便亲近一下大自然的恩赐。”

可是没有，A 男沉默了半天，终于开了尊口。他说：“我们在这里坐会儿好吗？”

郭伊然无奈地说：“那好吧。”

说来也巧，他们的身边，也正好有个小石条长椅。于是，两人也便坐了下来。但这一坐，不想却坐出了更大的尴尬。

A男在昏黄的路灯下，不知道说什么好似的低垂了头。憋了半天，才说：“你怎么也这么大还没搞对象？”

郭伊然说：“这还不是响应号召，晚婚晚育嘛。”

A 男尴尬地笑，然后，他再度沉默。

郭伊然在沉默中感到窒息，她甚至不耐烦地把脚狠狠地在草地上，踢来踢去。但没想到的是，竟被 A 男发现。他吃惊地问她：“你，很爱运动吗？”

郭伊然立时窘得满脸通红，恨不得有条儿地缝，好让自己钻进去。她甚至不知道，自己的脚，到底该怎么放才好。于是，郭伊然说：“是的，我很爱运动，我想把它们踢死。”

A 男吃惊地看着郭伊然好久，才说：“花花草草，也是有生命的啊。女孩子应该温文尔雅，有点儿爱心才对嘛。”

郭伊然一连声说：“应该应该，可我就这毛病。我有点儿困了，我要回家睡觉了，也好让这些花花草草，免得遭受我残暴的折磨。”

A 男说：“好吧，我送你回去。”

郭伊然说：“别，我自己回去，不用劳驾你亲自相送。”

但 A 男坚持，还给了郭伊然一张名片，说上面有他的联系电话。可郭伊然在一转身的刹那，就把它给扔掉了。见鬼，去他的联系电话。

第二次和 B 男的交锋。

B 男和 A 男的性格，恰恰相反，他是个特爱说话的主儿。约会那天，剧院正在上演滕华涛老师导演的《失恋 33 天》。

也许是影片的名字，给 B 男的深刻启发。B 男从一进影院，就开始口若悬河般开讲。从他上小学时候，无知地暗恋上自己的美术老师，到青春花季的第一次初吻萌动，再到上班后，和同租一室的女孩日久生情。然后，他从我国当前的拜金女腐女，一直追溯到唐诗宋词里所描绘的嫁鸡随鸡嫁狗随狗的凄婉痴女，直到，爱情是一卷亘古而又永远的话题。大有滔滔江水，席卷一切的风度和气势。

看着周围朋友时不时投过来的白眼，郭伊然逮个空儿连忙递上一瓶纯净水说："你先歇着，喝点儿水润润喉咙。"

B 男倒不介意，拿起水来，咚咚咚一阵儿猛灌。然后，B 男把空瓶子递给郭伊然，继续说："知道滕导现在忙什么吗？"

郭伊然说："不知道。并且，我突然间对他这个《失恋 33 天》也没了兴趣。尽管，这部片子，我曾经是那么的痴迷。"

B 男摇了摇头，不无遗憾地说："可惜，真可惜了。这是个很经典的片子，不看实在遗憾。姑娘，你应该耐心地看完它哦。"

气得郭伊然恨不得找一封条儿，立刻把 B 男的嘴给封住。

经过这两次惨不忍睹的相亲折磨，郭伊然就开始和她的妈妈抱怨："老妈，我这可强忍着呕吐，去执行你安排的特别任务。我还算听话吧？"

郭芙蓉满脸堆笑："听话听话，我的女儿最懂事儿，最听话了。"

郭伊然说："老妈，我这么听话，那宋浩天怎么还不给我电话？他们家人，怎么还人间蒸发似的，不来给我们负荆请罪？你这都什么馊主意啊，到底管不管用？"

郭芙蓉说："当然管用，傻孩子，你急什么急。也许，宋浩天还不知道你在相亲呢。或者，他正和家人忙着凑钱。"

郭伊然白了老妈一眼，说："那咱可说好了，如果我再去相亲，你必须每隔十分钟给我一次电话，好让我在忍无可忍时，有个名正言顺的离开理由。”

郭芙蓉满口答应说：“好好好，妈记住了。妈一定每隔 10 分钟，给你一个电话。”

郭伊然说：“还有，俗话说事不过三，对吧？如果这次相亲之后，宋浩天还不来找我的话，你可要答应我们，租房子结婚。”

“什么？”郭芙蓉心里一惊，说，“伊然，我说你这次怎么如此乖巧听话，原来，你答应我去相亲是有条件的啊。你这不变着法子，逼老妈答应你们裸婚？”

郭伊然说：“什么逼你啊，妈妈，你怎么能这样不负责任地信口开河。你不是告诉过我，咱这相亲，只是作秀造势，目的就是让宋浩天和他的家人抓狂发急，难道你真要做王母娘娘，活活拆散我们不成？”

听女儿这么说，郭芙蓉一时间，无言以对。

其实，郭芙蓉根本就不知道，郭伊然早已经把妈妈逼她相亲的囧事，一把鼻涕一把泪地告诉了她的闺蜜于北北。

于北北听后狡黠一笑，悄悄给郭伊然出主意说：“笨死，你就不会动动脑子？反正是场假相亲嘛，相就相呗。等相烦了，你正好借题发挥，顺水推舟以此要挟你妈，让她答应你和宋浩天裸婚。你说呢？这多好的事儿，看把你愁的。”

郭伊然一想，可不是吗，自己还真笨。

3

宋浩天和陈晨约好了，在中福大厦附近的工商银行会面。

放下电话，宋浩天就衣衫整洁，人模狗样地出门。他早早地来到了工商银行的旁边。出门前，宋浩天曾特意站在镜子面前，刮刮了他那已经长得跟蒿草一样杂乱的胡子。

这些天来，为了凑钱，宋浩天可谓吃饭不香，睡觉不甜，干吗都提不起劲儿。连胡须都欺负他似的，恣意疯长。以至他的老妈赵丽萍，也感觉自己的儿子，肯定有心事瞒着自己。她时不时地拿关切的眼神瞄他："浩天啊，你是不是被老板批了？"

宋浩天说："没有。"

老妈又问："那是不是和郭伊然闹气了？"

宋浩天回答："没有，好着呢。"

"那你，是不是犯了什么事儿，刻意瞒着妈妈？"老妈仍不放心地继续问他。

宋浩天淡然一笑，说："根本没有的事儿。老妈，你看我这么个三好青年，你怎么老给我往坏处说。我能犯什么事儿啊，你就别神经过敏地胡思乱想了。我好着呢，就最近公司有点儿忙，等忙过这阵儿，也就没事儿了。"

现在，宋浩天终于可以拿到这笔钱了，他也终于可以满脸阳光、扬眉吐气地面对让他崩溃的一切。但是，宋浩天站在工商银行门前，左等右盼，眼瞧着半个小时过去了，就是不见陈晨那亮丽的身影。

怎么搞的？陈晨她不会突然改变主意，不借我钱了吧？或者，她根本就没打算借钱儿给我，只是拿我当愚人节礼物似的穷开心？这样一想，宋浩天就有点儿心烦意乱。可别出了什么问题，宋浩天在心里暗暗祈祷，并拿起手机，准备给陈晨电话。

但就在此刻，他看到陈晨那辆银色的宝马，缓缓地在停车场停下。接着，陈晨就满面含笑地向他款款而来。

"等急了吧？不好意思，刚才文化路堵车。"陈晨说。

宋浩天轻轻舒了口气，这才把一颗一直悬着的心放下。他说："可不，现在堵车堵得厉害。遇到上班高峰，惨的时候，开车真还没有骑自行车快。"

陈晨歉疚地冲宋浩天笑了笑，就示意他再等一会儿。然后，兀自走进银行，到柜台那里去取款。

终于拿到了让宋浩天魂牵梦绕的16万，他双眼放彩地对陈晨说了声谢谢，就急急忙忙拿起手机。他要把这一惊喜，在第一时间告诉给郭伊然。

但是，兴奋过度的宋浩天，完全没有注意到，站在一边儿的陈晨，那落寞伤感的眼神。

此刻，郭伊然正坐在客厅里和妈妈赌气。突然听到手机铃声，郭伊然想，会不会是宋浩天？她迅速拿起手机接听：“伊然，我们有钱买新房子了。”

郭伊然感觉做梦似的，一阵眩晕。她一连串地问宋浩天：“真的？我没有听错？你父母给你钱了？”

宋浩天的心里，美滋滋的。他说：“是……我们明天就去看房。”

原来，宋浩天竟然真的问他父母要到了钱，而且，他父母真的已经把钱给他。放下电话，郭伊然立刻飞奔进厨房。

她激动地一下紧紧地抱住正在洗菜的妈妈，满眼放彩地说：“老妈，老妈，看来，还是你英明啊。浩天说他父母给钱了，整整16万啊，他父母竟然还真给拿出来了。这下，你总该满意了吧？”

郭芙蓉得意地笑了，她轻轻地拍了拍女儿白皙的脸蛋，说：“傻丫头，满意的应该是你，老妈这不都为你好。”

郭伊然大笑着撒娇：“还说都为我好，你能不能来点新鲜儿的，老妈真是老套。”

人不可貌相，海水不可斗量。郭伊然想，我郭伊然和宋浩天相处这么长时间，还真没发现他爸妈如此伟大，竟然一下真拿出这么多钱。看来，我郭伊然也有看走眼的时候哈。

4

是谁说的来着，钱不是万能的，但没有钱却是万万不能的，还真是这个理儿。

拿到了陈晨借给他的钱，宋浩天的腰杆也一下挺起，人也一下显得精神倍振。而郭伊然看他的眼神，也重新恢复了以前的千娇百媚。这世道，还真他妈的见钱眼开，媚俗无奈。

虽然明白以后还要面对很多很多，比如每月的按揭还贷，比如婚后要压缩日常开销。但是，一直被郭伊然折腾得六神无主的宋浩天，总算有种解脱的感觉。钱真的是个好东西，宋浩天在心里暗暗感慨。前阵子，伊然还一直闹着和自己一刀两断，转眼之间，就在他面前笑颊如花，仿佛两人之间什么也没发生一样。

郭伊然可没宋浩天想得那样多，她的想法简单而实际。她感觉落实了新房的日子，万紫千红，处处充满了花香鸟语，她还有许许多多的事情要做。首先要做的就是拉着宋浩天，穿梭在这个城市的每个角落找房，看房。她每天拿着一大堆各式各样的房地产广告信息，翻来翻去。

几天下来，房子没有搞定，郭伊然却俨然成了一个“房产专家”。如果谁要想知道这个城市哪个地方有什么样的房子出售，价格几何，房子的结构，户外的绿化怎样等等情况，问郭伊然肯定没错儿。

当然，郭伊然现在和宋浩天在一起，谈的最多的话题也是房子。比如两个人亲热时，以前郭伊然可是全身心地投入，偶尔，宋浩天有点心不在焉的话，就会让她很敏感地发现。然后，狠狠地用小手拧他一把。现在，却完全不同了。

郭伊然只要一躺在宋浩天的怀里，开口说的第一句话，肯定是关于房子。以前，宋浩天从来不知道关于房子还能诞生出这样多的话题来。现在，他总算是见识了。郭伊然说，从房子的价格、装修，到房子里物件的搭配摆放，都代表着一个人的身份和品位。

宋浩天偷偷计算过，郭伊然现在说的话中，每十句几乎有八句都是关于房子的。比如,在街上遇到一个朋友,也不管人家是去干吗,心情如何，两句寒暄过后，郭伊然的第三句话保准会转移到房子上去。

有次，郭伊然和别人正起劲地聊房子时，宋浩天突然就想起一个关于房子的故事：很久以前，蜗牛是没有壳的，也没有住的地方。一遇到刮风下雨，他就无处可躲。那些有穴居的动物和在树上有窝的鸟儿们都嘲笑它。饱受没房之苦的蜗牛，决定一定要有自己的房子。经过一番努力，蜗牛终于建成了自己的房子。高兴之余，它竟然把房子背在了身上，并且走到哪里，背到哪里。

这个故事的后半截，想必大家都很清楚，当然是嘲笑蜗牛的。说它因为把房子背在了背上，所以失去了生活原本的意义和快乐。比如看到葡萄架上的葡萄想去吃，当它背着房子慢慢爬上去时，葡萄早就被黄鹂鸟吃掉了。

宋浩天自嘲地笑笑，感到郭伊然现在就实足一只背着房子的小蜗牛。回头又想想，自己何尝不也是只蜗牛。他虽然没和郭伊然一样，总是把房子挂在嘴上。可是，郭伊然说的关于房子的那些破事儿，他也同样不动声色地思考过无数遍。只不过，为了维护一个男人的可怜尊严，宋浩天不会像伊然那样，整天把房子挂在嘴边罢了。

婚姻让男人迅速成长，刚刚准备结婚的宋浩天，开始发现这是一句至理名言。可结婚以后呢？宋浩天有点儿不敢往下去想。

摇摇头，看看身边仍然起劲地和朋友聊着房子的郭伊然，宋浩天强迫让自己回到现实中来。买房之后，将是漫漫的还贷历程，特别是偷偷借陈晨的这16万元，该怎么从自己透明的开支中去偿还？

这个问题，蓦然间像座大山似的，向宋浩天直压过来，让他有点儿喘不过气。

5

郭伊然和宋浩天最终选定的新房，是离闹市区不远的一处住宅楼。

说是闹市区，其实也就是这个城市边缘的一处商业比较发达的新开发区而已。城市不断地扩张，高楼也如雨后春笋似的不断涌现。奇怪的是，买不起房和没房子住的人，却越来越多。

和所有新开发的楼盘一样，这个小区有个非常响亮，而且洋气实足的名字——高山威尼斯。郭伊然面对售楼小姐喋喋不休的介绍，频频地点头。宋浩天却在一旁不着边际地思考，这小区为何叫这么囧的名字。

因小区周围数公里内，根本没有山，更不用说高山了。而威尼斯，天知道是不是指小区中间那弯浅浅的，现在还一滴水也没有的观赏水池。

在说服郭伊然完全接受了自己的意见之后，售楼小姐终于发现了呆在旁边，一言不发的宋浩天。她马上把脸转向宋浩天，摆出一副最敬业最亲切最可爱的微笑来："宋先生，您还有什么需要了解的吗？"

宋浩天正天马行空、满眼迷茫地沉浸在小区名字的想象之中，根本没有注意到售楼小姐已经把笑脸转向了自己，更没有听到售楼小姐对自己的问话。直到郭伊然在旁边狠狠地推了他一下后，他才猛然醒悟过来，面对售楼小姐的笑容，莫名其妙地也跟着傻笑。

售楼小姐看出了宋浩天的心思并没在自己身上，更没注意到自己那非常标准的专业微笑，不免一阵惊慌失落。这可是一名专业人员的大忌，很可能因为一个细小的细节，或者疏忽大意，而失掉了到手的客户。短暂的惊慌之后，她马上调整情绪，让自己的笑容更加专业，声音更加动听。当然，问题还是重复前面的："宋先生，您还有什么问题吗？"

售楼小姐的微笑，虽然专业，却炫目璀璨，让宋浩天一时间有点晕菜得摸不着北。于是他示意了一下身边的郭伊然，故作幽默地对售楼小姐说："她是我们家领导，她说可以就 OK。但我想知道，这小区为什么取名高山威尼斯？"

售楼小姐一下子呆愣住了。很显然，她之前从来没遇到过这样奇怪的问题。好在她一贯训练有素，售楼小姐很快就反应过来了。她继续用面具刻上去似的专业笑容，对着宋浩天口若悬河："宋先生你真是个文化人。是这样的，关于小区的名字，不是指真正的高山和水城，它象征着我们这片住宅所代表的一种生活档次。"

"是吗？"宋浩天有点茫然地说。他还是不能理解高山和威尼斯，到底与生活档次之间有着什么直接联系。他明白的只是，住进这新房以后，他得如同牛马一般，为每月按期的房贷而拼死努力。

早被售楼小姐说动了的郭伊然，显然不满意宋浩天的这种节外生枝。

她责怪地用小手拧了宋浩天一把：“想什么呢你？来看房子也不用心一点，这可是咱们未来的家啊！”

售楼小姐趁机下台：“要不这样吧，郭小姐、宋先生，我先带你们去看看房。”

6

新房子看上去蛮不错，郭伊然吃春药似的兴奋地在屋子里转来转去，看各个房间的布局是否合理。

最令她高兴的是，房子东面的阳台旁，有一棵高大的榕树。这棵榕树郁郁葱葱，让整个阳台充满阳光，平生出一些情调和诗意。

宋浩天对挑选房子并无太多的意见，他只想顺应郭伊然的心思，早点把房子给落实下来，不再穷折腾。不过，关于那棵榕树，他也感觉分外满意。站在阳台上，眯起眼睛看着窗前的那片浓绿，能一下让紧张压抑的心绪飘到很远，很有种远离尘嚣的错觉。

机敏的售楼小姐，很容易就看出了两人对这房子的满意程度，并且她还细心地发现，一直沉默的宋浩天对这棵榕树特有兴趣。于是，她就不露痕迹地向宋浩天介绍起这棵树来。

她用很随意的口气，却相当专业地说起这棵树是花了多少多少钱，从什么地方特意运送过来等等。当然，那价钱惹得郭伊然的心里，又平添了几分得意。

郭伊然扬着小脸对宋浩天说：“浩天，你看你看，这样一棵价格不菲的树木，就种在咱们窗前，那不就和咱们自己家种的一样了？”

宋浩天咧开嘴笑。郭伊然觉得买这房子是捡了个大便宜，也就忘记了来看房时，一直在心中提醒自己要注意的问题，竟然开始催宋浩天赶紧把这房子给定下来。

看房之前，郭伊然母女俩曾在家商量了很久。做妈妈的一再告诉女儿，不管你们对房子多么满意，一定要装做漫不经心、若无其事的样子。这样，你才好讨价还价。这些日子以来，郭伊然一直都铭记着妈妈说过的话。可是，因为今天的房子大大出乎意料，让她倍感满意，竟然把谨守了这么多天的注意事项给彻底忘了。

“就这套吧？你觉得怎样？”郭伊然重新仰起可爱的小脸儿，问宋浩天。

身边的售楼小姐，依然满面含笑。不过，她现在的笑可是发自内心的，不再是那种职业性的微笑。凭她做这行的经验，她可以断言，这套房子现在就可以卖出去啦。嘿嘿，她的业绩又可以高上一楼。

从一开始陪郭伊然到处看房起，宋浩天就没有表现出郭伊然那样的热情。不是他不想拥有一套属于他们的新房，而是他一想到房子，自然就想起了还贷。特别是欠陈晨那十几万元，到底该怎么偿还。似乎已经成了他的一块小小的心病，远远压过购置新房的喜悦。他甚至想，向陈晨借钱是种错误。

是错误吗？他现在还不十分清楚。还有，他向郭伊然谎称钱是父母给的，又和父母说钱是他和伊然一起向同学凑来的。谎言终究是谎言，纸终究包不住火啊。还没结婚，他竟然就开始扯谎……

但是，现在这套房子，确实让他很是动心。宋浩天喜欢外出游玩，他经常会在节假日带上伊然，再约上一些朋友一起出游。窗前的这棵大树，仿佛让他找回了久违的感觉。所以，面对郭伊然的提议，他欣然同意，立刻表示了十二分的支持。

7

付过房子的首付，办好过户手续，新房的钥匙也就到了宋浩天和郭伊然的手上。一切都水到渠成，顺理成章，但又让宋浩天有点儿如同做梦般的恍惚。

郭伊然却表现得十分亢奋，虽然郭伊然表面任性刁蛮，但她内心却也相当坦然淡薄。她没有希望宋浩天大富大贵，只希望能有一个安安稳稳的家，一份平平静静的生活。

房子虽然只是按揭房，但比起很多同龄人来说，也算是相当不错了。有多少人因为没有房子而无法结婚；又有多少人，结婚了也只是住在出租屋里；甚至有很多人是结婚后都经常不能住在一起的“牛郎织女”。

本市的晚报上曾经报道过一件很囧的事情：巡防队员晚上在一公园抓到一对做爱的男女，以为他们在搞卖淫嫖娼。但是，审讯的结果却让人大跌眼镜。原来，他们竟然是一对合法夫妻。因为家中不到30平方米的房子里，不但住着他们的孩子，还住着孩子的奶奶。“办事儿”实在是不很方便，才绞尽脑汁出此下策。

郭伊然曾把这条新闻，当做幽默笑话儿讲给宋浩天听，并调侃说：“浩天，如果咱们也混得这般凄惨的话，我宁愿选择不婚！”

宋浩天当时一脸苦笑。他想，当残酷的生活摆在面前，并不是每个人都能随心所欲地选择。郭伊然看多了类似的新闻后，有天居然很冷静地和宋浩天分析，婚姻还真是可怕啊，怪不得现在会有那么多的恐婚族。其实，说实在的，她看不出结婚到底是爱情的升级版本，还是爱情的坟墓？她貌似有点儿恐惧结婚了，问宋浩天有没有这个感觉。

现在好了，总算有了房子，也就有了两个人的甜蜜空间。郭伊然之前所谓的对结婚的担忧恐惧，也跟着烟消云散。如果现在问郭伊然结婚有什么好，她马上可以列出十条八条来。

只因一把房子的钥匙，所有的问题都一下迎刃而解。这个世界，就是如此的现实和无奈。而一把小小的钥匙，也成当今所有年轻人一生的奋斗目标，这不能说不是种悲催。

“浩天，这就是我们以后的家了。白天，我们可以在此晒大太阳；夜晚，我们可以相拥着数天上的星星。再也不用看房东的脸色，再也不用听父母的唠叨。我们可以随时随地翻云覆雨，夫唱妇随。”郭伊然无限憧憬地说。

说过，郭伊然望着窗户外面的那株枝叶茂盛的大榕树，深情地抱着宋浩天的腰，幸福地把头靠在了宋浩天的怀抱。

宋浩天被郭伊然那一脸梦幻的样子感染，顿时感觉热血沸腾，呼吸急促。他反手抱紧郭伊然，在伊然的脸上，狂风暴雨般地一阵热吻。边吻，他边把伊然圈向墙边儿。

郭伊然被宋浩天吻得透不过气来，还被他强健的双臂圈在墙边背靠着墙壁，也就佯装生气地挣扎着嚷嚷："浩天，快放开我，你这是要干吗啊？"

宋浩天喘息着说："我偏不放开。乖，你说干吗，我要和你连在一起，制造一幅人体壁画。"说着，就又吻她。

郭伊然只感到全身一阵绵软，她微闭着眼睛，轻声儿娇喘："浩天……你个大流氓。"

宋浩天说："什么大流氓，这叫爱情的极致和伟大……"

不想，偏偏在这个时候，一阵电话铃声打扰了他们正待上演的春梦。宋浩天骂了句操蛋，就一脸烦闷地拿起手机查看。这一看，宋浩天不觉大吃一惊。想都没想，宋浩天赶忙把电话给挂掉。

然而，这一切，哪能逃过郭伊然那双锐利的眼睛。她心里一沉，忙问宋浩天："谁的电话？"

宋浩天故作镇静地重新抱过郭伊然，说："徐涛的。"

郭伊然把眼睛一横，问："徐涛的电话，你怎么不接？骗鬼去吧。该不会是哪个漂亮的妹子？你看你那紧张兮兮的样子，心里肯定有鬼。"

宋浩天说："还有神呢！就是徐涛的电话。我有紧张吗？我是害怕他打扰了咱的好事儿，才给挂掉。来，咱别管他，我们继续。"说着，宋浩天把脸一偏，就又要去吻郭伊然。

郭伊然把头一扭，说："你少来，也少给我打岔骗人。我就不信会是徐涛的电话，你把手机给我看看……"

第三章 ● 半裸婚抱得美人归

1

没有办法，宋浩天只得硬着头皮，把电话拿给郭伊然看：“怎么样？是徐涛的吧？看你疑神疑鬼的样子，还漂亮妹子，亏你还和我同班同学，一起风风雨雨厮混8年，难道还不清楚，我心里只有你这个笨蛋。”

冤枉了宋浩天，一时间，郭伊然也感觉不好意思，她羞怯地冲宋浩天笑了笑，说：“那你紧张个鬼啊，什么毛病你。”

宋浩天说：“我那不是紧张，是烦闷好不？我最烦别人搅我的好事儿，特别是在这种分秒必争的时候。”

正说着，电话偏偏又响。宋浩天一个激灵，一把从郭伊然的手里，抢过电话。接着，他对着电话，一阵猛吼：“喂，徐涛，你小子到底还有完没完？不就是喝个破酒，改天我请你不就得了。现在，我正和伊然一起看房，没空。”吼过，也不等徐涛说话儿，宋浩天就狠狠地把电话给挂了。

搞得徐涛在电话那边儿，呆愣地望着被挂断的电话，气哼哼地骂：“简直莫名其妙，神经病。”

经过徐涛这一番折腾，宋浩天和郭伊然，一时间都没有了情绪。但郭伊然怎么都没有想到，在宋浩天挂断电话后不久，他就特意借口去卫生间，悄悄地把电话又给徐涛打了过去。

徐涛一接电话，就气不打一处来。他说："好啊宋浩天，你竟然不接我电话。你还真够能耐哈，我以为你开玩笑，原来，你真的艳福不浅，还真私下雪藏着这么位款姐儿，在关键时刻，帮你拿房子的首付。你快和我老实交代，这款姐是谁？以前，怎么没听你和我提起过她？"

宋浩天说："徐涛，你丫能不能积点儿口德。我就知道，你急匆匆电话找我就为这个。我告你，我刚才和伊然一起，郭伊然根本不知道这钱的曲折来历。我告诉伊然，钱是父母给的，你千万不能给我说漏了嘴哈，千万给我保密。"

徐涛说："啊，原来这样，我说你怎么神经兮兮地一直挂我电话。还真有你的，这么大事儿，你也能瞒天过海。"

宋浩天说："你以为我想瞒天过海，分别在爸妈和她面前两边扯谎？我是害怕告诉伊然真相后，她会胡猜乱想。大丈夫一人做事一人当，多一事不如少一事，对吧？"

徐涛说："女人天生都爱吃醋，其实，这样也蛮好。放心，我一定给你严守秘密。不过，你可要告诉我，这妞儿到底是谁？怎么对你出手如此阔绰？"

说过，徐涛一脸奸笑："嘿嘿，俗话说有苦同当，有美女同享。你给我介绍认识一下这妞儿，如何？你知道，我现在正急等着用钱。"

宋浩天说："徐涛，我就知道你这流氓无赖的样子。不和你玩笑，我现在郑重地警告你，你丫少对她动歪心思，她可是一位我非常非常敬重的姐姐。"

徐涛在电话里淫邪地笑："得了，还敬重的姐姐。哈哈，谁不知道，现在满世界都在流行姐弟恋。你就可劲儿地给我装吧。"

宋浩天说："我都懒得和你解释。反正你爱信不信，我们之间，真的一清二白，根本不是你所想的那么混蛋和龌龊。不过，我们的相识，还真的是有点儿说不清楚的暧昧和传奇。好了，这些，等改天见面，我再和你仔细侃。不过，不管怎么说，房子的首付，我总算搞定。现在，离结婚办事儿还有一段儿时间，我先给你凑上两万块钱，帮你渡过难关，等我用时你再给我。怎样？”

徐涛听后大笑：“哈哈，还是我们兄弟。够意思，等公司资金周转过来，我马上连本带利息一起还你。”

宋浩天说：“什么利息不利息的，你少和我啰唆，就这么说定啦。好了，我先挂了，郭伊然还在等我。”

2

忙活的日子总是过得飞快，转眼婚期步步逼近。

这天，宋浩天和郭伊然他们两个，一起天欢天喜地地陪同郭伊然的老妈郭芙蓉，来看他们刚刚装修停当的新房。宋浩天想，下一步，再简单添置一些家具，以及生活必备的用品，他和伊然就可以一起在新房里可着性子撒欢折腾。

那天，郭芙蓉特意梳洗打扮一番，像久经沙场的一名老将检阅自己的部下，目光炯炯。她努力想在新房里挑出点儿什么毛病来，以示自己的权威和老道。可任凭她转来转去，愣是没能看出有什么明显的问题，反倒一不小心一个趔趄，差点在新铺的地板砖上滑倒。

郭伊然和宋浩天一惊，赶忙上前搀扶。郭芙蓉因差点滑倒，心里不爽，就突然指着地面对郭伊然说：“我说伊然，这地面也太滑了啊，怎么不铺实木地板？”

说完这话，郭芙蓉终于消停下来，停止了慢条斯理的四处察看。因为她发现，除了觉得地面有点儿滑之外，她还真挑不出这房子别的毛病来。

郭伊然看着终于消停下来的老妈，心想老妈也真能穷折腾，实木地板那要花费多少白花花的银子啊，还真认为宋浩天的父母是棵摇钱树？但她当然不能这样直接顶撞老娘，只能和妈妈撒娇：“老妈，你就杀了我吧，实木地板多难打理。别人不知道，老妈你还不清楚你的女儿究竟有多懒。”

郭芙蓉白了郭伊然一眼，不以为然地说：“浩天可以和你一起啊。现在的男人，哪个不是里里外外，一马当先，炒菜做饭连同打扫卫生，样样精通。你们可真速度啊，也不和我商量一下，就擅自做主。”

郭伊然立刻满脸赔笑：“老妈说得极是，以后，我们多听老妈你的高见。”

这些天来，宋浩天几乎被装修的琐碎压垮。原本以为房子买了，剩下的就是努力赚钱还钱也就成了。没想到新房的布置，还有这么多的破讲究和烂要求。在郭伊然的催促下，他每天焦头烂额，不断地和那些室内设计装修什么的牛头马面讨价还价，弄得心力交瘁。结果，预算下来，宋浩天还是悲哀地发现，这又是一笔儿不小的开支。

宋浩天心里早已经不胜其烦，所以，当他听到郭芙蓉和伊然的此番言论，不自觉一阵厌恶和反感。他想图个耳根子清净，就借口去外面买包香烟。然后，他头也不回来地开门下楼。

宋浩天在小区门口的小商店里买了一瓶康师傅纯净水。他猛灌几口，就一屁股在旁边的一小凳子上坐了下来。点燃一根香烟，宋浩天的思绪也一下飘到很远。他想起了当初追郭伊然的时候，那简直可以说是空手套现，根本没费什么神儿。怎么眼看要结婚了，却凭空出现这么多的麻烦？

那个时候，郭伊然是多么令人动心生怜。江城大学向来不缺美女，但郭伊然那纯净无辜的大眼睛，还是在这美人堆里，闪呀闪地格外引人注目。不久，他们班里的一个北方男生，就对郭伊然动了心思。那男生长得人高马大，可他竟然不敢贸然行动，竟吃错药似的央求身为班长的宋浩天为自己助阵，一起约郭伊然出去吃饭表白。

窈窕淑女，君子好逑。宋浩天从见郭伊然的第一眼开始，就对这个一脸单纯的小女生起了爱恋之情。现在，却被别人先下手为强，他心里那个郁闷别扭，可想而知。但他是一班之长啊，当然要有班长的气度，他忍痛以处理班务拒绝前往。好在郭伊然拒绝了这位男生，宋浩天才算暗自得意地出了一口长气。

但是，经这位老弟如此一折腾，宋浩天那颗春情萌动的心，就再也不能平静了。要不要向郭伊然表白？每天宿舍一黑灯，宋浩天就在黑暗中瞪着天花板扪心自问。不表白，永远不是你的。表白了，她没准就会是你的。宋浩天就有点儿头脑发热，就有儿点小冲动。

在一天夜里，已经脱衣就寝的宋浩天，翻来覆去没有睡意，他终于鼓起勇气去约郭伊然。重新穿好衣裤，宋浩天下楼来到学校的操场，找了棵大树杆子靠住，宋浩天拿手机拨郭伊然的电话。

郭伊然接电话说："喂，哪位？"他说："你好，我是宋浩天。"郭伊然说："班长你这么晚找我什么事儿？"他说："我们班想搞个活动。"郭伊然说："什么活动？明天再说不行吗？"宋浩天只好挂了电话，站在大树杆子下面，一阵儿发呆。

大约几分钟后，宋浩天不死心地重新打电话给郭伊然："我还在操场上，你到底来还是不来？"

郭伊然这次没再问宋浩天什么活动，只是简单地说："好，你在那儿等我，我马上到。"

3

郭伊然迅速赶到了操场。

月朗星稀，寒风阵阵吹过秃秃的树梢，宋浩天的心里却热血澎湃。他一脸严肃地和郭伊然讨论："咱们班是否组织个周末 Party？"郭伊然缩着脖子说："嗯嗯，不错不错，好主意。"

后来的后来，周末 Party 没有举办。倒是从此以后，每逢周末，宋浩天就约郭伊然出来，在学校开的小酒吧里，要一元钱 2 杯的果汁，坐在小酒吧一角，宋浩天看报纸，郭伊然看杂志。

时间长了，郭伊然就问宋浩天："班长，你老约我干吗？"

宋浩天腼腆地说："你看我们都这么大人了，你说约你干吗？你还不明白？你那么傻，我想照顾你啊。不只现在，而是一生。”说过，趁着月黑风高，他斗胆一下握住了郭伊然的小手，把她拉进自己怀里。一瞬间，呼吸沉重，心跳加速，他们品尝到了小说里才有的眩晕。

那时候的爱情多纯粹啊，好像他们特容易满足，两人手牵手走走就是种甜蜜。走累了，他俩就在街边的小摊，几块钱吃碗牛肉面。偶尔破费吃个比萨，都觉得生活特别美好。

记得有次，大三的一哥们为博女友开心，竟然在女友生日的那天晚上，花钱买来999只红色蜡烛，在女友楼下摆成红彤彤一个心形。女友被感动得一塌糊涂，当场抱着那哥们儿猛哭，场面甚为浪漫震撼。

受此哥们儿的深刻启发，宋浩天也想在郭伊然23岁的生日里，给她一份特别的惊喜和浪漫。他狠狠心，勒紧裤腰带足足节省了一个月的生活费，终于如愿以偿。

生日那天，宋浩天照例邀请郭伊然去学校外的小餐馆吃饭。在等待服务生上菜的间隙，宋浩天温柔无限地拉过郭伊然的手，说：“伊然，你闭上眼睛，我要送给你一份惊喜和意外，你看后一定喜欢。”郭伊然乖乖地闭上眼睛。当她睁开眼睛，面前竟然变魔术似的出现，一大束粉艳艳的玫瑰。

郭伊然心里一热，眼睛也跟着开始发潮。她潮湿着眼睛，傻乎乎地一朵儿一朵儿去数，数着数着，她就开始抽抽搭搭地哭。一共99朵，这要浪费掉多少碗牛肉面啊！想着浪费掉的那么多碗牛肉面，郭伊然哭得更凶更起劲了。

宋浩天为郭伊然的眼泪而感动，他紧紧地抱住伊然，正要来个狂风暴雨般的热吻。但郭伊然却小脸儿一偏，梨花带雨般地一脸庄重说：“傻瓜，以后不许你再胡乱花钱，你蛮可以在校园的小花圃里摘些月季来冒充，反正它们长得蛮像。有这些钱，你应该给自己买件外套呀。你看，天都凉了，你还是这件穿了又穿的破运动衣。”

宋浩天差点没被郭伊然的一番表现给雷死，他既丧气又好笑。但他最终没笑出来，他感到自己的心猛然一疼。郭伊然她多良家妇女，娶妻就要娶郭伊然这样的懂事美女。

重新回到楼上，宋浩天的心里不再感觉那么憋屈。他把手里的两瓶康师傅纯净水，分别递给郭伊然和郭芙蓉。郭伊然接过水，却一脸责怪地说："怎么去了那么久？"边说边用手狠狠地在宋浩天的胳膊上拧了一把。宋浩天正要大叫，却发现郭芙蓉正朝他们看过来，只好硬生生给忍住。

不过，郭芙蓉已经看到了刚才那一幕。她假装什么也没有看见，但是，心里却在偷偷地乐。看来，女儿以后在这个家里不会受欺负了。

想到这里，郭芙蓉觉得自己也该做点什么了。她假装咳嗽一声，止住了郭伊然正要再次向宋浩天胳膊伸过去的小手。然后，满面含笑地对宋浩天说："浩天啊，这次买新房的事儿，让你爸妈操心了。我和伊然娘儿俩孤儿寡母的，也没能帮上什么忙。这样吧，房子装修和买家具的钱，就由我来出。这女儿啊，可是我的心头肉，怎么说要嫁出去，我也得给她点什么表示表示。"

真是意外惊喜从天而降，宋浩天一下子愣住了。倒是郭伊然并不感觉意外，因为在家里，妈妈已经和她说过这事儿。为的是不让宋家小看自己，嫁女儿出去，虽说在买房子的问题上没帮什么忙，但总得在别的方面风光风光。

郭伊然看到高兴得有些晕菜的宋浩天，又看看春光满面的妈妈，就又习惯性地把小手，悄悄地向宋浩天的胳膊伸去。郭芙蓉假装什么也没看见，她得意洋洋地到阳台上去看那棵枝叶繁茂的大榕树。她习惯性地眯起早已经有了眼袋的眼睛，偷着乐。哼哼，只要伊然能管好宋浩天，这个家以后就是自己的宝贝女儿说了算，女儿也理所当然地当家做主。

但是，郭芙蓉怎么也没想到，女儿伊然却再次和她干上了仗。

4

一推开于北北的房门，郭伊然就踢掉了脚上的高跟鞋子。鞋子不偏不倚，刚好打在于北北的爱犬“钞票”身上，惹得那只叫做“钞票”的小狗，嗷的一声惨叫，好不凄厉。

于北北不满地看了郭伊然一眼：“你这是发的哪门子飙？就是有气，也不用如此匪气，惨无人道地冲我家钞票发威，它又没招你惹你。”

郭伊然一边换拖鞋，一边没好气地嚷嚷：“可你惹我了，知道我正为结婚的事儿犯难，也不关心一下。见色忘友，老实交代是否又勾搭上了哪位过气老钻？把我给彻底忘了？”

于北北是郭伊然最好的同学加闺蜜，她们曾在大学里睡上下铺，同甘苦，共患难。郭伊然的那些破事儿，除了妈妈郭芙蓉外，就是她最有资格发言了。听郭伊然这口气，一定又在婚事上遇到了什么别扭，特意来找自己诉苦，就说：“你少和我贫，到底谁惹你了？”

郭伊然把嘴轻轻一撇：“还不又是我那宝贝儿老妈，养个闺女，就像自己建立了多大丰功伟绩。她正在家琢磨着，要宴请多少客人，摆多少桌酒席，还有多少辆礼车，请哪家婚庆公司司仪主持婚礼等等，真把人给闹腾死。”

“这不都挺好的吗，咱这一生也就这么名正言顺地显摆一回，当然要风风光光地嫁出去。”于北北平时大大咧咧，超前消费，凭着自己漂亮的容貌，整天念叨着要嫁个钻石王老五，来个咸鱼大翻身。因此，她从不为钱这档子破事犯难劳神儿，当然也想不到郭伊然的难处。

“可是，这些都需要钱啊，我们哪有那么多银子？”郭伊然叹气。

“让宋浩天想办法啊，既然他敢追我们的校花，而且有能耐抱得美人归，他就得负起这个责任，”于北北不屑地看着郭伊然，突然一脸神秘，“对了，你还记得当初对你死缠烂打的那个郑子健吗？他现在跟他老爸做房地产开发，赚大了，听说在北京和杭州都有房子。”

“那又关我什么事儿，我只想安安稳稳地过好我的小日子。”郭伊然心不在焉。

“可你现在安稳吗？没有结婚，就天天为钱犯难。伊然，不是我说你，再美好的爱情，也要建立在物质之上，没有物质为基础的爱情，都是扯淡和意淫。真不知道你中了哪门子邪，宋浩天那小子到底有什么魅力？把你迷得七荤八素的，还赔上对他死心塌地。如果换我是你，早一脚把他给踹了，跟着郑子健坐享其成，扬眉吐气。”

于北北快人快语，说话从不经过大脑认真思考，想哪说哪。说完了，她才发现郭伊然正用眼睛狠狠地瞪她。又赶忙搂过伊然的肩膀说：“好好好，算我说错。物质诚可贵，爱情价更高，我就一没理想的腐女。走吧，咱一起去外面腐败，我来买单。”

郭伊然本来心烦，听于北北这么一唠叨，烦上加烦。她现在想的是，怎样能说服自己的妈妈，不花费冤枉钱去大操大办，好让他们清清静静地去旅游结婚。

“你决定要这么半裸婚地不办酒席？”于北北问。

郭伊然点头。

“想省钱也容易啊，你去对你老妈撒撒娇嘛。反正你们房子也买了，你不是都听她的了？现在，怎么说她也该听你一次啦。是你结婚，又不是她。”于北北说得胸有成竹。

“撒娇管用吗？”郭伊然望着于北北满脸忐忑。

“当然管用，她就你这一个宝贝女儿。要不你还想谁帮你去说？我，好像八竿子搭不上边吧？如果让宋浩天去说的话，你就等着去死，那样只会越说越乱。不管你信不信，反正我是信了。”

“好吧，我就再听你一次。”郭伊然笑。

5

对于北北的话，郭伊然何止听过一次。作为最好的唯一闺蜜，她生活中的大多数难题，都靠于北北帮她出馊主意，包括甩掉当年对她死缠烂打的那个郑子健。

郑子健可谓郭伊然和宋浩天恋爱史上的一段小小的插曲，可插曲虽小，有时足可以翻掉一条闪光的大船儿。

郑子健高伊然一届，油头粉面，头发整天梳得一丝不苟，还总爱穿一双白色的绅士皮鞋。他是他们学院最花心的男生，绯闻多得像春天飞舞的桃花瓣。他依仗着自己老爸有几个破钱，在学院里呼风唤雨，引得无数女生心甘情愿地为他堕落献身。

郑子健他今天和漂亮的 A 姑娘花前月下，明天和乖巧得一塌糊涂的 B 女生勾肩搭背，周末又和运动味十足的 C 美女去野外露营。身姿翩然，轻盈地掠过校园。他身边的女生，也如花店里含苞欲放的花骨朵儿，不断地更新。就是这么个主儿，突然对郭伊然来了兴趣，他像只发情的公狗，殷勤地围着郭伊然清丽的身影打转，完全不管不顾郭伊然的感受。

果然，没过几天，整个学院都飘荡起郭伊然和郑子健的流言蜚语。可怜自我感觉纯白一片的郭伊然，就这样不幸地成了他的绯闻 D。大家议论纷纷：嘿，看到没，就这个妖精，别看一脸清纯孤傲，却也和郑子健有那么一腿。可惜了，那个自命不凡的宋浩天，还当自己捡了个宝贝儿。

常言道，无风不起浪，其实，事情也并非大家议论得那么邪恶。只怪那个郑子健无中生有，恬不知耻外加龌龊。

那天，郭伊然被系主任叫去送一份资料。匆匆推开门时，却被迎面风风火火闯进来，给郭伊然大献殷勤的郑子健撞个满怀。等伊然缓过神儿，准备低头捡散落的资料，不想又碰上他帮她捡起后正扬起的头。

两颗脑袋，不偏不斜撞个正着。郑子健带着胡楂的嘴，就这样结结实实地贴在了郭伊然的脸上。郭伊然一时又疼又不自在，正要冲他发火，却听到他说："哎呀，幸福死了，我终于干了件从早上到现在都一直想干的事，吻了郭伊然。"

第二天，关于郑子健当众吻了郭伊然的绯闻，就这样在整个学院沸沸扬扬地炸开了。郭伊然也就这样不清不白地成了他的绯闻D。

不用想，死爱面子活受伤的宋浩天，听到后会受到什么样的打击。那丫被绯闻弄晕了脑袋，直接不理郭伊然了。郭伊然就对着于北北哭啊哭，直到把于北北哭急了，她二话不说，趁中午吃饭餐厅人多，借机向郑子健撒泼："你就是郑同学吧？听说你当众吻了郭伊然？先摸摸你嘴毛长没长齐整，没长齐整就乱造谣的话，小心我告你意淫强暴美女！"

郑子健正在大口吃饭，被无端一阵抢白，先是一愣，马上意识到自己这次栽了，竟然遇到一女流氓。于是干笑两声说好男不和女斗，灰溜溜地匆忙离去。

6

从于北北那儿回到家里，郭伊然马上对郭芙蓉笑颊如花："妈妈，你还在忙活着预算啊，累了吧？来，让女儿我给你揉揉肩。"说着，她就伸出白皙的小手，在妈妈的肩上轻轻地一阵揉捏。

郭芙蓉被女儿捏得满心顺畅，笑眯眯地说："还是女孩儿和妈贴心。"

郭伊然趁机撒娇："那是，我还要对你更加体贴，我打算和浩天去旅游结婚，这样，你就不用这么劳神费心地算来算去啦。你看，女儿我多懂事体贴。"

"什么，你说什么？"正坐在沙发上一边享受女儿揉捏，一边忙着计算请婚庆公司的司仪究竟要多少钱的郭芙蓉，一下子愣住，"那婚礼呢？摆酒席的事呢？一辈子也就风光这一次，你真打算就那么出去溜达一圈就把婚给结了？"

"是啊，这不挺好吗。如果请司仪，摆酒席，那又得白丢多少冤枉钱啊。"郭伊然不紧不慢地说。

郭芙蓉拿眼睛横了郭伊然一眼："不行，什么钱都花了，咱不能在这上面节省。何况，这些钱也应该婆家来出，这可是终身大事，不宴请亲朋好友会让人家笑话。我就你这么一个宝贝女儿，可不能随随便便地就让你跟人走。"

"妈！"郭伊然搂住郭芙蓉继续撒娇，"我只是结婚，又不是上火星蹬月球和你玩失踪。谁随随便便跟人走了，买房子的事儿我们不是都听你的了？你就让我们自己做一次主好不好？何况，结婚以后，我们还要攒钱还房贷，总不能为了结婚的一时风光痛快，以后的日子就不过了对吧？"

"可是，你就这样嫁过去，连他们家的亲戚什么的也不请一下，大家以后怎么认识？"郭芙蓉的话里，终于有了一点小小的松动。

郭伊然一看有戏，连忙乘胜追击："妈！你可真好。人家都说母女连心，一点儿没错，也就你最能理解女儿的心思。我们家这边，除了舅舅以外，也没什么亲人了。浩天家那边也没多少亲戚，我们到时可以一起请他们呀。大家一起聚聚，认识一下，不就得了。省钱省力。"一下说出自己的全部想法，郭伊然终于长出一口气。

郭芙蓉这边，却在心里打小算盘。之前，因为买房子的事儿，女儿差点和自己翻脸："唉，真是女大不中留啊。要不这样吧，我回头和你舅舅商量商量，随你怎么折腾去吧。"郭芙蓉叹了一口气，总算含糊答应。

郭伊然却兴奋得一下在妈妈的脸上一阵猛亲，她怎么都没想到，如此纠结的问题，就这么轻易地给解决了。

半裸婚礼进行得异常简单，就是双方老人，还有几位特别亲近的亲戚，在酒店包了几桌丰盛的酒宴。宋浩天本来也想请下陈晨，但仔细想想，这样的场合不太适宜，更重要的是他实在害怕借钱的事情穿帮，更不知道该怎样对郭伊然谈起陈晨。虽然他内疚到眼睛发绿，胸口发闷，也只能电话陈晨说，他们准备旅游结婚。

因为简单，说是婚礼，倒更像是一次亲人间的聚会 Party。郭芙蓉虽然心里觉得不怎么痛快，但想到毕竟是女儿的终身大事，只要女儿开心也就万事大吉，干吗非要死撑面子活生气地和女儿拧来拧去。

宋浩天的父母宋江和赵丽萍，都是中学教师。他们教书育人一辈子，思想相对前沿开明，只要不超出他们自认为的原则，一般随孩子折腾。所以，婚礼虽说简单，因没有了大操大办的嘈杂作秀成分，反而亲亲密密，显得分外温馨愉快。

望着眼前幸福美满的一片和谐场面，宋浩天和郭伊然的心里那个顺畅，简直比吃了蜜糖都甜。敬酒吃菜，几杯酒喝过，宋浩天竟然感觉有点天上人间，飘飘欲仙。他偷眼看看身旁满面娇羞的新娘子郭伊然，不禁在心里暗暗得意：嘿嘿，终于，我把这个刁蛮美丽的小女人给娶回了家。

但就在这一关键时刻，无意间，宋浩天透过饭店的大玻璃窗，突然发现，外面缓缓发动的一辆宝马车摇下的玻璃窗里，闪过一张熟悉的面孔。他心里一惊，怎么像是陈晨？陈晨她怎么会在这里？

甚至忘记了自己是在婚礼上，宋浩天站起身来，急急忙忙来到饭店门口。但是，那辆宝马，已经绝尘而去。郭伊然不知道发生了什么，看宋浩天突然离席，也匆忙跟了过来："怎么了，你在看什么？"

"没什么，我感觉眼睛里，好像进了点儿什么东西，就到外面来揉揉。"宋浩天说。

但是，宋浩天实在不是一个善于撒谎的高手。说这些话时，宋浩天的脸上，竟然有些微微地发红。

第四章 ● 蜜月中的催命电话

1

宝马里的那个女人不是陈晨，是宋浩天自己神经过敏，鬼使神差竟然看走了眼。

此刻，陈晨正游荡在美丽的江南。从周庄到乌镇，陈晨一路淋漓地享受着沿途的特色美味以及祖国的一派大好河山。心情说不上特别的好，也说不上特别的糟，犹如她这次意外的江南之行，可有，可无。

陈晨对宋浩天一直抱有强烈的好感。这种好感，虽然有点儿离谱古怪，不同于男女之间纯粹的爱情或者情爱，但有时候，甚至比这些来得还要真切和猛烈。当然，从另一种意义上来说，宋浩天还曾经是陈晨在最痛苦无助时的一根救命稻草。

她惊奇于宋浩天嘴上油皮，实则还算纯善，有着坐怀不乱的心性。当油皮和纯善这两种看似完全不搭调的东西，同时体现在一个男人的身上时，就会形成一种强烈的气场，这气场就会不时地散发出一种魅力和吸引。特别是在视情感如游戏的当下，这样的雄性，那简直就如一稀世珍宝似的，熠熠生辉。

江南的小镇古朴清秀，清一色的古老房屋，许多屋顶都有着好看的飞檐。陈晨眯缝着眼睛，看清清的溪水潺潺地绕过一排排青石铺就的路面。屋前，偶尔有晾着的渔网，渔船悠远地漂在天边的淡淡雾气里，如一张大写意的水墨画。孩子们天真的笑脸，无端地在阳光下光芒灿烂。

陈晨的心情也跟着这沿途的一切，妖娆澎湃，起起伏伏，灿然一片。在家宅得太久，再不出来溜溜，连身体也要发霉。她不紧不慢地给自己点燃了一根香烟，在淡淡的烟雾里，思绪游弋。

这还真要感谢宋浩天，要不是自己刻意回避参加他和郭伊然的婚礼，很有可能就没有了这次的意外出行。可自己为什么要刻意回避参加他的婚礼？是自己太宅，还是害怕受不了婚礼上的闹腾和刺激？

一时间，陈晨还真是搞不大明白。看来，她得好好想想这个艰涩的问题，不能就这么稀里糊涂地放任自己，再这样一直浑浑噩噩下去，她得整点儿什么实质性的事情来干干。尽管，她并不需要用做事儿来赚钱一日三餐地养活自己。

可做什么好呢？当然，自己毅然决然，让大家羡慕嫉妒地从江城晚报社闪亮辞职，一心想做个贤妻良母型的专业小煮妇，却无奈被“小三”搅局。专业小妇人没有做成，反而险些被“小三”暗算轻生。出了这么个崩溃惨烈的状况，江城晚报社，说什么陈晨是再也不好意思回去了。转行开个什么公司跻身商界女强，她有这个经济实力，但并不是她的擅长和喜好。这个问题，一时间让陈晨犯了难。要不，在网上开个什么“剩余人生店”来打发下无聊的时光？

“剩余人生店”，也就是出售自己闲暇的时间。“出售时间”，也就是拍卖自己的时间去给别人办事儿。你想干吗，让我帮你来完成。给你节约了时间，然后，你支付我一定的费用，双赢。

陈晨有大把无聊得可以任意挥霍的时间，而且衣食无忧。她突然就想起了自己在江城晚报社时，曾采访过的那个首创第一家“剩余人生店”的小女子陈潇。

2

人无论处于何种境地，在某一瞬间都曾有过近乎于绝望的孤独与颓败，这无关乎身份的高低，事业的成败。

2008年冬天，一向阳光自信的女孩子陈潇，突然感觉迷失了方向。她因一时工作疏忽被领导痛批，瞬间感觉满目皆空。原来，自己整天驰骋拼杀，也只不过为了混口饭吃。她感觉自己累了，很累很累……她辞去工作，关掉手机，切断和外界的所有联系，蒙头大睡。

昏睡之后，陈潇却更加迷离。面对房间里死一般的寂静，她甚至失去继续生活下去的动力和勇气。活着真没啥意思！她忽然想惨烈地放弃自己的生命。

打开电脑，她把自己的想法写进了心情日记。可写着写着，她的心情竟豁然开朗。她喜欢网络，喜欢在这个虚拟的世界里晃荡，与其这样灰暗到死都不怕，还不如把自己的后半生交给网络，由网友们来安排自己的生活。

精疲力竭的陈潇，就在论坛上发了一个题目为《我把自己的下半生交给网络》的古怪帖文。她在帖文里说：我想由网友来安排我剩余的生命，在你们的安排下，我或许会找到活着的理由和价值，或许可以为你们做点什么事情……

写完这些，陈潇自己也不清楚为什么要这样做，好像冥冥之中有种冲动，就想在这里发泄一下，她想知道有多少人和她一样正感觉孤独无助。或者，她想换一种生活方式也不定。这个霹雳古怪的帖子，瞬间令无数网友目瞪口呆，热血澎湃。立刻，陈潇就收到了很多网友下达的任务，订车票，送鲜花，送外卖等等。

陈晨正一边悠然地吐着烟圈儿，一边沉醉于自己对昔日采访的美好回忆。此刻，正好有一对儿恋人，从陈晨的身边经过。只听那女的说："你丫的不要一直死缠着我好不好？我告诉过你，咱们已经没有任何的交集。

你这样死缠烂打，只会让我更加讨厌和鄙视你。以后，连朋友我们都没得做。”

听女的这么说，男的就怯怯地说：“你以前不是这样的，咱们以前很有感觉。”

女的把眼睛一横：“以前是以前，现在是现在。昨天过去了，你还能让它重新回来？别这么无聊地跟着我，整得跟丢了魂的娘儿似的，让我瞧不起你。”

男的不敢再满脸忧伤地跟着女的，殷勤讨好，他木然地站在青青的草地上发呆。女的一扭细腰，愤然离去。

陈晨看着他们，突然也就那么眼睛一亮，一个近乎崇高的决定，在她的脑子里突然闪现。

要不，我在网上开个“失恋刻录店”？

人们都有倾诉的欲望，特别是在失去痴爱和被甩的时候。如果自己别出心裁地首创这么一个网店，让人们把这些珍贵的记忆变成一段回忆永远封存起来，岂不是一件特伟大特有意义的事情？

如果自己真建这么个“失恋刻录店”，不仅会让失恋者看到别人的爱情碎片，更容易释怀，还可以让正在恋爱的人们，更加珍惜现在拥有的幸福。而且，“失恋刻录店”还能把这些曾经失恋的朋友聚在一起，相互倾诉取经，总结失败教训，重新投入轰轰烈烈的爱情和生活，一定大受欢迎。

她甚至开始构想，“失恋刻录店”的宣传语：似水流年，我们彼此之间错过了彼此。失去的永远不会回来，但你可以选择在此刻录你曾经的点点滴滴。

或是一段伤痛的记忆，或是一段美好的回忆，或是一句终生难过的爱情耳语，或是一直无法释然的爱情背叛，“小三”插足……昔日的恋人已去，这些曾经的爱情誓言故事，是否还一直缠绕着你？你是否还一直为此伤心绝望，耿耿于怀，撕心裂肺，而迟迟不能打开心结步入新的旅程？

也许，心有千千结的你，可以把这些刻骨铭心的回忆写成一段文字，放在“失恋刻录店”里珍存。现在，“失恋刻录店”专门收藏这些让人纠结的回忆。

对，就这么办。这个“失恋刻录店”，陈晨我是开定了。

3

次日一早，宋浩天和郭伊然，也踏上了他们的新婚蜜月之旅——云南。

云南一直是郭伊然的梦想。早在上中学的时候，郭伊然因语文课本上的一篇“澜沧江边的蝴蝶会”，开始对那里充满了好奇。课本中描写的那幅情景，郭伊然不仅至今记忆犹新，而且还能倒背如流：“……山麓有树大合抱，倚崖而耸立，下有泉，东向漱根窍而出，清洌可鉴。稍东，其下又有一小树，仍有一小泉，亦漱根而出，二泉汇为方丈之沼，即所溯之上流也。泉上大树，当四月初，即发花如蛱蝶，须翅栩然，与生蝶无异;又有真蝶千万，连须钩足，自树巅倒悬而下，及于泉面，缤纷络绎，五色焕然……”

这是一幅多么令人目眩神迷，而又美妙奇丽的景象啊。初恋那会儿，郭伊然曾无数次闭着眼睛，猫咪似的赖在宋浩天暖暖的怀里憧憬。宋浩天就抚摸着她毛茸茸的脑袋瞎吹：“傻不傻啊，你能不能有点儿理想？就这么个小小的愿望，却整日挂在嘴边念叨。等我发达了，一定带你去看。”

郭伊然就等啊等，可是，等了这么若干年，也一直没见宋浩天发达。不但没有发达，而且还没见他有什么发达的迹象。他们的蜜月旅行，当然就步调一致，毫不犹豫地定在了云南。背上行囊，他们的第一站，理所当然地就是语文课本中所描写的大理。只可惜到了那里，并没看到传说中的绮丽景象。蝴蝶倒是有，不过，只是稀稀落落的几只而已，还被圈养在一个玻璃房里，供游人观察。

这多多少少让郭伊然感觉有点儿遗憾，可这又有什么关系。再美的风景，也要有一个好的心情。再愉快的旅程，也要有一个让人赏心悦目的旅伴。旅行如此，人生之旅更是如此。

现在，宋浩天和郭伊然就是彼此心中的那片最美的风景，彼此心里的那个最赏心悦目的旅伴。是谁说的来着，有情饮水饱，更何况抛却了折腾房子的身心疲惫，远离了工作的紧张压力，抛弃了生活中那些细枝末节的小琐碎，放眼大自然所赋予人们的青山绿水，宋浩天和郭伊然，都有种回到了初恋的心跳和恍惚。

从大理到西双版纳，再到香格里拉和古城丽江，点点滴滴，都留下了他们的耳鬓厮磨，以及爱的脚步。宋浩天和郭伊然日出而起，日落而息，住农家客栈，吃粗茶淡饭，自由散漫得如同一真正醉心于一方乐土的快乐小农。

有时，郭伊然会因昨晚的和谐运动，慵懒地赖在床上不起，宋浩天就拍她光溜溜的屁股。拍着拍着，就发现自己身体的那个部分，又开始蠢蠢欲动。宋浩天就把嘴巴移向郭伊然的耳朵轻声问她，要不要老公进去？郭伊然说讨厌。他强行抱紧她，从后面袭击。郭伊然佯装抵抗地扭动身体，越扭动，宋浩天越控制不住地加紧袭击，直到郭伊然柔软着身体就范，和他一起翻云覆雨。

那个时候，窗外早已鸟声婉转清脆，阳光满地流金。

4

遗憾的是，这种彻心彻肺，让人醉生梦死的迷醉和快乐，并没有得到发扬光大和延续。蜜月刚刚回来，宋浩天就沮丧地接到吴总吴森森催命似的电话，让他提前上班。

吴总在电话里轻言婉语，语气却不容置疑。她说："浩天啊，公司要上个新项目，你这个策划总监还是别蜜月了吧，提前上班。当然，王董事长说项目弄好，会给你不菲的提成和奖励。"

宋浩天本来不大乐意。新婚蜜月，那可是一刻千金的充满感觉和刺激。但当听到提成奖励，宋浩天马上一激灵，贪婪的眼睛立刻大放光彩。马不吃夜草不肥，人不得外财不富，有奖励就好商量，他现在最需要的就是，钞票钞票还是钞票。何况，不好商量他就不去上班？玩笑，不想混了，这可是他的工作饭碗。这年月弄份还行的工作多么不易，他就靠这份工作来养家糊口，连同供养房子，他没得选择。

宋浩天不仅要去上班，他还要把这个意外的惊喜告诉郭伊然。但他转念一想，不成。他可以告诉伊然提前上班，但关于提成奖励这事儿，说什么也不能告诉她。他要用这个钱，去偷偷偿还陈晨的借款。他正闹心自己的薪水在伊然面前几乎透明，正为怎么偿还这笔款项而犯难。真乃傻人傻福，天助，天助。

郭伊然听说宋浩天要提前上班，小脸一拉，极不愉快，她还没有从甜蜜的感觉中苏醒过来。宋浩天就打趣："傻瓜，是上班又不是失踪，急什么急？你对我还真是一会儿不见，就如同隔了三秋。"

郭伊然说："晕，一大男人也这么自恋。谁稀罕你，赶紧去吧，最好能得到你们领导的赏识，给你来个加薪连带提升，也好尽快还我们的房贷。"

宋浩天笑："你认为升职像飞机起飞那么容易？就是飞机起飞，也要在地上滑翔那么几圈吧。"

郭伊然说："你滑翔了有一阵子了吧？你就不会像架直升机，不用滑翔就直接蓝天。"

宋浩天抱过郭伊然，亲昵地捏捏伊然的脸蛋："老婆大人放心，房子有了，面包当然也会有的。你要充分相信你的男人。"

郭伊然对宋浩天的话基本不抱什么希望，也懒得和他贫嘴，就乖乖地赖在宋浩天的怀里，不再吱声。

宋浩天去公司上班后，偌大个空间，就剩下郭伊然一人孤孤零零。这一阵子紧张忙碌惯了，突然清静下来，郭伊然竟然感觉有点儿不很适应。她先是可着性子睡足睡够，睡醒后，就开始在房间里折腾。

她利索地把浩天扔得乱七八糟的衣服整理一遍，接着，她开始擦桌拖地，井井有条地打扫卫生。等一切整理妥帖，郭伊然擦了把额头上细碎的汗珠，洗脸、梳理头发。她把散着的长发在脑袋后面，松松散散地挽了个漂亮的髻，就很小妇人地去菜市场买菜。

郭伊然在菜市场里溜来溜去，菜的价格触目惊心。只一把小青菜，就能卖到3元一斤。3元钱啊，就那么一把青菜。放到锅里那么一翻腾，也就那么几小口，还让人活不？但一路问下去，更让她手心发汗，心灰意冷。

郭伊然这才感到，做一个家庭主妇是多么的不易。回想起没结婚以前，妈妈做的饭菜一不可口，自己就会使小性子，把嘴一撇去啃水果。残羹剩饭，当然还得妈妈下一顿应付。郭伊然就在心里怪自己不孝，她下决心以后要对妈妈好，哪怕饭菜不对自己胃口，也要面带微笑，满含感激地吃下去，这至少是对妈妈辛苦劳动的尊重。

可眼下问题，她得先把宋浩天的肚子给整服帖，这才是一个良家小女人应树立起来的美德形象。但是，这杀人的菜价，郭伊然恨得咬牙。

就这样转来转去，郭伊然就转出了一股豪迈。不就一顿美味，能破费到哪里去？想起曾经在网上看到的一道法式牛排浓汤，郭伊然精神一振，她今天要给宋浩天来个意外惊喜，权当给他辛苦赚钱的奖赏。

5

宋浩天的公司，离他们居住的小区还有一大段儿距离。他的午饭，因此也就在公司解决。

郭伊然一个人懒得去做，也就随便吃了一碗泡面了事。上网重新找到那个法式牛排浓汤的帖子，郭伊然开始仔细研究起来。

精心准备好晚饭，郭伊然看看时间还早，感觉闲得无聊，就趴在新房的阳台上，一边欣赏窗前那颗枝叶繁茂的大榕树，一边等待宋浩天下班。可是，一直等到太阳西沉，路灯放亮，脖子发酸，郭伊然才等到宋浩天风尘仆仆地回来。

宋浩天一进屋，就看到餐桌上漂漂亮亮地摆放着牛排、清蒸芋头，还有一大碗五颜六色的汤。宋浩天高兴地尝尝牛排，嗯，味道不错，很是西洋。再尝尝清蒸芋头，有股儿乡土的新鲜。他正想夸奖郭伊然厨艺怎么突然长进，却发觉汤的味道不怎么对劲儿。宋浩天只喝了一小口，就起迅速身跑到洗手间，哇地一下，吐了。然后，他问："伊然，这汤，你到底怎么做的？"

郭伊然斜眼看看宋浩天，一脸无辜。她说："这个法式牛腩浓汤，是我刚在网上学的。因洋酒太贵，我不舍得买，就在楼下超市买了蒙古口杯来充当。没想到，口感就这样了。"宋浩天一听，差点笑死。笑过之后，宋浩天说什么也不肯再喝一口这伪造的法式牛腩汤。

郭伊然看宋浩天不喝，感觉倒掉实在可惜，就赌气自己去喝。可是，那么老大一碗，味道确实不怎么样，郭伊然喝着喝着就来了气。心想，不就是味道不怎么好，营养成分总还是有的吧？德行，喝点汤真能把他喝死？我没有功劳也有苦劳吧？两个人一起，就应该处处理解和尊重，还应该感激和包容。他这样算什么？完全就大男子主义，完全就是对自己的无视。

偏偏宋浩天忙碌了一整天，根本没有觉察出郭伊然的这些细密的心思。看伊然喝得一脸痛苦不堪，宋浩天说："不好喝你就别勉强啊，倒掉得了。"说着，关切地伸手过来，想拿掉伊然手里盛汤的汤勺。

郭伊然正暗自恼火，一反手打在了宋浩天伸过来的手上，她说："倒掉？说得轻巧，你以为这都天上掉下来的？这都是掏钱买来的知道不，都是钱啊。扣掉房贷，你算算这个月还有几个钱？没有钱，还瞎讲究摆谱儿。"

宋浩天本来好心好意，不想莫名其妙地换来一巴掌，以及无端的抢白，心里自然不爽，就顺口说："整天钱钱钱的，你能不能说点别的？谁讲究摆谱儿？没有钱你还买什么牛排？不就一碗汤，味道不好我也没说什么对吧，你这是发的哪门子神经？"

郭伊然委屈："好啊浩天，你个狼心狗肺。我好心想给你个惊喜，你不领情，反倒说我神经。"说着，她把碗筷一推，赌气回了卧房。本来一顿欢欢喜喜的惊喜大餐，就这样被一碗汤给搅了。

宋浩天一个人闷头吃过饭，就窝在沙发里打开电视。郭伊然以为宋浩天会来哄哄自己，至少说句软话儿什么的，也算是对自己辛苦劳动的肯定和鼓励。可等了老半天，却发现他只当自己是空气，竟没事人一样地自个儿看起了电视。郭伊然狠得咬牙，她几步冲进客厅，一把夺过了宋浩天手里的遥控器，狠狠地拿眼睛瞪他。

宋浩天一看郭伊然那架势，整个一枚一触即发的炸弹。不想自找麻烦，宋浩天知趣地去洗手间洗漱睡觉，留下郭伊然一个人，握着遥控器发呆。

那夜，宋浩天和郭伊然背对背睡在新婚的大床上，谁也懒得理谁，床头是贴着的烫金大红喜字。

6

宋浩天从洗手间出来，正要回办公室收拾东西下班走人，却在门口被吴总吴淼淼拦住。

她一改平日的傲气，神情凄然地用一双妩媚的眼睛盯住宋浩天："新项目的方案你感觉怎样？"

宋浩天说："感觉蛮不错，很有前途。"

吴总勉强笑笑："7点半到艳阳天饭店368房间等我，我有事儿，想请你帮忙。"

宋浩天纳闷，本想和她开玩笑说有什么吴总你尽管吩咐，还什么请不请的。但看看她的脸色不对，就知趣地郑重点头。

宋浩天之所以私下敢和吴总开玩笑，是他和吴总吴淼淼在公司的关系非同一般。同样公司的骨干精英，同样的将近三十而立，论学历吴淼淼本科，宋浩天硕士。

吴淼淼之所以年纪轻轻就爬上了总经理的位置，而宋浩天却只混了个策划总监，是因为吴淼淼和风华正茂的董事长王博有那么一腿。为此，公司里议论纷纷，甚至有人暗暗为宋浩天不值。

这个说：“傲什么傲，也不看看自己是怎么上去的。靠身体往上爬，有什么好傲的。”

那个说：“可不，还指挥宋浩天？是能力比宋浩天强，还是文凭比宋浩天高？也不看看自己几斤几两，能吃几两干饭，想想自己是凭什么爬到今天这个位子。真装。”

甚至有人看不惯吴淼淼，愤然不满：“她凭什么对我指手画脚？就凭她的床上功夫？”传言归传言，也大都空口无凭，倒是大家一致感觉憋屈不值的宋浩天，真真正正地见识过吴淼淼和董事长王博那传言中的激情一幕。

说来也巧，有一次，宋浩天带郭伊然和朋友一起喝酒吹牛到深夜一点。回家时，才猛然发现，钥匙忘在了公司办公室里。因饭局离公司不远，宋浩天就让郭伊然在公司门口等，自己去办公室取。

在路过董事长办公室的时候，宋浩天透过玻璃窗子，正看到吴淼淼和董事长王博紧紧地抱在一起。抱就抱吧，令人尴尬的是，吴淼淼那如痴如醉的脸，却正好对着窗子。这样一来，她的眼睛就和宋浩天的眼睛，结结实实地撞在了一起。

四目相对，吴淼淼是满眼的慌乱羞愧，宋浩天是满眼的惊慌尴尬。可他们那风华正茂的董事长王博，偏偏面朝室内，并不知道此刻正发生的一切。他实在是太投入了，还在扭动着健硕的躯体，一边用他那长满胡楂的下巴，激情地蹭着吴淼淼白皙的脖子，一边忘情地把手伸进吴淼淼的衣服里，在她的腰部游弋。

宋浩天只惊慌失措地呆愣了几秒钟，没敢去取钥匙，就赶忙做贼似的悄悄溜开。以至那天晚上回家敲门，被已经睡熟了的老妈狠批一顿，这么大人了还整天丢三落四地忘记带钥匙。

次日上班，再看吴淼淼，宋浩天总感觉不敢正眼对视，就好像被人偷看到私密的，不是吴淼淼而是他自己。而吴淼淼的心里，也不比宋浩天好到哪去，更是在宋浩天面前羞愧难当，手足无措。

就这样僵持到下班，吴淼淼打电话向宋浩天坦白，说自己也是稀里糊涂，有时候，人的情感很难把控。听到这话，宋浩天感觉有点释然。这女人倒挺坦白，没有忸怩作态地编些理由，顾左右而言他地企图瞒天过海，不由得对她另眼看待。

自此，两人心照不宣，竟私下由领导与部下的关系，俨然变成了没有秘密的狐朋狗友。

宋浩天希望关于那晚尴尬的一幕，吴淼淼能对董事长王博闭口不提，省得节外生枝，让王博找借口炒他的鱿鱼，整没了他的饭碗，或者，凭空给他一双小鞋子穿。吴淼淼自然希望宋浩天可以对公司的上上下下，闭口不谈她和领导的激情表演，以保住她作为一个女人的声名和清白，以及作为一个领导者的良好形象和威望。

宋浩天曾偷偷问郭伊然，你说吴淼淼到底和王博混个什么劲儿?

郭伊然随口就是一句，还不是为了钱。

吴淼淼生于江南，虽然有着南方女人的妩媚和灵性，但她已经不再是青春萌动的小女生。她的青春花颜,正在一日日地消减。王博四十来岁，属于比较早的一批“海龟”，从澳大利亚留学归来，创办了这家博艺传媒营销公司。男人四十一枝花，何况他海龟多金，可关键是他有妻有子。

时间久了，宋浩天也曾私下里问过吴淼淼:“王博有妻有子，你就打算把自己的青春，这样地耗费在他这儿?”吴淼淼一脸茫然，不置可否。

宋浩天也不再追问，虽然他们已经是狐朋狗友，可谁还没点不想告人的小心思，哪怕是朝夕相处的小夫妻。

第五章 ● 婚姻是面照妖的魔镜

1

吴淼淼走后，宋浩天在走廊里悄悄给郭伊然打电话："伊然，我今天加班可能晚点儿回去，别等我吃饭了，你自己先吃。"

郭伊然在电话里显得极不情愿："讨厌。总加班怎么不见给你加薪？不回来吃饭，怎么不早点儿电话我？最烦你这个样子，剩饭你明天自己解决啊。"

宋浩天没心思和郭伊然玩嘴战，就说："嘘，小声点儿。乖哈，我们领导就在旁边。"说过，挂了电话。

重新回到办公室，宋浩天有点儿心不在焉。吴淼淼这样兴师动众找自己，到底会是什么事情？有什么在公司还不可以谈？干吗非要独自约自己到艳阳天？孤男寡女的，弄得神秘兮兮，好像他们之间有什么不可告人的目的。

想到这里，宋浩天的眼前，开始不自觉地浮现吴淼淼和王博那晚激情抱在一起的一幕。他甚至有点儿淫邪地想象，吴淼淼那柔软无骨的小身子，被王博健硕的身躯压在身下会是什么样的情景和刺激？王博的床上功夫，是否也像他对待公司那样严谨，那样一丝不苟？

尽管宋浩天感觉自己在这个时候，联想这样的场面实在不应该，甚至龌龊，但他转念又为自己开脱，哪个男人私下里还没有一点小小的邪恶。他宋浩天从不和女人瞎搞，难道想想也不成？想着想着，他的嘴角就不自觉地微微上挑，现出一个不易觉察的诡秘微笑。

直到办公室的同事都走了，宋浩天看看时间已将近7点，才匆匆下楼打的直奔吴淼淼约好的地点——艳阳天。

推开艳阳天368房间包房的门，吴淼淼已经候在那里。她正无精打采地翻看自己的手机，面前是一杯好像还没有动过的蓝莓冰茶。见宋浩天过来，她也不寒暄客气，直奔主题地拿起手边的菜单，向服务生一口气点了清蒸鲈鱼、啤酒鸡翅、凉拌小芥蓝、牛奶鸽子汤。然后，问宋浩天："想喝点什么？"

宋浩天笑笑说："不用搞得这么庄重，咱随便。"吴淼淼就盯住宋浩天看了老半天，一直盯得他感觉有点不好意思，甚至有点发毛，才歪着脑袋，一脸孩子气地说："那今天来点白的？咱们喝醉吧？怕不怕回去挨批？"

在一个战壕里一起厮混这么几年，宋浩天还从没见过吴淼淼这种天真无邪的可爱表情，他一时间来了兴趣。更何况一个大男人，决不能在女人面前丢脸，就笑笑说："好吧，咱们今天一醉方休。"

但吴淼淼口是心非，她和宋浩天一起猛灌了几杯，就开始两手支撑下巴，眼神晕晕乎乎，扑朔迷离地将宋浩天的军。宋浩天清楚吴淼淼的酒量，别看她生得一副娇小玲珑，喝起酒来却相当凶悍。虽然宋浩天也能来个半斤八两不倒，但绝对不是吴淼淼的对手。

一般情况下，如果比较在状态的话，吴淼淼一个人喝翻两个男人，绝对不成什么问题。要不人们怎么会说，女人这动物要么不能喝酒，要么就特能喝。

想着这些，宋浩天就握着酒杯忐忑。怎么说，他堂堂一个大男人，也不能醉倒在一个女人面前，特别这女人还是自己的顶头上司。如果真醉倒的话，就简直太囧，就不成体统，就不只是面子和规矩的问题这么简单了。更何况酒能乱性，一多就乱，现在正是孤男寡女的非常时刻，宋浩天他必须好好把控。

可吴淼淼这女人好像今天偏偏中邪，成心要把宋浩天灌醉似的不依不饶。

2

没有办法，宋浩天只好苦笑着求饶："我知道吴总你海量，可是，你这样激将有失公平。要不先吃点儿菜，然后，咱再接着来。"宋浩天之所以叫吴总而没有直呼吴淼淼其名，就是暗中提示吴淼淼他们之间的君臣关系，别酒后搞乱次序，后悔终生，那不亏死。

谁知还没等宋浩天把话说完，吴淼淼的眼睛里，就有泪水涌动。宋浩天心想坏菜，一直害怕喝多乱性，这还没有喝多，就开始乱了。吴淼淼今天这是怎么了？犯的哪门子病？就是犯病，也不该在自己的下属面前哭啊，多丢人。虽然他们之间是没有秘密的狐朋狗友，不过，他还真没看到过吴总的眼泪，哪怕是私底下。看来，今天麻烦大了。

宋浩天生平最怕看到女人的眼泪。曾经有那么几次，他恨郭伊然恨得咬牙切齿，但郭伊然就那么轻声一哭，他立刻就乱了方寸，丢兵弃甲，无原则性地亲她哄她。可眼下，这是他的顶头上司。看惯了她平日里的呼风唤雨，一派威严，一时间，宋浩天感觉如坐针毡，很是慌乱。宋浩天坐也不是，劝也不是地僵在那里只有几秒，就迅速拿起一张纸巾，给吴淼淼递了过去。

吴淼淼接过纸巾，擦了下眼睛，却自嘲地苦笑："浩天，你真够兄弟。换了别的男人，在这样的情况，可能早已经想入非非，蠢蠢欲动。或者，巴不得把彼此灌倒。"

宋浩天被吴淼淼这样没头没脑地夸奖一通，心里一惊，难不成吴淼淼这是鸿门宴在试探自己不成？可是，没有理由啊！自己一直踏实本分，兢兢业业，并没有任何篡权夺位的野心以及非分之想，有什么可让她如此费尽心机地试探？

宋浩天正暗自纳闷，却听到吴淼淼说：“浩天，朋友不需多，我吴淼淼能有你这样一个朋友，也知足了。可是，你怎么就不好奇我为什么伤心呢？”

听吴淼淼这么一说，宋浩天终于释然。原来，这个才是今天的重点。其实，别看吴淼淼平日里一脸傲气，走路脊背挺直，在公司呼风唤雨，那还不都是因为她所在的位置。除却她的位置，她在公司混得简直一文不值。宋浩天感慨，人生混到这步境地，真不知是成功，还是失败，是庆幸，还是悲催。想着这些，宋浩天就满眼关切地问她：“淼淼，到底发生了什么事情？”

事实上，从今天吴淼淼约宋浩天出来开始，宋浩天就一直充满好奇，一直感觉吴总今天一定有什么不对劲的地方。只是，迫于吴淼淼是自己的上司，宋浩天不敢妄自菲薄，轻易造次罢了。他的一句“淼淼”，让吴淼淼心里顿感五味杂陈，她低垂着的眼睛里，又开始一片朦胧。

宋浩天心里一慌，只好端起酒杯缓和气氛。他说：“淼淼，有什么你尽管和我说。你就当我是一大垃圾桶，有什么不快，你尽管扔给我。来，这杯酒，我陪你喝。”

3

没想到吴淼淼端起酒杯，一饮而尽。

可能喝得太猛，也可能吴淼淼今天实在不在状态。一杯酒下去，吴淼淼竟然感觉天旋地转，眼前重影，胃里顿时一阵剧烈翻腾。她赶忙拿起纸巾，捂住嘴巴。

宋浩天看她这是要吐，也急忙起身，扶她一起去洗手间。从一开始，他们就凶悍地灌酒，几乎没吃什么东西。因而，吴淼淼只是一阵干呕，并没吐出什么东西。可是，这想吐吐不出的感觉，其实更让人痛苦难受。宋浩天看着吴淼淼一脸的痛苦难过，用手轻轻地拍打着吴淼淼的背，心里不觉一阵心疼。

职场猛于虎，说实在的，吴淼淼混到今天，也真不容易。可她今天到底怎么了？

正想着这些，却听到吴淼淼一边呕吐，一边痛苦地说："浩天，你知道吗？王博被一个叫于北北的女人勾去了魂儿。"

"什么？于北北？王博他和于北北……"犹如一颗重磅炸弹，宋浩天一下被吴淼淼的话给炸晕，他简直不敢相信自己的耳朵。于北北不是自己的同学、郭伊然的狗友？她和王博怎么会搞到一起？世界如此之大，男人如此之多，不会这么巧吧？

可事情就这么巧，吴淼淼看宋浩天愣在那里，接着说："你一定不相信是吧？可是，千真万确。我已经跟踪他们很久了，并且，我还知道，于北北是你的同学，伊然的好友。"

什么？宋浩天飞快地转动脑子，以求跟上吴淼淼的思路。这么说，吴淼淼今天约自己来，不是和自己叙旧诉苦，而是另有目的？天哪，不会吧？伴君如伴虎，她不会想是我们三个串通一起，对她……天地良心，我宋浩天从来不做这么龌龊的事儿。想到此，宋浩天不觉一身冷汗。

吴淼淼一阵干呕之后，终于感觉好了一些。但她仍然气若游丝，可怜楚楚。她说："浩天，今天约你出来，我竟然如此不在状态地喝飘，真是不好意思，但我还是想请你帮忙。你和于北北是同学，只有你能帮我搞定她。而且，我知道你一定会帮我的。"

听吴淼淼这么一说，宋浩天紧绷的神经，一下松弛下来。他长长地出了一口气，原来，吴淼淼这是让自己帮她夺回她不堪的爱情，只怪自己心理复杂阴暗想得太多。

但是，宋浩天马上又开始犯难。感情这种东西，是谁想帮忙搞定就能帮得了的？简直是笑话，除非手段卑鄙下流，从中使坏作梗。可我宋浩天虽然不能说多么崇高伟大，也至少一贯良民。何况，于北北是自己的同学、伊然的闺蜜，怎么可能下得了手？

这可真是一个非同一般的艰难任务。看来，今天虽然不是什么鸿门宴，但比起鸿门宴来，更为纠结复杂，更令宋浩天头疼和发愁。一边是自己的同学，一边是自己的上司，两个女人之间的战争，怎么说也不该他这个局外男人去掺和。

可他能拒绝吗？不能。除非宋浩天不想混了，新项目的提成奖励也不想要了。这一切，还不都是吴淼淼说了算。吴淼淼肯定会找借口，拿提成奖和自己说事儿。可宋浩天的房贷借款，都还等着这些去偿还。要知道，现在这个来之不易的饭碗，可是宋浩天的所有经济来源和支柱。

宋浩天说什么也不敢掉以轻心，说什么也得好好斟酌。要不，让郭伊然出面，先探探于北北的口气？

4

从艳阳天回到家里，已经是深夜 11 点多。

一进门，宋浩天就感觉屋子里的气氛明显不太对劲儿。一向喜欢按部就班、早睡早起的郭伊然，竟然还瞪着一双水灵灵的大眼睛，在精神抖擞地看电视。

果然，还没等宋浩天关好房门喘口气儿，郭伊然就开始兴师问罪，对宋浩天阴阳怪气地一阵狂轰滥炸："哎呀，我说姓宋的，刚刚结婚你就长了成色，学会了早出晚归哈。照这样发展下去，那也就离彻夜不归不远了。"

宋浩天笑："你看你说的。"

郭伊然不依不饶："我说得不对吗？怎么谈恋爱那阵儿那么积极？这么快就开始厌倦了？我还以为你超凡脱俗，不同一般。原来，男人都一个德行。你说，你这么晚回来，明天到底还去不去你爸妈那里？"

宋浩天赔着笑脸："我这不是努力加班，在为咱的房子拼命吗？爸妈那儿当然要去，和他们说好了，怎么能不去。"

郭伊然立刻把小脸一沉："那你还不早点回来。加班加班，整天就你事儿多，你以为自己是公司的首脑灵魂，公司离你就转动不了了？哦？你不是说加班吗？怎么满身的酒气？该不会是偷偷约会了哪个美女吧？”

郭伊然本来只是对宋浩天加班不满，也就那么随口发泄乱弹，谁知一下弹中了宋浩天的心事。宋浩天心里不觉一阵发虚，怎么说，他也不能把自己和吴森森单独喝酒的囧事和盘托出，尽管他和吴森森之间是“公事正事”。但是，毕竟孤男寡女的独处包房喝到现在，这种事儿还是少说为妙，省得打翻她的一罐老醋坛子，让她浮想联翩，节外生枝。

看来，男人很多时候的谎言，都并非出于本意，都是被逼无奈。这样想着，宋浩天就勉强笑笑岔开话题:“乖，怎么还没睡觉？这都 12 点了。”宋浩天这样说是想早点睡觉，明天好精神抖擞地去他爸妈那里。

郭伊然偏偏不吃这套儿:“还知道 12 点了，我这不在望眼欲穿地等你啊？少来，快给我老实交代，身上怎么有如此大的酒气？究竟会了哪个美女？”

宋浩天满腹心思，没心情和郭伊然唧唧歪歪，就强颜欢笑讨好伊然:“傻瓜，家里有你这么个美女，我哪还有那个心思，除非你不要我。傻不傻啊，你说哪来的酒气，加班后公司的饭局啊。你以为一直饿着肚子加班到现在，那还不把人给加死？”说过，宋浩天折回身子，抱住郭伊然的细腰，强行拖她一起去卧室睡觉。

郭伊然本来等宋浩天等得满心是火，但被他这么一哄一抱，火气顿时也就没了，她说："讨厌，还不快去刷牙洗脸。以后加班，记着早点给我电话，也不许你再回来这么晚。”

5

宋浩天的父母宋江和赵丽萍，住在江城老城区的一栋教师公寓楼里。

美其名曰教师公寓，其实也没名字这么气派招摇，大概至少已有十几年的沧桑历史，面积也就 60 多平方米。而且，此楼地处闹市的一条小胡同里。

小胡同七拐八拐地一派幽深，以至郭伊然第一次来宋浩天家拜见宋浩天的双亲，就被小宋同学带着拐来拐去地终于拐晕，忍不住大笑着和宋浩天打趣："敢情这闹市区里还藏着这么个一径通幽的宝地，挺有戴望舒前辈《雨巷》里的韵味，只差我幽幽怨怨地撑一把很诗意的油纸伞。"

其实，在宋浩天还在读大学的时候，他们家本来可以换套大一点儿的房子。但因新建的房子距新城区比较偏远，上下班诸多不便，又考虑到浩天念大学考研正需要钱，宋浩天的父母商量后，毅然决然地放弃。

谁知道也就这么几年的光景，房价就像坐上了火箭，嗖嗖嗖地往上飞，一下飞了好几倍。真乃此一时彼一时啊，很多事情难以预料，往往一念之差，后悔晚矣。今天，因宋浩天远在乡下的叔叔和婶婶前来看望自家兄嫂，父母就打电话给浩天和伊然让他们周末回来一起欢聚。

郭伊然一直对宋浩天父母出手大方，给他们首付买房心存感激，她打算今天好好表现表现，也好给公婆在叔婶面前长个脸面。因此，趁昨天宋浩天上班，她自个儿去超市买了一大堆好吃的东西。她还特意买了一条长长滑滑的大鳝鱼，准备来个刚在网上学会的红烧膳段。虽说婆媳历来是一对天生的敌人，但这种敌我矛盾，大可通过彼此之间的相互理解来歼灭。何况，她还是自己最爱之人的亲妈妈。

这样想着，郭伊然就感觉自己很是伟大，很具备好媳妇的潜质和风范。谁知刚一进门，郭伊然就立刻被婆婆的所作所为一下搞晕。在她推开门的一瞬间，她就吃惊地发现，自己在旅游结婚的时候，刚刚给婆婆精心挑选的一件深红色的针织镂空开衫，却大模大样地穿在了婶婶的身上。

难道我买的衣服不好？还是自己的眼光差到婆婆不屑于穿？婆婆这是什么意思？

碍于婶婶叔叔的面子，郭伊然虽然感到极为不爽，却不好当面去问婆婆求证。但她心里实在憋闷，就趁婆婆和婶婶说话的间隙，悄悄把宋浩天拉进了厨房责问："浩天，你看到没？"宋浩天早已经看出谬端，但他只能装聋作哑地问看到什么。

郭伊然咬牙切齿:“装，你就继续给我装。你眼睛近视还是没有睡醒?我给你老妈买的衣服啊，怎么被你妈送给了婶婶?这不明摆着是对我孝心的漠然和蔑视?你妈她到底什么意思啊?”

宋浩天也感觉这件事情，老妈做得似乎有点过火，好歹这也是伊然的一片孝心。纵然是颜色或者样式什么的不很和她老人家的心意，也没必要马上就送人。但如果他这样一说，那肯定是给正在气头上的伊然火上浇油。因此，宋浩天只得尴尬地笑笑，说:“看你都说些什么啊。老妈她可能感觉婶婶在乡下过得不很如意，没想那么多就送给了婶婶，哪有你想的那么复杂。来，我帮你一起去整你昨天买来的鳝鱼。”

郭伊然把眼睛一横，说:“去，你说得倒比唱歌还好听。你今天必须给我问问清楚，否则，我以后再也不敢给她老人家买什么东西了。送婶婶衣服当然可以，但干吗非要送我给她买的?同样款式的衣服，我妈妈穿得那个开心，还逢人便夸，你看啊，这是我宝贝女儿和女婿在旅行结婚时给我买的，多漂亮合体。我就弄不明白，你妈她到底是看不上我买的衣服，还是对我有什么成见?同样的衣服，同样是妈，妈和妈怎么如此不同?”

6

正说着，宋浩天的妈妈赵丽萍笑眯眯地走进了厨房。

赵丽萍和婶婶聊得很是开心，并没注意到宋浩天和郭伊然的神情不对。她一进来，就对宋浩天和郭伊然说:“我说浩天、伊然，你婶婶她最爱吃韭菜馅饺子，我已经整好了饺子馅，你们两个赶紧洗下手，叫婶婶一起帮忙来包。”

“什么?中午要吃韭菜馅饺子?”郭伊然本来就一肚子恼火正没处发，听婆婆忽然说要吃韭菜馅饺子，她就毫不客气地问:“吃饺子怎么不早说啊?那我买的鳝鱼今天就不吃了?”

赵丽萍一边揉面，一边说:“鳝鱼啊，先放冰箱里，晚上再吃也不迟。

咱们今天中午先吃饺子。”

宋浩天害怕伊然接下来说出什么难听的话来，赶忙上前打圆场，他说：“妈，伊然她最不爱吃韭菜馅饺子了，要不饺子咱明天再吃？”

赵丽萍仍然一边低头揉面，一边唠叨：“你看这面我都快揉好了，你们怎么有那么多的讲究？我们年轻的时候，那可是只有过年过节才能吃上饺子。真不明白你们现在的孩子，到底怎么了，嘴巴那么刁，这也不吃，那也不吃。”

赵丽萍本来只是随口说说，郭伊然这边却听得分外刺耳。她先是一愣，终于忍无可忍。她本想说：“我就不爱吃个韭菜，犯得着这么上纲上线地挖苦？你还没有个不喜欢吃的菜？你们吃吧，我有事先回去。”但她转念想到叔叔婶婶他们都在，一大家子的弄僵实在不很好看，话到嘴边，又给硬生生地咽了回去，只是委屈得眼泪在眼眶里直打转。

宋浩天一看状况不妙，害怕妈妈再说出什么来，那今天可真是不好收场，就赔着笑脸对妈妈说：“妈，伊然她不就是不喜欢吃韭菜吗，谁还没个不喜欢吃的东西啊。我看你这真是做老师做久了，留下的职业病，什么都能讲道理讲一大通。”

听儿子这么一说，赵丽萍停止了揉面。她抬起头来，盯住儿子看了半天，本想狠狠教训一顿，怎么能这样和老妈说话。但她突然看到，郭伊然一脸的生气和委屈，先是一愣，接着就在心里嘀咕：“我就说了这么几句，也没有什么不对的地方，看把她委屈的，现在的媳妇，可真矫情。”

忍气吞声地吃过饺子，郭伊然是一分钟也不愿再在婆家待下去了。宋浩天害怕再来个什么节外生枝，只好装着没看到妈妈的一脸不高兴，陪同郭伊然一起回去。

7

郭伊然和宋浩天这边刚走，赵丽萍就沏了两杯茉莉花茶，和弟媳热热闹闹地唠叨上了：“你家儿媳对你怎么样？现在的媳妇真是矫情，一句话不对就摆脸色，简直没大没小，脑子里根本没有尊老的概念。”

而这边，刚走出婆家门的郭伊然，那叫一个生气。她恨不得在宋浩天的脸上猛咬几口才算解气。她感觉自己实在是太闷太憋屈了。自己的满腔美好心愿，换来的却是婆婆的漠然和挖苦。如果换做自己的妈妈，就是饺子已经做好，也会重新给自己弄喜欢吃的。不弄就不弄吧，自己也没让她弄，干吗说自己那么多的不是？见鬼，这样的好媳妇，她是再也做不下去。

郭伊然越想越生气，就忍不住开始对宋浩天发飙：“浩天，我先把话给你说清楚了。不是我郭伊然对你爸妈不好，而是你爸妈太不把我放在眼里在先。你爸妈这里，我是再也不敢轻易回来了，我再也不敢那么自以为是地给你老妈买什么东西。”

宋浩天知道郭伊然心里有点儿委屈，但毕竟妈妈年纪大了，操劳这么大半辈子，我们做小的，干吗不能体谅一下他们的唠叨和不是。想着，就拦过伊然的腰，低声地劝伊然说：“你看你都说的什么话啊，纵然老妈做事情欠妥，毕竟她是长辈我们是儿女，我不是已经说过老妈她了？我这不也陪你回来？你还想让我怎么着啊？你就不能看在我的面子上，先消消火气。你看这满大街人来人往的，咱这样吵闹多丢脸面，有什么我们到家再说。”

郭伊然一下甩开宋浩天拦过来的手，说：“哦，你这样就是说我的不对了？体谅一下她的唠叨，怎么不体谅一下我？我好心好意给她买的衣服，她连穿都不屑穿就送人。我自己省吃俭用都舍不得买，她倒挺大方哈。好好好，姓宋的，我没想让你怎么样，我总算彻底看明白了，敢情你们宋家都一个德行。”

女人怎么信口开河地骂，大要泼妇甚至侮辱男人都可以，但绝对不能骂他的父母。宋浩天从一开始就夹在中间，两面受气，听郭伊然这么一说，终于忍无可忍地来了个集中爆发。他说：“郭伊然，你别这么无聊好不好，你给我有点品位行不行，你今天到底还有完没完？”

宋浩天很少和郭伊然发火，听浩天这么一吼，郭伊然先是一愣，接着发疯："好啊宋浩天，我就是庸俗没有品位怎么了？就你和你老妈有品，你回去和你老妈过吧，少跟着我回来。"

听郭伊然这么一说，宋浩天一气之下，扭头便回他妈妈那里。但他只急匆匆地走了几步，就又停住了。我不能这样回去，我这样回去，岂不是给老妈凭空添堵？何况叔叔婶婶他们都在啊，这样吵吵闹闹的多不好看。

秋日午后的阳光，火辣辣地照在宋浩天的身上，使他感到莫名的烦躁和悲壮。宋浩天想，婚姻可真是一面照妖魔镜，这还没有几天，就让昔日千娇百媚的公主原形毕露，突然间就摇身成为蛮不讲理的泼妇。而郭伊然那边，却也在伤心欲绝地思量：宋浩天他变了，他以前对我的好都是在装，他竟然这样对我大吼大叫。

原来，可以给自己摘星摘月的白马王子，其实也不过只是自己的美好想象。一旦你和他的老妈发生冲突，平时对你百依百顺的王子，一下就变回了可怜巴巴的青蛙。毫无疑问，在你和他老妈面前，永远都是你的错。

这样想着，郭伊然就突然想起了她的狐朋狗友于北北。还是北北说得好啊，男人婚前对你越是言听计从地宠着顺着，婚后，就越有可能对你变本加厉地逆反，他要把他追你时失去的尊严面子，统统地夺回来。

当时，郭伊然曾对于北北的此番言论嗤之以鼻，笑北北太过世俗。可现在……难道宋浩天也是这么一个十足的混蛋？

看来，爱情不只是风花雪月的美丽浪漫，还是一门高技术含量的学问。

第六章 ● 新婚姻法动了谁的奶酪

1

郭伊然一大早就起来对着镜子梳洗打扮，翘首弄姿。

她把自己长至腰间的头发，扎起来后重新散开。然后，又扎起来再散开地一阵穷折腾。末了，她还问宋浩天："哎，浩天，你说我这头发，是扎起来显得精干呢，还是就这么散着漂亮？"

宋浩天打了一个大大的哈欠，说："乖，你这是去上班，又不是去参加什么选美大赛，值得这么兴师动众地可劲折腾吗？再说了，你再怎么打扮，也是残花败柳一枚，有夫之妇一个。上了婚姻的贼船，也就没有人稀罕。难道你还想红杏出墙，去勾引外面的小青年？"

郭伊然用细长的胳膊，狠劲地拐了一下宋浩天的腰，然后，满面娇颠地说："去去去，勾引小青年怎么了？就许你们男人在外拈花惹草，彩旗飘飘，就不许女人来点偷鸡摸狗，水性杨花？"说过，郭伊然自己先兀自大笑起来，什么偷鸡摸狗、水性杨花乱七八糟的，自己用的这是什么破比喻，怎么着也得形容得高雅一些。

宋浩天却在一边幸灾乐祸："哈哈，就你这烂水平，还偷鸡摸狗，水性杨花？你就省省那份贼心，老老实实地做我的小女人吧。"

郭伊然说：“小样。没空和你调戏，真是小人得志。”

一阵笑闹之后，宋浩天和郭伊然洗漱完毕，一起下楼去吃早餐。然后，各自上班。

郭伊然这是新婚蜜月之后的第一次上班，因此，她显得分外满面春风，心情颇好。一进公司，郭伊然就看到同事一个个像吃了春药似的，激情昂扬，满脸亢奋。原来，他们一大早上就开始扯淡，竟为刚出台的新婚姻法争论得面红耳赤。

可能争论太过激烈，同事并没有注意到郭伊然的精心打扮，只匆匆和刚刚度完蜜月的她打了个照面，就又继续他们的瞎扯神侃。这让一大早就起来精心打扮的郭伊然，感到多少有点儿小小的失落。她一边心不在焉地给自己冲泡茶水，一边听同事的争论。

“女人本来就是弱势群体，这个新婚姻法解释不但动摇了女人在家庭、社会的地位，还纵容了男人，让离婚更为简单便利。出轨犯错没有代价，犯了错离婚后房子还是自己的，什么都不损失，那干吗不犯？直接给婚姻造成隐患。这是女性权益的倒退，更加速了爱情沦为物质。”一直戏称自己为剩女的小刘，一时间感觉气愤难平。

向来爱和小刘顶牛作梗的胖子张，一听就不乐意，他立刻不屑地反唇相讥：“现在房价那么高，哪个父母为子女买房都是个要命的事儿，而不费什么劲就想分得一半，这种事情本身就是不公。我只想说，感谢国家出台这条法律还男人一个公道，也为那些拼了老命为子女买房的父母带来了安慰。”

听胖子张这样反驳，小刘更为来气，她瞥了一眼胖子张，说：“你说的是个屁。公平？男女生理特点的不同，直接决定了大前提的不公。别的不说，只说女人结婚后要生孩子、养孩子这条，就绝对不公。试想，你是老板，你会选择要一个男性职员，还是随时有可能生娃休息的女性？在这些大前提不公的条件下谈公平，简直太可笑。说白了，新婚姻法就是支持男人无耻出轨。它告诉女人，男人绝不可靠，男人的房子也绝不可靠，男人的父母更不要指望啦，女人还是靠自己最为保险。”

胖子张抓住小刘话里的漏洞，说：“靠自己也就对了。同样是人，女人干吗要依靠男人？”

小刘说：“亏你说得出口，我呸。”

一直在旁边沉默观战的王主任，一看情形不妙，再这样争论下去，很可能闹僵，就赶忙笑呵呵地解围：“得，依我看啊，新婚姻法解释就是让男人苦上加苦，更加受罪。”

听王主任这么一说，小刘和胖子张立刻把目光转向王主任。

2

王主任看他们两个冤家停止了争论，就说：“未来的结婚趋势，已经不是有房就嫁你了，而是有房还要再在房本上添上女人的名字才嫁你。否则，免谈……你们没听说调侃应对新婚姻法的绝妙段子啊，那真叫一个高。”

小刘得意地嘿嘿笑了两声，说：“怎么高？王主任说来听听。反正闲着也是闲着，咱先学习学习，以备后用。”说过，她得意地斜了一眼胖子张。

王主任故意喝了一口茶水后，才慢条斯理地说：“第一嘛，就是工资不上交，不参与偿还贷款这一块。等钱足够了，自己也以父母赠送自己为由，另买一处房子。

第二，两个人各自拿出相同数目的钱来，作为每月的生活费。

第三，生孩子，那先得查查代孕机构。生一个孩子花费多少，要求男方出这个钱。没钱的话，先写好欠条，作好公证。

第四，是孩子跟谁姓的问题。如果是跟女方姓，不要钱。如果要跟男方姓，也跟代孕一样，要男方付费。没有钱的话，写好欠条，作好公证。

第五，做家务分工明确，劳动量等同。如果男方以事业为借口，不做家务，查查家政小时工一小时多少钱，记好账，向男方要钱。如果没有钱，写好欠条，作好公证。

第六，自己的父母如果病了，坚决支持找钟点工，或者自己去照顾。如果男方的父母病了，按钟点工记钱，甚至不出面。

第七，教育孩子的过程，每周每个人辅导多长时间要固定安排。如果不能做到，按家教付钱。没有钱的话，写好欠条，作好公证。

第八，女人最好出去租房子住，不要住在男方的房子里，省得看人家的脸色。

第九，过年各回各家，各看各妈。

第十，女人，在年轻的时候，想尽一切方法，多挣钱。只有挣，挣足了钱，买上房子，才不至于在自己人老珠黄的时候，被净户出门，流落街头。”

王主任这边还没有说完，办公室里早已经东倒西歪，笑倒一片。郭伊然也笑得险些把刚喝进嘴里的一口清茶，喷在了地上。大家七嘴八舌地说，王主任对此研究得这么精通透彻，是他自己打算出轨呢，还是他家那位和他闹着财产公证？

王主任三十多岁，科班出身，人高马大，属于大智若愚型的青年才俊。身为领导，他幽默风趣，平易近人，很难得的是从来不摆什么领导的破架子。因而一向口碑还好，大家也乐于和他开玩笑。

听到大家和自己这样开玩笑，王主任依然不温不火。他笑眯眯地调侃玩笑说：“出轨嘛，怎么说呢？在轨道上跑久了，谁都有出轨的倾向。可问题的关键是，出轨是种非正常状态。不管你怎么出去，最终还要怎么回到轨道上来。我懒，感觉这样出来进去的怪麻烦，宁愿老老实实，循规蹈矩。至于我家那位，她是整天迷迷糊糊，睡醒后就只会关心柴米油盐酱醋茶。对什么时事新闻啊，一概不管不问，更别说这个新婚姻法司法解释，以及财产公证了。”

玩笑归玩笑，但仔细品味，王主任的话，却颇有点儿意思。

3

在市环保局上班就这点儿好，清闲自在。每天翻翻新闻吹吹牛，月底也就把工资拿到了手，而且薪水还算丰厚，旱涝保收。

不像一些私家企业、民营集团、私家公司什么的，起得比鸡都早，睡得比猫都晚，压力巨大，竞争激烈，加班加到反胃。虽然，偶尔的奖金提成会令人突然热血沸腾，但那都是汗水的馈赠。总体那么一算，也不值。当然，这是比较大牌的私家企业。如一般的小公司，那就很难说了。要不，人们为什么都削尖脑袋地找后门扯关系，想进国家机关。

为此，郭伊然曾经和宋浩天开玩笑说："浩天，你这研究生也算是白念了，我少说也是个公务员身份，你有读研那工夫去浪费青春和金钱，还不如走走关系，找找后门，混个小公务员干干。"

宋浩天对此不以为然，他说私企有私企的好处，比如凭能力不凭关系，注重人才，注重绩效，还奖罚分明。最重要是，让人有种紧迫感，感觉充满遐想和活力。

郭伊然把小嘴一撇说："得了，还不凭关系？你的那个美女上司吴淼淼是怎么上去的？"宋浩天就笑："那不是个特例嘛。"

郭伊然正在这里闲得无聊地神游，宋浩天却在公司里埋头挥汗。此刻，他刚刚忙好一份文案，轻轻地敲开吴总吴淼淼的办公室，宋浩天说："终于做好了，请吴总你过目。"

吴淼淼接过宋浩天递过来的文案，只瞄了一眼，就把它放到了桌子的一边，说："浩天，这个倒不是特别的急，我那天请你帮忙的事儿，你想好怎么搞定没？"

真是哪壶不开提哪壶，因为上次回父母那里郭伊然发飙，宋浩天还一直没机会和郭伊然商量，但他心里一直很急，他最怕吴淼淼提起这个。因此，见吴淼淼总想躲着。现在，吴淼淼当面问起，宋浩天只得谎称已经想好，打算这个周末，就去会会于北北同学。

从吴淼淼办公室出来，宋浩天不觉地长长出了一口气。他决定趁郭伊然今天刚上班心情灿烂，好好和郭伊然商量一下，这棘手的事儿到底该怎么办。

4

下班的时候，宋浩天特意买了郭伊然最爱吃的黑椒牛柳和小猫怪味鸡。

郭伊然一看，立刻双眼放彩。她说："浩天，都是我喜欢吃的哎。你不是说小猫怪味鸡，那是小朋友才喜欢吃的？怎么突然这么乖？仿佛时光倒流，回到了初恋。"

宋浩天笑笑说："今天，不是你第一天上班吗，老公我为你特别庆祝庆祝，理所当然，有什么好大惊小怪的。"

郭伊然听后，心里像大热天吃了根冰淇淋，别提多美。想想这些天来，自己一直和浩天闹别扭耍小脾气，而他却仍然如此默默地关心体贴自己，心里不免有些小小的惭愧。但郭伊然嘴上却说："傻瓜，我们现在属于非常时期，需要勤俭节约，买一样也就行了，干吗这么浪费。饭做好了，快洗洗手吃饭，我去端菜。"

吃过饭，宋浩天又抢着和郭伊然一起去厨房洗碗。郭伊然就感觉，宋浩天今天好像有什么不大对劲儿，她就问宋浩天："咦，我说浩天，你今天表现如此良好，是否犯下什么不可饶恕的重大错误，或者，做了什么对不起我的事儿，你想将功补过？"

宋浩天笑："你看我如此老实本分，外加对你死心塌地、钟情一片，怎么会对不起你。不过，还是老婆你冰雪聪明，我还真是正为一件事儿头疼犯难。"

郭伊然心里一惊，放下了手中正在洗刷的碗筷，问："什么事情？"

宋浩天说："吴淼淼遇到了强大的情敌，你猜那情敌是谁？"

郭伊然问："谁？"

宋浩天说："于北北。"

"啊，于北北？你是说于北北她……她和你们的董事长王博，搞到了一起？"郭伊然吃惊得竟然有点语无伦次。

宋浩天说："可不是，想不到吧？吴淼淼告诉我的时候，我也简直不敢相信自己的耳朵，以为自己听错了。但是，这个不是问题的核心部分，问题的核心是吴淼淼她吃醋，知道我们和于北北是同学，非让我想办法说服于北北，帮她除掉情敌。"

"什么？除掉情敌？你是说帮她除掉于北北吗？你答应她了？"郭伊然追问。

宋浩天说："是啊，我能拒绝吗？哪怕咱装装样子也成。不答应，除非我不想混了。"

郭伊然说："可是，虽然我们和北北是同学，可关键是感情这事儿一旦沦陷进去，别说同学，就是九牛二虎，恐怕也难拉回。不过，你那个董事长王博，不是在澳大利亚有妻有子吗？于北北她怎么如此糊涂？"

宋浩天说："我怎么知道？你不是和于北北狐朋狗友吗？奇怪，她这次怎么没有告诉你和你显摆？还有，一直对她忠心耿耿的那个小眼睛暴发户，她还真给甩了？"

"不清楚哦，我要不现在打电话给她问问？"郭伊然的脑子飞快地转着。以前，于北北无论有什么新的状况，哪怕芝麻般大的一点事儿，也会第一时间告诉自己。可是这次，这么大个状况，她怎么就不告诉自己？

宋浩天看郭伊然要打电话，赶忙阻止："伊然，你先别打电话，这件事情非同小可，还是郑重一点，等周末你约她出来好好谈谈。"

郭伊然想了想，就点头说："也对。"

直到此刻，郭伊然才静下心来重新回味，她突然就发现一个问题：为什么要帮助吴淼淼除掉情敌？那么一个靠身体爬上去的女人，弄到今天她是罪有应得，她早该下课了。

想着这里，郭伊然就对宋浩天说："真是山外青山啊，吴淼淼这女人终于有了今天。要不，我们趁于北北这根红线，搞掉这个女人？”

宋浩天说：“你说的都什么啊你？亏你说得出口。你以为吴森森就那么容易搞掉？她和王博的关系，非同一般的情人瞎搞乱混。至少，吴森森对王博是死心塌地。她曾为王博这棵烂树，宁愿放弃整片森林，她还曾为他打掉过孩子。你以为每个女人，都会像她这么疯狂和痴情？特别是于北北，她会为王博这么个男人，像吴森森那样无谓地浪费自己的青春？亏你还和北北是密友，你就这样利用朋友？”

郭伊然被宋浩天这么训斥一通，也被自己说出的话吓了一跳，她不好意思地笑笑，说：“我也就这么顺口一说。不过，吴森森这女人以身体为资本往上爬，也着实可恶。”

宋浩天说：“其实，吴森森她也绝非花瓶一个。她在管理上心狠手辣，也确有一套，这也是公司很多员工，都对她不感冒的原因之一。你还记得我们无意间发现她和王博的私情这件事儿吧？在那次之后没过多久，吴森森曾专门把我叫到她办公室，给我讲过一个典故。”

“哦，什么典故？说来我帮你分析分析。”郭伊然问。

狮子让一只豹子管理十只狼，并给他们分发食物。

豹子领到肉之后，把肉平均分成了十一份，自己要了一份，其他的给了十只狼。这十只狼都感觉自己分得少，合起伙来跟豹子唱对台戏。虽然一只狼打不过豹子，但十只狼，豹子却没法应付了。豹子灰溜溜地找狮子辞职。

狮子说，看我的。狮子把肉分成了十一份，大小不一，自己先挑了最大的一份，然后傲然地对其他狼说：“你们自己讨论这些肉怎么分。”为了争夺到大点的肉，狼群沸腾了，恶狠狠地互相攻击，全然不顾自己连平均的那点肉都没有拿到。

豹子钦佩地问狮子：“这是什么办法？”狮子微微一笑：“听说过人类的绩效工资吗？”

第二天，狮子依然把肉分成十一块，自己却挑走了两块，然后傲然地对其他狼说："你们自己讨论这些肉怎么分。"十只狼看了看九块肉，飞快地抢夺起来。一口肉，一口曾经的同伴，直到最后留下一只弱小的狼倒在地上奄奄一息。

豹子钦佩地问狮子："这是什么办法？"狮子微微一笑："听说过末位淘汰法吗？"

第三天，狮子把肉分成两块，自己却挑走了一块，然后傲然地对其他狼说："你们自己讨论这肉怎么分。"群狼争夺起来，最后，一只最强壮的狼打败了所有狼，大摇大摆地开始享用它的战利品。狼吃饱以后才允许其他狼再来吃，这些狼都成了它的小弟，恭敬地服从它的管理，按照顺序来享用它的残羹。从此，狮子只需管理一只狼，只需分配给它食物，其他的再不操心。

豹子钦佩地问狮子："这是什么办法？"狮子微微一笑："听说过竞争上岗吗？"

吴淼淼给宋浩天讲这个典故的用意，意思非常明白。要么，你给我保守秘密，跟我好好混，成为那只最强壮的狼，肉有得你吃。要么，你就和其他的狼一样，被我淘汰。

听宋浩天这么一说，郭伊然顿时感觉，似乎有一阵凉飕飕的风儿突然从她心里吹过。她一激灵，问宋浩天："真没想到，你们公司的人际关系这么复杂。吴淼淼这女人，还真不简单。那你说，我们该怎么办？"

宋浩天说："你周末约于北北出来，先探探于北北的口气。"

郭伊然说："好。不用等到周末，我们单位近段时间没什么事儿，我明天就可以约她出来。不过，我说浩天，我想于北北再怎么财迷心窍，也不会傻到心甘情愿地去给别人的孩子做后妈吧？何况这个后妈，她也不一定能够做得上。"

宋浩天说："是啊，王博不可能和他老婆离婚。"

郭伊然说："那我们作为同学、朋友，更应该提醒北北悬崖勒马，不要往这个火坑里跳。"

宋浩天说："如果真这样，也就好了。我既可以顺利完成吴森森交给的任务，还可以救同学于水深火热之中。怕就怕，于北北像吴森森一样鬼迷心窍。那她好端端一个姑娘，这次就真的栽了。"

5

因为不是周末，迪欧咖啡店里没多少客人，稀稀落落的倒是显得分外清雅。

于北北还没有来，郭伊然就在外面溜达着等她。但是，足足等了半个小时零七分，于北北才扭着她那婀娜多姿的屁股，向郭伊然款款走来。

郭伊然本想骂她为什么这么晚才到，于北北却先发制人，她说："伊然，怎么突然 CALL 我，有何贵干？莫不是和你家浩天翻脸，来找我寻求安慰？"

郭伊然斜了于北北一眼，说："去去去，说句好听的你会死？我和你才翻脸，这不憋闷得想找你侃侃，你这个没有良心的，却一直和我玩失踪。玩失踪也倒罢了，干吗还穿得这么万紫千红。老实交代，你最近到底在搞什么鬼？"

于北北冲郭伊然神秘地笑笑，说："我这不正要给你汇报，你却先给我打电话。看来，咱真是臭味相投，心灵相通。"

笑闹着走进咖啡店，挑一靠窗子的位置落座，她们俩才蓦然发现，来这里根本就是大错特错。迪欧咖啡店里的音乐轻轻缓缓，服务生说话的语气柔柔软软，那个小资小调，怎么看怎么和她们两个张牙舞爪的样子都格格不入。

没有办法，入乡随俗。郭伊然尽量装做淑女的样子，和于北北低声嘀咕："北北，你不是说向我汇报，有什么新的状况？"

于北北得意地笑："我现在正式向你宣布，我于北北从此再也不用看房东的脸色受房东的气，我最近要乔迁新居。老实告诉你吧，我今天迟到，就是去看房子。"

“什么？”郭伊然心里一惊，忙问，“你要买新房子了？是小眼睛的暴发户答应给你买的不？难道几天不见，你们迅速修成正果，要领证结婚不成？”

于北北说：“拜托，你别那么没有眼光好不好？小眼睛哪有那么大方，我于北北怎么会和他去领证，我早已经把他给踹了。”

郭伊然问：“踹了？”

于北北说：“可不。黏黏糊糊这么几年，还说对我可以出生入死，海枯石烂。但说起房子，他就开始哼哼唧唧。说什么房子肯定会有的，而且，还要大而气派。不过，那要等我们先把结婚证给办了，再由着性子慢慢去挑。我是想结，可我真害怕哪天夜里，突然一睁眼，被他那一条缝似的眼睛，给活活吓死。”

听于北北这么一说，郭伊然心里更是吃惊。她想，这么快啊，房子都答应给北北买了？怪不得吴淼淼那边争风吃醋，坐卧不宁，要出狠招儿。看来，情况确实大为不妙，并非她和宋浩天料想的那么简单。她要往复杂里想，应该继续探探于北北的口气。

6

郭伊然不动声色、故作轻松，顺着于北北的话题往下顺溜说：“北北，你也太过夸张了吧？他的眼睛是小，但现在不正流行小眼儿？你看人家孙红雷，小眼睛男一个，笑起来眼睛眯成一条缝，跟没长眼睛也没啥两样。但是，全国人民都爱他。这年月，不要以为不是帅男就没有市场。相反，男人要够特色才够帅。”

于北北说：“伊然，我不和你扯。我要告诉你的是，我终于要来个咸鱼大翻身了，我感觉找到了自己的白马王子钻石男。这不，认识还没几天，他就说北北啊，你看你住的地儿这么委屈，我在新开发区有套房子正好闲着，要不我找人装修装修，你先搬那儿去住？我一听，那个高兴，一个男人愿意给你房子住，你想对你是什么意图？告诉你吧，男人爱不爱一个女人，就看他肯不肯为女人付出和花钱。反正那房子闲着也是闲着，我就搬去住呗，省得我这边每月冤枉地给房东房租。”

郭伊然心说，于北北年龄也老大不小了，自我感觉还这么良好，她着实在心里为于北北着急叫屈，就忍不住对她直言相讥：“什么意图？除了你说的美好意图外，我看还有包养女人的意图，对不？那你是不是已经被他给糟蹋了？”

“看你说的这个恶心，我才没有那么白痴。你要明白男人的心理，你越跑，他越追。越是轻易得到手的，他就越不懂得珍惜。我要充分抓住男人的心理，叫他过足追求一个女人的艰辛和快乐。这样，他才会对我百般珍惜，说东不西。”于北北一脸得意。

原来，于北北还在做她那咸鱼翻身的春秋大梦，并没堕落到卖身给人包养的地步。郭伊然悬着的一颗心，才算落地。她想了一下，说：“北北，假如你发现他并不是你想象中的那个样子，比如他到处拈花惹草，比如他有家有妻有自己的孩子，再比如他想包养你，你会不会不在乎做他孩子的后娘，或者被他包养？”

于北北狠狠地瞪了郭伊然一眼，说：“伊然，你这不是纯粹损我，或者纯粹嫉妒吗？我于北北再差，也还没沦落到被人包养，或者给一孩子做后妈的地步吧？”

郭伊然心里一喜，感觉这娃有救，就决定直话直说，对北北展开攻势。于是，郭伊然一脸严肃地说：“于北北，你老实告诉我，这个男人是不是叫王博？”

这下，轮到于北北吃惊震撼了。她问：“伊然，你怎么会知道他叫王博？”

郭伊然说：“我不但知道他叫王博，还知道他是一海龟，在我们这里开有一家规模相当大的传媒公司，对不对？”

于北北一脸紧张地追问：“你还知道他什么？”

郭伊然说：“我还知道他在澳大利亚有妻有子。”

“什么，他在澳大利亚有妻有子？伊然你说的可是真的？你怎么会知道得这么清楚？你还知道什么？”于北北吃惊地瞪大了眼睛。

郭伊然不紧不慢地说：“他是宋浩天所在公司的董事长，我说的是不是真的你自己思考。但是，我要告诉你，我还知道，他不会和他妻子离婚。而且，宋浩天的顶头上司吴总吴森森，曾经为他做掉过孩子。”

“啊，男人都这么衣冠禽兽，怎么会是这个样子？我刚刚拿了他新房的钥匙。”于北北的脸色，一下由吃惊到颓败。

第七章 ● 闺蜜的暗示

1

世事就是如此的稀奇和古怪，往往许多事情看似复杂，一旦你去做了，却相当简单；有些事情看似简单，一旦介入，却相当复杂。

宋浩天怎么都没有想到，这么棘手难办的事情，会进展得如此顺利。他更没有想到，像王博这样思维严谨周密、成熟稳健而又有身份的多金男子，怎么泡起妞来，也会庸俗弱智地采用这么低端的隐瞒加欺骗。

为此，宋浩天心里不免有些小小的得意，我宋浩天不但顺利完成吴森森交给我的艰巨任务，还漂亮地拯救同学于水深火热。虽说，他对这位于北北同学，在大学期间就不感冒，但毕竟是郭伊然的闺蜜，血浓于水。

因此，再去公司，宋浩天就感到心情格外地畅快轻松。特别是他手里这串沉甸甸的，于北北让他转交给王博的新房门钥匙，更像是宋浩天手里紧握着的一枚法宝。他不会像于北北那样，做事情简单到不过大脑，把钥匙直接转交给董事长王博了事。他知道直接交给王博，那就等于当面脱下王博裤子，让王博失去尊严和尴尬。那样，王博极有可能会恼羞成怒，直接开了他也不一定。他要采取迂回战术，把这串沉甸甸的钥匙，郑重其事地交给吴森森。

这样想着，宋浩天就突然感到，自己这么一来，是否是在和吴森森合穿一条裤子，狼狈为奸地暗暗要董事长王博好看？

但他转念一想，对于王博这样道貌岸然，善于武装，欺骗良家姑娘的恶劣行径，也不为过。还不知道王博私底下利用自己的卑劣手段，摧残过多少无知的青春美少女。何况，他敢直接把这串钥匙交给王博不？当然不敢，这不纯粹自己没事儿找抽吗？

再次走进吴森森的办公室，宋浩天那叫一个春风满面。一进门，他也不和吴森森客气，直接把那串钥匙往吴森森的办公桌上一放，说："吴总，这是于北北让我转交王董事长的新房门钥匙。于北北说她再也不愿意见到王博，所以，特意让我转交给他。我感觉自己直接交给王董不妥，所以，还是由你代为转交给他为好，还请吴总仔细斟酌，再交钥匙不迟。"

说这些的时候，宋浩天特意把"斟酌"两字加重了语气。说完，宋浩天坐在一边的沙发上静观其变。

他看到吴森森的脸上，终于慢慢地有了喜色。然后，吴森森意味深长地看了看宋浩天，说："浩天，我知道该怎么样把钥匙交给他，这个请你放心。"

顿了一下，吴森森看了看窗外，接着一语双关地说："浩天，你看这马上就要国庆节了，你说咱公司给大家办点儿什么福利好呢？至于你，我是这样考虑的，公司新上的项目你干得不错，大大有功，加上你加班加点表现特别出色，按照公司的奖励制度，我想私下奖励你，就给你5万的红包吧。节前，我会让财务把钱和工资一起给你打到你的工资卡里。"

5万元的红包？宋浩天不禁热血沸腾，心里一阵大喜。但他不能太过得意忘形，怎么说，他也要在这个女人面前保持一下应有的风度和冷静。尽管，他们私底下早已经是狐朋狗友，但保持男人应有的风度面子，还是要的。

宋浩天微微一笑，说："吴总你向来考虑事情周全，你说怎么办就怎么办吧，我就不用在此啰嗦多嘴了。"

这话说得简直太好太漂亮了，吴淼淼微笑着点头。和上次撞见吴淼淼和王博那激情刺激的场面一样，宋浩天和吴淼淼都心照不宣。

吴淼淼为保住情人的绝对地位，接下来自然知道该怎么去做。而宋浩天为保住自己的饭碗和薪金，自然会对此事闭口不谈。哈哈，他当然只是一个埋头干活的策划总监，他什么都不知道。

2

从吴淼淼办公室出来，宋浩天去了趟卫生间。

回到办公室后，宋浩天翻了半天也没找到根烟，就起身到外面去买。

宋浩天下了电梯，心情颇好地来到了公司外面的大街上。初秋的小风儿迎面吹过，已经有了几分凉意，但宋浩天激动的心情，却怎么也冷却不下来。

他想，有了这 5 万元钞票，他就可以抽空儿偷偷打电话给陈晨，先还她 5 万元钱，让陈晨这女人感觉自己言而有信，说话靠谱。剩下的，他再从透明的工资中想办法去还。

想着这些，宋浩天就突然想起，结婚宴请双方父母亲戚的那天，窗外那辆宝马车里的女人，到底是不是陈晨？自己真是忙糊涂了，这么长时间了，怎么着也该给陈晨一个电话，就算自己在陈晨面前，没钱挺不起腰杆显得寒酸。但是，打个电话嘘寒问暖一下，也是应该的吧？

宋浩天骂了句自己混蛋，就掏出手机给陈晨打电话。让宋浩天没有想到的是，他拨打了半天，那边却一直重复：“你所拨打的电话已经关机……”怎么搞的？这大白天的，她关什么机啊？会不会是陈晨她发生了什么意外？这样想着，宋浩天就再次拨打过去，依然关机。

心情复杂地挂掉电话，宋浩天感觉莫名其妙地心烦意乱。他决定过一会儿再给她电话。但是，一直到下班回家，陈晨的电话依然关机。

回到家里，郭伊然笑颊如花。她一边利索地盛饭盛菜，一边神秘兮兮地对宋浩天说：“哎，我说浩天，你猜我们单位国庆，要给我们发什么福利？”

宋浩天心不在焉地问：“发什么？”

郭伊然说：“当然是大米、精粉、实用油，还有苹果，外加一张家乐福的500元购物券。怎么样？够实惠的吧？我们这个月的开销，就可以浓缩到只买鱼、肉、鸡蛋和青菜。嘿嘿，你们公司给发什么啊？”

听着郭伊然唧唧喳喳，宋浩天就感到小小的失落和沮丧。如果不是自己还要偷偷摸摸还陈晨的钱，他大可不必这么谨慎和低调。他尽可以在郭伊然面前，也扬眉吐气地大大显摆一番：“怎么样？还是私家公司有钱途吧，老公我一个红包就是5万。”可眼下，他只能低着头，郁闷地往嘴里扒饭。

宋浩天正往嘴里狠命地扒饭，他的手机却突然响了起来。宋浩天一激灵，本能地感觉坏菜，很有可能是陈晨的电话。他急忙拿起手机一看，果然不假。想都没想，宋浩天就赶紧把正唱着《爱情买卖》的手机振铃，一下给按掉。郭伊然看宋浩天不接电话，感觉奇怪，就问：“谁的电话？你怎么不接啊？”

宋浩天说：“不认识，估计是谁打错了。”正说着，手机偏偏又响。

宋浩天看郭伊然正盯着自己好奇，只好装做若无其事，硬着头皮接听：“喂，你找哪位？哦，打错了。”然后，迅速挂掉。

好在陈晨的电话没有再打过来。郭伊然也没有发现宋浩天的神情不对。但是，宋浩天已是惊出一身冷汗。他想，陈晨那边，只好等吃过饭后，自己找机会躲开郭伊然，再悄悄给她解释清楚。

谁知吃过饭后，郭伊然死缠着宋浩天去外面散步溜达。

宋浩天借口太累，不去。郭伊然就赖在宋浩天的怀里，蹭着他的下巴撒娇：“浩天，你到底去还是不去？你看外面空气多好，人家小夫小妻的吃过饭，总扯个小手到外面运动溜达。今天的夜色，让我想起了我们的初次。嘿嘿，对了浩天，我问你一个很囧的问题，我们第一次的那晚，你怎么那样强悍？”

一句话，问得宋浩天热血沸腾，身体骚动。他一下拦腰抱过郭伊然，说：“我让你发骚，是不是想让老公蹂躏你了？走，我们去床上运动。”

郭伊然挣扎着说：“坏蛋，这才几点就去睡觉。”

宋浩天说：“谁说要睡觉，运动运动而已……”

此刻，窗外那轮银白色的月亮，像个大银盘子似的，斜斜地透过大榕树的树梢，在窗外笑眯眯地偷窥。

3

于北北打电话过来的时候，郭伊然正系个小碎花围裙，聚精会神地蹲在菜筐边儿，琢磨着晚上吃什么饭好。

她翻看着菜筐里的一片花红柳绿，觉得菜筐儿就是她的整个世界。所以，于北北的电话，让郭伊然觉得特郁闷。

她接起电话，毫不客气地对于北北大叫：“你丫祸害我啊，早不打电话晚不打电话，偏偏在我准备做饭的时候打电话，又打扰我做良家妇女的美梦。”

于北北说：“怎么着，又在为你家浩天的肚子搜肠刮肚、费心劳神地浪费脑细胞啊？你也就那么点儿出息。”

郭伊然是在想做什么菜好，为这个于北北没少嘲笑她，说什么还没结婚两天，就大步跨入大妈的行列，整天没事儿就提溜一小菜筐儿，围着菜市场瞎转。女人的青春，以及大把的美好光阴，都是被这样转悠掉的，真没理想。

不想听她穷扯这些，郭伊然就说：“有什么事儿你快说，说过，我继续思考做什么菜好。”

于北北说：“你就别做了，整天围着厨房浪费青春，多没劲儿。我请你吃饭，一个小时后，我们西城夜市鲁家烧烤店见。”

郭伊然想了想，放下手里的小菜筐，说：“好吧，让我梳洗打扮一番，我们西城夜市鲁家烧烤店见。”

郭伊然快速洗脸，梳妆打扮。然后，她给宋浩天打电话说于北北叫她一起吃饭，晚饭让浩天自己解决。宋浩天说："去吧去吧，顺便安慰一下她那受伤的小心灵，看看她和小眼睛暴发户和好没有，究竟还有没有戏继续。放心，我回家自己随便吃点泡面就成。"

说来也巧，宋浩天刚放下电话，同事王扬走了过来，问他有没有兴趣一起去蹭饭，他一哥们儿是移动公司的区域经理，今天有饭局，不去白不去。

王扬是刚来公司的一大学生，被分在宋浩天手下学习，虽说工作上有点儿眼高手低，但人还算勤快和机灵。并且，这小子喜欢和宋浩天称兄道弟，自誉为宋浩天的小兄弟。

宋浩天本想说那样的饭局，还是算了。但他转念想到自己回家，只能凄凄惨惨地面对泡面，也就欣然同意。

4

郭伊然乘车到了西城夜市，只见一条长龙似的烧烤摊，沿大街一路铺开，乌烟瘴气，搞得半个天空都弥漫着烧烤的袅袅青烟。可放眼四周，就是不见于北北那丫。

郭伊然在鲁家烧烤摊前，找了个空位置坐下。她掏出手机，正要给于北北打电话，于北北却幽灵似的，一下飘到了她的眼前。

"你想吓死我啊，就你千金尊贵，每次都要等你半天。今天不会又是去看新房了吧？"郭伊然冲着习惯于迟到的于北北，没有好气地挖苦。

于北北也不答话，自顾向身边的一男服务小青年，跷着兰花指风情万种地要啤酒点菜。末了坐下，说："郭伊然你咋这么狼心狗肺，我被人家耍了你不安慰还尽揭伤疤。狐朋狗友也不是这么做的，有你这样的狐朋狗友没？"

郭伊然大笑："我早就提醒过你，也就那个小眼睛暴发户苏大鹏对你死心塌地，你赶紧和他把事儿给办了。你耗得起，人家可是三十好儿的老大男了，你偏不听。现在可好，被人要了，暴发户也跑了，哭都没有肩膀给你蹭鼻涕。鸡飞蛋打，你自己悠着点儿。”

于北北白了她一眼，说：“谁说没有肩膀蹭啊，你也太小看我于北北了。我于北北谁啊，小眼睛的肩膀上，已经满是我的鼻涕和眼泪，他已经答应我先买房子了。”

“什么？小眼睛他还要你？他没嫌弃你被人要了，又破马来个回头吃草？”郭伊然继续挖苦。

于北北不屑地说：“我呸，嫌弃什么？我又没有失身。”

郭伊然说：“那接吻拥抱抚摸什么的失身前奏总该有吧？”

听郭伊然这么说，于北北很难得地脸红心跳难为情，她说：“到底是结过婚的老女人啊，我流氓不过你。不过，说正经的，这些我天痛定思痛，突然间就感觉小眼睛也真没那么可恶讨厌。你看，他眼睛虽小，可是现在流行，看起来也和蔼可亲是吧？他高中毕业没什么文化，看起来像是农民暴富，但他自己白手起家独闯建材行业，硬是撑起一片自己的天空，实属不易，那需要过人的胆识和慧眼。还有很多很多，总而言之，最重要的一点，他对我始终如一，死心塌地，永不言弃。”

郭伊然说：“这样想就是进步，你丫还朽木可雕，有药可救。结婚也就是柴米油盐，再帅再有钱，到处给你拈花惹草，彩旗飘飘顶个什么用。”

于北北郑重其事地点头，然后一脸兴奋地说：“你猜小眼睛最让我感动的是什么？”

“是什么？”郭伊然问。

于北北得意地一笑说：“房子的户主是我的名字啊！小眼睛眯着一条线似的眼睛说，原来于北北你这么在乎房子啊，那咱现在就可以去买，户主写你于北北的名字。伊然你懂的，我就是在那一刻，被他说动了芳心。”

郭伊然笑：“说半天，你这不又绕回到了房子，十足的物质拜金女。”

于北北说：“那是，物质怎么啦，你刚刚不还说婚姻就是柴米油盐酱醋茶。对了，你们新房的户主是谁的名字？”

郭伊然说："宋浩天啊，怎么突然问起这个？"

于北北说："你白痴啊，你是真不懂啊，还是在假装糊涂？新出台的婚姻法司法解释那叫一个囧，说什么一方父母出资为子女购买的不动产房子，且产权登记在自己子女名下的，应认定为夫妻一方的个人财产。你看看，你看看，好端端一个黄花闺女，混成黄脸婆后离婚，房子就没女人的事儿了。"

郭伊然说："你怎么也关心起时事新闻了，记得你以前最头疼看报学习，怎么突然之间如此上进？"

于北北说："我是不爱学习，连我自己都怀疑，当初晕着脑袋怎么就蒙进了大学。可这叫对自己负责，也叫与时俱进，你没看现在人们都在议论这个。为什么？就为牵扯到大家的切身利益呗。我说伊然，你也别发傻，宋浩天虽然看着书卷实诚，实则闷骚男人一名，特有女人缘。你要看好老公，别混成了黄脸婆后，被净身出户可凄惨了。"

郭伊然说："得了，你给我闭嘴。真乃狗嘴里吐不出那个啥，你这不成心在咒我啊。"

于北北把嘴一撇，一脸正经地说："怎么？别嫌话不好听。苦口良药利于病，忠言逆耳利于行。亲兄弟明算账，何况夫妻。兄弟至少有血缘关系是吧，可是夫妻呢？说白了也就是搭伙吃饭这么简单。一旦有天吃不到一起了，拆火走人各吃各的，不反目成仇，也就不错了。要我看啊，你最好还是找机会和宋浩天商量商量，早点在房产证的户主一栏，添加上你的芳名，省得到时候，哭都找不到北。"

郭伊然反唇相讥："我看你越说越疯，这都哪跟哪啊，说得这么严肃庄重。如果一切都分这么清楚，谈这么冷静，那还有没有纯洁的爱情？那还结什么婚啊？不如大家都玩同居，不去领证结婚那不更简单了。"

于北北还想继续跟郭伊然长篇大论，但看看满桌的酒肉飘香，她们只顾瞎费口舌流口水，也就不再搭理接茬，开始低头消灭盘子里的烤鱼。

郭伊然也拿起一串烤羊串，狠命地啃。但啃着啃着，郭伊然就感觉于北北的一番言论，似乎也有那么一点儿道理。但是，结婚登记时就惦记着离婚的财产该怎么分，还是有点小小的搞笑和八卦吧？还有什么婚前财产公证，据说早几年在国外特流行。可这到底是人类精神文明的进步，还是人类情感的严重物质和倒退？

这真是一个让人纠结犯难的复杂问题。要命的是，这个犯难纠结的复杂问题，却和我们的生活密切相连，息息相关。

第八章 ● 房产证上的户主之争

1

酒足饭饱以后，郭伊然和于北北就此分手。

走在回家的路上，郭伊然的心情颇好。她打算到家和宋浩天好好显摆显摆她们吃饭的壮观场面，以及于北北和小眼睛暴发户的最新战果，省得宋浩天担心于北北被他们董事长耍了以后，一时间想不开来个自杀未遂，或者自残什么的不堪事件。不料，一打开房门，迎接郭伊然的，却是满屋子的空气。

咦，宋浩天呢？他不是说要吃泡面吗？5包一提的康师傅，还原封未动地摞在储物架上，难道他没有泡面改成了泡妞？

这样想着，郭伊然就像个专业的私家侦探一样，开始满屋子里找寻，看是否有宋浩天回来过的蛛丝马迹。嗯，泡面没有动过，碗筷没有动过，喝水的杯子没有动过，被她翻乱了的菜筐子没有动过，早上换下来的小内裤还刺眼地躺在卧室的床上没有动过。没有，一切都还是自己走时候的老样子，好像宋浩天他今天就没回来过。放肆，那他干吗要骗我说自己泡面？难不成他真的泡妞了？

抬手看看手腕上的表，已经夜里11点过16分6秒，郭伊然的心，也就乱了。餐间，于北北的话，开始在她的耳朵边上唱歌一样蓦然响起："我说伊然，你也别发傻，宋浩天虽然看着书卷实诚，实则闷骚男人一名，特有女人缘。你要看好老公，别混成了黄脸婆后，被净身出户可凄惨了。"郭伊然就猛然想起，那天晚上正吃饭的时候，宋浩天莫名其妙挂掉的那个电话。

郭伊然开始仔细地回忆：记忆中，宋浩天从来没有不接电话的习惯，哪怕是他正在光着屁股洗澡，只要电话一响，他保准会赤裸裸地跑出来，屁颠屁颠地去接听，全然不顾自己的糟糕形象和满身的水还正往下流淌。可是，那天电话就在手边，也就是喂一声的问题，他怎么就不喂一声问下是谁，而直接挂掉？这个太不正常，也太不符合他的生活习惯和逻辑。那就足以说明，是自己在近旁他不敢接听。

郭伊然开始展开丰富的想象，以及自己周密的逻辑推理。宋浩天为什么不敢在自己面前接听电话？当然是打这个电话的人物非同一般。也就是说，他不敢让自己知道，这个人物的存在。为什么不敢让自己知道这个人物？当然是不够光明磊落。原来，这就是传说中的小三！

逻辑推理的结果，差点让郭伊然一下瘫软。这下，郭伊然算是完全地乱了。完全乱了的郭伊然，可没有那么好的脾气。尽管她惊讶得有气无力，但她还是集中精力，凶神恶煞地拨打宋浩天的电话，她要问宋浩天一个清楚。谁知，让郭伊然更加乱的还在后面。宋浩天的手机，竟然提示关机。

郭伊然那个抓狂，大家当然可以想象，她恨不能立刻去找宋浩天，和他彻底算个总账。可是，茫茫夜空，满地夜店满目璀璨，宋浩天会和那个女人销魂在哪家夜店里？她郭伊然又该去哪里，找他捉奸成双？

2

疼痛，开始一点一滴，从郭伊然的心里，一寸一寸地向她的周身攀爬蔓延。

有一刻，郭伊然甚至感觉自己思绪飘忽，呼吸急促。这就是传说中的心律不齐，或者心脏病突发？

郭伊然不敢想象下去，但她的脑海里，总在天马行空地出现一些不堪入目的画面。平日和自己在床上亲昵折腾的宋浩天，在另外一张床上和另外一个女人，重复那些亲昵恩爱的动作耳语，那该是多么的不要脸。特别是宋浩天那满脸的书卷气，紧紧抱住自己，盯着自己的眼睛，急不可耐地说我想要你，再重复到另外一个女人身上……哦，上帝，杀了我吧，我不要再这样想下去，郭伊然痛苦地在心里尖叫……

“哎呀我的乖乖，你在干吗呢，满脸抽搐？这么晚了怎么还没睡觉？”

突然出现在眼前的宋浩天，把正在痛苦的郭伊然吓了一跳。她甚至忘记了自己是在生气，一连串惊恐连同委屈的泪水，顷刻间就流了郭伊然一脸。宋浩天吓坏了，以为发生了什么重大事变，赶紧抱过郭伊然连声问：“宝贝儿，宝贝儿，快告诉我你到底怎么了？”

郭伊然这才缓过了气，她瞪了宋浩天一眼，说：“打你电话怎么关机？回来怎么也不敲门？悄无声息得像鬼。”

宋浩天笑了：“那也不至于把你吓成这样啊，往日的凶悍哪去了？我不是怕你已经睡觉，敲门打扰你的美梦吗。都怪老公，来，让老公亲亲安慰一下。”说过，宋浩天就把搂着郭伊然的双手，暗暗地用了力度。他的嘴巴，也热切地紧紧贴在了郭伊然的嘴巴上。

郭伊然用力挣扎，说：“少来，你不是在家吃泡面吗？怎么改去泡妞了？打你电话怎么关机？”

宋浩天说：“原来是为这个生气。你听我解释，我本来打算回来泡面，结果被徐涛那小子叫去饭局，怎么就是去泡妞了？你自己看，我正好手机没电，怎么开机？”说着，宋浩天拿出自己的手机，给郭伊然看。

郭伊然看过手机，终于破涕为笑，但她还不死心，就问：“那天吃饭，你为什么当着我的面不敢接电话？”

宋浩天心里一惊，但他却故意装糊涂：“哪天？”

郭伊然说："前几天啊，你忘记了？"

宋浩天说："哦，想起来，不是已经告诉你别人打错电话。我怎么就不敢接了？我后来不是接了吗。"

郭伊然想想也对，宋浩天后来是接了，就开始在宋浩天的怀里蹭眼泪。而宋浩天抱着郭伊然，却开始了天马行空，心猿意马。那天的电话可真是惊险，幸好陈晨她聪明，没有接着继续再打。否则，后果真是不堪设想，难以收场。但是，这也太难为陈晨了。如果换做郭伊然，那天晚上还不闹个鸡飞狗跳，天翻地覆？

陈晨不但没有闹，而且第二天他给她打电话解释，她也一笑了之。而自己那天给陈晨电话，陈晨之所以关机，也是因为陈晨的手机没电。看来，手机没电不但会很不方便，关键时候还会造成这么多的桃色麻烦。

想到此，宋浩天突然就有点儿迷糊，怎么越和陈晨这女人接触，他就越犯糊涂。陈晨她到底是一个什么样的女人？她怎么总像一潭幽深的湖水，深不可测。她在他面前，怎么永远地那么大度，那么慷慨，那么神秘，那么地近，却又那么地遥远？

3

国庆节长假，借上周末一共放假 7 天。

7 天啊，相当于整整一周时间，都不用上班。这对一贯被工作压得透不过气的宋浩天来说，那是相当的美好。宋浩天就琢磨着，首先，要蒙头大睡两天，好好休整一下自己疲惫的心灵，然后，再和伊然一起去父母那儿转转。但是，他的美好计划，在刚刚放假的第一天，就不幸地宣布流产。

一大早上，郭伊然就开始在床上孜孜不倦地捣蛋。她散着一头乱蓬蓬的头发，趴在宋浩天的枕边，捏着宋浩天的鼻子威胁："浩天，你要再不起来，我就连你的嘴巴一起捏住，我让你再睡！"她散着的头发，时不时地弄痒宋浩天的脸颊和耳朵。

宋浩天求饶："你就饶了我吧，乖。你算算，一年不就这么几天，好不容易睡个懒觉，你怎么就不能心疼下老公，让我睡个自然醒？我睡足了，才有精力让你痛快和舒服。你总不希望老公力不从心地疲软吧？"

郭伊然说："去，少给我打岔。我早和你说过，商场促销搞活动，很多商品都在打折。你快起来，今天天气贼好，睡啥懒觉，我们一起去看看。"

宋浩天伸个大大的懒腰，说："你自己去好不好，哪有一个爷们，没事儿整天围着商场转悠看打折的？要不你打电话给于北北，让她陪你一起。"说过，闭上眼睛继续睡觉。

看宋浩天继续睡觉，郭伊然就继续捣乱。她又捏住宋浩天的鼻子，说："怎么没有？谈恋爱那阵儿，是谁千方百计，死皮赖脸非要跟在我屁股后头，赶也赶不走地陪着我满商场转悠？"

宋浩天不搭理她，继续闭着眼睛睡觉。郭伊然不依不饶，继续捏宋浩天的鼻子。宋浩天忍着恼火张开嘴巴艰难地呼吸，郭伊然就用另一只手捏他的嘴巴。宋浩天出不来气挣扎。

三番五次下来，就把宋浩天捏恼，他不耐烦地用胳膊随便那么一拐，不偏不斜正好拐在了郭伊然饱满高挺的胸部，把郭伊然疼得"啊"的一声惨叫，眼泪直在眼眶里打转。郭伊然抬手就给了宋浩天一巴掌。

那一巴掌打得那叫利索解恨，直疼得宋浩天龇牙咧嘴。宋浩天本能地抬起手来还她，却突然看到郭伊然憋在眼眶的眼泪，知道自己是真的碰疼了她，宋浩天也就放下了抬起的手，继续蒙头大睡。

郭伊然感觉一个人抹泪实在没劲，就赌气躺下背朝着宋浩天。但她在床上躺了老半天，气鼓鼓的却怎么也睡不着，索性起来。

宋浩天这一觉睡得那个踏实，睁开眼睛已经中午 12 点多。他的肚子，也跟着条件反射似的，咕咕噜噜。宋浩天看了看身边，发现不见了郭伊然，就穿衣服起床。起床后，宋浩天看郭伊然在书房玩电脑也不搭理自己，就不声不响地去了厨房。

厨房里冷锅冷灶，什么吃的也没有。宋浩天就在心里说："嘿，这小女人，还真和我拧上了劲儿，竟然赌气不做饭。好吧，不做就不做吧，那去外面吃得了。”

刷牙洗脸刮胡子，宋浩天几分钟搞定。然后，他来到书房，冲正在淘宝上浏览秋装的郭伊然说：“老婆，还不饿啊？看衣服又不能看饱肚子。走，我们去外面吃饭。”

郭伊然头也不抬，说：“口气蛮大，还去外面吃饭！你自己去吧！也不看看外面饭菜多贵，物价涨成了什么样。就你那几个钱儿，还房贷后还剩几个？去外面吃，真好意思说。”

宋浩天气不打一处来，说：“郭伊然，你到底还有完没完？一大早就闹腾着不让人睡觉。现在又谈房子和钱。房子房子，因为房子就不吃饭了？简直莫名其妙，你不去我自己去。”说过，就要出门。

郭伊然一看宋浩天要走，憋闷了一上午的气，终于一下被点燃引爆。她噌地从电脑旁站起来，气势汹汹地冲到宋浩天面前，一把拉住了宋浩天的衣服：“就不能去，我和你一起上班，一起赚钱供养房子，凭什么就要我为你做饭？我又不是你的保姆丫鬟，你今天休息不上班，难道你就不能做饭？”

宋浩天一看郭伊然这架势，整个一河东狮吼，不想和她继续闹腾，他就一屁股坐到沙发上，看着郭伊然，尽量心平气和地说：“好了，我没说自己不做饭，但你没看看现在几点？这样吧，晚饭我做，咱们现在先去外面吃。”

郭伊然这才气哼哼地答应。

吃过错了顿的午饭，宋浩天鸭子上架似的，被郭伊然硬拉着去逛商场。宋浩天本来极不情愿，但想想回去也没什么鸟事儿。两个人心不合，气不顺，到家还不往死里吵架干仗？这么一想，也就勉为其难随她罢了。

大街上人潮人海，一片喜庆欢腾。但宋浩天蔫不拉唧的，却怎么也喜庆不了。原以为放假可以痛痛快快地放松休整，谁知道竟然比上班还累还紧张。早知道这样，还不如加班省心痛快。难道这就是自己拼死拼活后的生活？怎么如此狼狈不堪？如此令人烦闷？

郭伊然却不知道宋浩天此刻的满腹心思。她似乎已经忘记了今天所发生的一切不快，乐颠颠地完全融进了满大街的喜庆之中。她拉着木偶傀儡般的宋浩天，这边儿走走，那边儿看看。末了，还不忘责怪宋浩天几句："你看你那张老脸，怎么拉得比驴脸都长。"

同样被拉长的，还有时间。宋浩天感觉在这貌似喜庆的氛围之中，他却置身事外般的格格不入，被完完全全地隔离和抛弃。他只想时间能过得快点儿，再快点儿，好让他尽快逃离。

但是，宋浩天怎么都想不到，他已经无处可逃。生活，正以他难以把持的姿势，挑战着他的智慧和耐性。

4

草草地吃过晚饭，郭伊然开始坐在她刚买的一堆战利品前算账。末了，还拿出他们的银行卡工资卡连同活期存折，五颜六色地放了一堆。

宋浩天看得心烦，就打开了电脑。他浏览了一下新闻八卦，没什么意思，就打开糗事百科，想看点糗事囧事性事小黄段子，给自己找个乐子。

"……今天去购物，在超市看到一个女的穿低腰裤，很低，露脐的那种。她在高架上侧身拿纸巾什么的，肚脐露得更多更夸张了，我在她侧面，看见了一些毛……然后想想自己太久没做过无耻的事情了，于是索性就站在她边上，食指轻触我那性感的小山羊胡，看着她的裤头……她后来发现我盯着她看，还善意地问我：'你要拿心相印纸巾？'我摇摇头，眼神示意了一下她那低得可怜的裤头……她下意识把头低下，也发现了，脸红了，转身提了下裤子就走了……我隐约听见她说了俩字：我操！"宋浩天边看边淫邪地笑，看到最后笑抽。

"……昨天半夜两点多，有个小伙子（XX 学院的学生）说是发烧了打 120 就诊。

跟女朋友手拉手步入抢救室。然后说自己发烧，体温计一夹 36.5℃，又说自己胸疼胸闷气短，心电图一做，正常！最后又说嗓子疼，结果没办法，医生给开了两片儿药让他走。这个时候，小伙子转身深情地问他女朋友：‘这么晚都回不去了，我们去哪儿呀？’小姑娘回答：‘我们就在这儿待一晚上吧。’男的：‘待这多没意思，我们去宾馆找个房间看电视吧……’现在的年轻人真是用心良苦呀，医生顿时对这个小伙子满怀敬意。”哈哈哈，看完，宋浩天也立刻对这个小伙子满怀敬意。

接着，宋浩天看到了一个更为拉风经典的小黄段子：“……岁月是把杀猪刀，紫了葡萄，黑了木耳，软了香蕉……”岁月是把杀猪刀，紫了葡萄……宋浩天边看边仔细琢磨思考，这段子简直太艺术太绝妙太智慧也太淫荡了，让他这个昔日的中文研究生、现在的创意策划总监，都感到自愧不如和汗颜。

好东西当然要一起分享，这样想着，宋浩天就准备叫郭伊然过来一起欣赏。可是，还没等宋浩天开口，他就听见郭伊然在客厅里“宋浩天，宋浩天”地一连声儿叫他。这可真是夫唱妇随，心有灵犀哈，宋浩天说：“干吗呢宝贝，我正要叫你过来呢。你快来啊，我让你看一个绝妙空前的小黄段子。如果你能看懂看明白的话，算你聪明。”

郭伊然说：“整天就会看小黄段子耍流氓，你先过来，我有事儿和你商量。”

宋浩天心里亢奋，根本没听郭伊然在说什么，他仍然激动莫名，他说：“快过来啊，乖，如果你能看懂的话，和我商量什么都好说。说不定老公我一激动，你想上火星我都会答应。”

郭伊然就过来了，看完，她一脸白痴似的迷茫。

宋浩天说：“嘿嘿，没看明白什么意思对吧？我就说嘛，就你的破智商！再看看，再看看，往流氓淫荡里看。”

郭伊然又看，仍然一脸白痴似的迷茫。

宋浩天就更加得意，他说：“笨死，我来告诉你吧。葡萄嘛，就是乖的这里。”说着，宋浩天用手，在郭伊然胸部最突出的那一小圆点点上轻轻地揉捏了一下。然后又说:“至于木耳嘛，乖，你自己动脑子思考。相信在我‘毁人不倦’的诱导下，你一定会变得聪明。”

郭伊然马上会意，随伸出小手打宋浩天，两人笑闹着抱成一团。宋浩天就又感到自己的身体开始蠢蠢欲动。

“西宫夜静百花香，欲卷珠帘春恨长。斜抱云和深见月，朦胧树色隐昭阳。”宋浩天现在就需要配合这个意境，急需来个珠帘合璧，翻云覆雨。

他说:“乖，春宵一夜方恨短，你看这时候也不早了，你就从了老公，快快宽衣解带，陪老公睡了吧？我们可别等岁月那把可恶的杀猪刀，紫了葡萄，黑了木耳，软了香蕉。想春宵都春宵不成，白白浪费了大把的青春。”

郭伊然就笑得花枝乱颤，几乎透不过气来。等她透过了气，却突然想起什么似的脑袋一偏，说:“去，快别瞎闹了，差点让你给流氓忘了，我还有非常重要的事儿要和你商量。”说着，她一脸神秘兮兮地拉着宋浩天来到客厅。

5

客厅里，刚买的一堆乱七八糟的东西，已经被郭伊然利索地归并齐整，只剩银行卡工资卡活期存折什么的，和一本红褐色的房产证。

宋浩天正想问郭伊然，你算账把这些都拿出来干吗啊？却见郭伊然拿起那本房产证，一脸郑重地说:“浩天，你看是不是在这个上面，也加上我的大名？”

宋浩天一听，差点儿没阳痿。他刚刚膨胀起来的欲望，也在瞬间被彻底搞没。他还想郭伊然神秘兮兮地叫自己商量什么，原来是为这个。他真弄不明白，这个小女人到底想干吗？从一大早上就开始折腾，到现在没有消停。眼看苦难的一日终于挨过马上要睡觉了，她却神经兮兮地拉自己来商量这个。你说这是不是有病？

郭伊然看宋浩天愣在那里没有答话儿，就说:“我刚才拿银行卡的时候，看到了咱们的房产证，就想着和你商量商量，看你什么意思。你也知道，现在大家都在议论这个，都说女人只有在房产证上加上自己的名字，对今后的生活才有保证。你说呢？”

宋浩天当然知道大家都在议论这个，而且，他们公司前段时间也在议论纷纷。但宋浩天总是一笑了之，想这个和自己扯不上什么关系，那纯粹是夫妻之间没有什么爱情基础，或者彼此不够信任，才会分毫必争，那么在乎地为离婚以后的事情，去作充分的打算和准备。他万万没有料到，郭伊然也会和自己提这样的要求。这不是明摆着对爱情的怀疑？对自己的不够信任？

这样一想，宋浩天就感到似乎有股寒风，突然间从他的心中刮过。这对一直死心塌地，为美好爱情拼死拼活而卖命的宋浩天来说，实在是个不小的打击。联想到从谈婚论嫁，购买婚房，结婚，一直到婚后的一地鸡毛，以及郭伊然这些天来的无理取闹，郭伊然像是完全变了个人。

女人的心，秋天的云，神秘莫测，变幻无常。现在，宋浩天是彻底搞明白了，爱情婚姻，真的并非自己想象的那么单纯和简单。郭伊然她一直在有意无意地掌控着自己，自己却因为爱她宠她，而对她一再迁就，一再忍让。无形中，也就惯出她的毛病。

是谁说的来着，爱情需要彼此的信任和理解。郭伊然她真正理解过自己没有？自己为什么要一直无原则地忍让？这个忍让到底要忍让到什么时候？想着这些，宋浩天暗暗下定决心，这次，说什么他也不会再纵容郭伊然这说风就风，说雨就雨，无理取闹的坏毛病了。

郭伊然看宋浩天还是愣着不吭声，就说：“你哑巴了？加还是不加，你倒是说句话呗。”

宋浩天本想说：“加什么啊加，你这不是没事找事，瞎凑热闹吗？”但话到嘴边，他还是改口：“傻瓜，连我都是你的了，还差房子？怎么突然想起了这个？神经不？你看现在都几点了，陪你逛了一下午大街，困死了，我们先睡觉改天再说。”

这话宋浩天感觉说得合情合理，但在郭伊然听来，却完全是不负责任的敷衍。因此，她把小脸一沉，说："你看黄色段子就不困了？一和你商量正事儿就困。你这是什么意思？你到底加还是不加？"

宋浩天被郭伊然逼急，说："简直莫名其妙，你这是什么意思？好好的没事找事瞎凑热闹。"

郭伊然说："我没事找事？我瞎凑热闹？婚房户名是你宋浩天，法律规定属于你宋浩天的私有财产，没我的份，凭什么要我和你一起还房贷？有本事你一个人还啊，我们把钱分开，各花各的钱，各吃各的饭。"

原以为郭伊然这是和自己闹着玩，宋浩天怎么都没想到她这次还是来真格的，听郭伊然这么一说，一时间，宋浩天不知道该怎么回答。如果房子的首付真像他对郭伊然说的是他父母所付，他当然可以理直气壮地说等他回家和父母商量商量。可这钱偏偏是宋浩天偷偷借的，说回家和父母商量未免气短心虚。但是，虽然是借的，也是他自己偷偷在还啊。

真乃清官难断家务事，宋浩天心里那个气恼憋闷就别提，恨只恨当初，自己就应该坚持不买房子。这个婚，爱结不结。

郭伊然却在步步紧逼："到底加还是不加？也就你一句话的问题，有这么艰难吗？什么爱啊，情啊，海誓山盟的，原来都是镜中花水中月，假的，在利益面前，一分不值。真没想到，男人都这么无情无义。"

俗话说狗急跳墙，兔子急了还会咬人。宋浩天的脑袋都被整大了，他突然有点歇斯底里："够了，郭伊然。你有情有义，怎么好好的突然想着离婚后的财产问题？这是犯病，还是对爱情的怀疑、对我的不信任？"

郭伊然气晕，说："好好好，宋浩天，我今天总算明白了。前段时间，大家都在议论着应该在房产证上加上女人的名字，我还不以为然。今天，正巧看到房产证想起这事儿，我就这么随口一问，竟然彻底看清楚了你的丑陋嘴脸。"

宋浩天说："彻底看清楚了我的丑陋嘴脸？郭伊然，我只问你，你到底睡不睡觉？你到底还有完没完？"

郭伊然愣了片刻，说：“看来，我们都应该再重新好好考虑考虑。宋浩天，你不是一直嫌我唠叨吵闹吗？我这次不吵也不闹了，我这就回妈妈那里，我让你静静地考虑清楚，这房产证上到底加不加我的名字，这日子到底还有没有必要一起过下去？好了，我什么也不想再多说了，这是你宋浩天的房子，我现在走还不算晚，省得人老珠黄被净户出门，无处可去，流落街头。”

说过，郭伊然把门狠狠一摔，头也不回地走了。

第九章 ● 冷　　战

1

外面，夜色像一张凭空铺开的黑色大网，厚重无边，漆黑一片。远处，昏黄的路灯，忽明忽暗地眨着鬼魅似的眼睛。

郭伊然怒气冲冲地急走了一阵儿，就忽然放慢了脚步。迎面吹过的夜风，已有了些许的寒意，不禁使郭伊然微微地打了一个激灵。她这才感到，自己一怒之下摔门而出的壮举，似乎并不明智可取。

冲动是魔鬼，还真不是白说。这么晚了，妈妈她一定是睡下了，自己独自这么大半夜气哼哼地跑回去，还不把她老人家给活活吓死？可是，既然已经赌气出来，怎么好意思再回去，那不等于自己扇自己耳光？

郭伊然不由自主地扭头向身后望去。在这一刻，她突然就很好笑地希望宋浩天能追出来，好给自己一个台阶。

可是，没有，身后连个鬼影都没有，宋浩天那该死的冤家根本没有追出来。郭伊然的心里，就感到一阵凄楚和苍凉。

看来，宋浩天他真的只是表面上心疼自己而已，爱情还真是不靠谱的东西。不就加个名字吗？还真和自己拧上了，让自己一人像个孤魂似的，在这漆黑黑的夜里游荡。哪像人家于北北的那个小眼睛暴发户，还没结婚，房子户主就答应写于北北的名字，人家这才叫死心塌地，无怨无悔。

只可惜，于北北那丫不知道珍惜，身在福中不知福，还拈花惹草水性杨花地到处红杏出墙，勾引什么老钻。有了，我现在就去于北北那里，暂且祸害她一晚，等明天气消了，再回妈妈那里也不迟。

想着这些，郭伊然就给于北北电话："喂，你在干吗？"

"睡觉啊，这深更半夜的不睡觉你说能干吗？"于北北刚刚躺下，被郭伊然这么一骚扰，极不情愿。

"不会是一个人独自春宵吧？"郭伊然说。

于北北更加来气："我看你是被你家宋浩天给春晕了，不一个人还能和谁？"

"你家小眼睛啊，我不是害怕打扰你们春梦吗？"郭伊然说。

"他像只没尾巴鹰似的满天乱飞，不是出差，就是看货，你又不是不懂，"说过，于北北后悔，好像不出差他们就经常苟合在一起似的，就又加上一句，"他在家我还不是一样独守空房。"

郭伊然说："少装，都买房子了，还装什么纯情玉女。"

于北北说："深更半夜的有什么你就赶紧说，不会是被你家浩天赶出了门没地儿去，想来祸害我吧？"

郭伊然说："还真让你说对了，我现在就在大街上，十几分钟后到你那里，别睡着了不给我开门。"

"那你还不快来，还有心情在这里和我瞎叽歪。"说过，于北北不免吃了一惊，她只是胡说乱侃找开心，没想到真让自己说中，郭伊然还真和宋浩天出了状况。

2

于北北一打开门，一双贼溜溜的圆眼睛，就开始上上下下地打量郭伊然，末了说："快进来吧，我看你好端端的没少一根毛发啊。还以为宋浩天对你实行了什么家庭暴力，还好，没有。这我就放心了，到底怎么回事儿？”

郭伊然用手理了一下被夜风吹乱的一头秀发，仰天长叹后说：“我今天和他商量在不在房产证上添加我的大名，你猜怎么？他居然不加。一气之下，我就义无反顾地摔门而出。出来后，我才感觉这么晚了，就这样回妈妈那里，她老人家肯定心疼到失眠，就想起来祸害你。”

于北北笑：“来祸害我也就对了，我们俩谁跟谁啊。我早跟你说过，爱情要建立在物质之上，不只是风花雪月的浪漫神曲，夫妻说白了也就是搭伙吃饭。虽说是红线缠腰，赤绳系足，到底是剜肉粘肤，可离可合。要不，怎么会有‘夫妻本是同林鸟，大难临头各自飞’的古训。你偏不信，这不，现在受教育了吧？”

郭伊然点头：“看你把婚姻爱情看得这么现实凄惨，那干吗还急着答应小眼睛和他结婚？”

于北北一脸不屑：“白痴，每天做饭吃饭蛮麻烦的是吧，难道你嫌麻烦就不吃不做？你不照样美滋滋地一日三餐。这世间的万物，也就是一物降一物。道高一尺，魔高一丈。小眼睛他不已经被我驯得服服帖帖？我告你，结婚前，你不把他给调教好，婚后，就有你受的气。”

郭伊然说：“你也别得意太早。哪里有压迫，哪里就有反抗。不是你说的？婚前越是对你百依百顺，低眉顺眼，婚后越容易叛逆造反，你小心他婚后给你重塑个性。我和宋浩天没结婚那阵儿，不也是我说东他不往西，整天跟着我的屁股后面转。现在可好，整个一崛起的新中国青年。”

于北北又笑：“那要看你怎么调教，这是学问。”

郭伊然这边和于北北唠唠叨叨，宋浩天却在家里蒙头大睡。男人生气，远远没有女人那么容易记恨和耿耿于怀，更没有女人想得那么多，那么复杂，很有点得过且过的意味，特别是处理家庭矛盾问题。

郭伊然走后，屋子里顿时一片安静。但是宋浩天的心，却怎么也安静不下来。冷眼看着郭伊然摔门而去，宋浩天的恼火，并没因郭伊然的离去而消散。他感觉自己是越来越不了解这个小女人了，也越来越不了解婚姻和爱情了。

虽然这样，宋浩天还是在心里说，走就走吧，走了更省心。清净，他是真被郭伊然闹腾够了。这样想着，宋浩天倒头便睡，一夜无梦。

3

次日一早，郭伊然回家。

一到院里，郭伊然远远地就看到妈妈正和院里的一群大妈大叔，在楼下的小广场上放一小广播练健身操。看到郭伊然，郭芙蓉停止了练操，说:“伊然回来了，怎么一个人啊？宋浩天呢？”

郭伊然本想说管他呢，但她看看旁边邻里邻居的一大群人，就说:“浩天今天一大早被公司叫去加班，我一个人在家待着没什么事儿，就回来了。”尽管郭伊然这样说，郭芙蓉还是从女儿的脸上看出了破绽。她和身边的大妈打了声招呼，就和郭伊然一起回家。

郭芙蓉住的是一栋老式居民楼，她们家住在一楼。因时间久远，墙壁上缠缠绕绕着许多爬山虎，枝枝蔓蔓地茁壮了大半面墙壁。

郭芙蓉早年去世的丈夫郭英杰，没有给她和伊然留下什么值钱的东西，就给她们留下这一套三居室的房子，是郭芙蓉含辛茹苦，一手把郭伊然抚养成人的。郭芙蓉对郭伊然，那是含在嘴里怕化了，捧在掌心怕摔了。现在，她一看女儿这神情不怎么对劲儿，就想着八成是宋浩天惹她的宝贝闺女生气了。因而，一离开那群练健身操的大妈大叔，郭芙蓉就马上心疼地询问女儿:“快告诉妈，你是不是和宋浩天生气了？”

郭伊然眼圈一红，说:“其实也没多大事儿，到家里我再和你说。”

回到家里，郭伊然就把昨天晚上和宋浩天生气的事情，和郭芙蓉简单地说了。当然，她怕妈妈担心，省略了昨天和宋浩天赌气，在于北北那里借住了一晚。

郭芙蓉对新出台的婚姻法司法解释，并不了解，因而，她听得稀里糊涂的一头雾水。

还没等郭伊然说完，郭芙蓉就轻声地责怪女儿说："伊然，都是妈妈自小惯坏了你的脾气。不是妈妈说你，好好的房产证上加什么名字啊，一家人还做两家事儿？房子的名字是谁还不都一样，咱这房子还不是你爸爸的名字？我看你们现在的小青年儿，真是没事找事。房子有了，不想着好好过自己的日子，吃饱了撑的，尽想些稀奇古怪的东西，给房子加什么名字啊加。再加，不还是那套房子，难道会多生出一套新的来？真是可笑。"

郭伊然本想着，妈妈理所当然地会站在自己的一边儿，无条件地支持自己。谁知道，妈妈不但不理解支持，竟然还这样责怪自己，郭伊然就感到十分憋闷和委屈。

她说："妈，你根本就不明白啊，现在和你们以前大不一样了。以前两个人的房子，不管房子的户主名字是谁，一旦结婚，就属于夫妻双方的共同财产。可现在，新出台的婚姻法司法解释规定，婚前所购买的房子，户主是谁，就属于谁的私有财产。"

郭芙蓉说："那又怎样？你和浩天婚都结了，他的财产还不是你的，你的还不是他的？一个锅里吃饭，有必要分那么清楚吗，一家人分什么啊分。"

郭伊然说："妈，你真是老糊涂了。怎么会是我的？属于他的私有财产，怎么能是我的啊？一旦我们离婚，属于他的私有财产，都是他的。哎呀，我真和你说不清楚。老妈，我这样和你说吧，也就是说，现在这套房子不加上我的名字，如果我们离婚，就是宋浩天的了，根本没有我的份儿。这样说，你明白了吧？"

"啊，怎么会这样？怎么就是宋浩天的了？就因为户主是他的名字？这还真稀罕。"郭芙蓉虽然听女儿说离婚两字特别刺耳，但她听到房子没有女儿的份儿，当然也就不乐意了。

郭伊然说："对啊，就因为户主的名字是他。"

郭芙蓉想了想，说："如果真是这样的话，那你的名字是应该加上。

看来，我这一退休，还真落伍了，跟不上新形势了。伊然，你别急，我得仔细跟你林阿姨她们打听打听，好好研究下你说的那个什么新婚姻法司法解释。”

郭伊然说：“你打听什么啊打听，新婚姻法司法解释说得一清二楚。”

郭芙蓉说：“那我也得研究研究，房子的首付虽然咱们没有拿钱，但装修添置东西什么的，是妈妈给你们出的钱啊。何况，咱现在和他一起省吃俭用还房贷，房子至少应该有咱一半吧？怎么说，也不能让他这样把房子独占了。”

郭伊然说：“谁说不是，一个连房子户主的名字都不想给我的男人，还能指望他给我什么？我昨天也就那么随口一说，宋浩天还真不理我了。妈，他越不理睬，我就越感觉应该说说清楚。我还非要他同意，在户主上加名不可。”

郭芙蓉点头：“嗯，别急，我也帮你研究研究，想想办法。如果真像你说的那样，妈妈支持你。反正现在正过节放假呢，你就在妈这里待着吧，先观察观察宋浩天什么表现，然后，我们再作打算。”

郭伊然说：“老妈，你还研究什么啊。文件已经下过，现在都开始实施了。我已经下定决心，如果宋浩天这次坚持不在房产证上加我的名字，我就坚决不回去，我让他一个人守着那套房子过吧。”

4

怎么说，郭芙蓉都不希望自己的宝贝女儿和宋浩天这样闹腾。

这才刚刚结婚几天，就谈论离婚的财产分配，不但在心理上让郭芙蓉难以接受，而且也很不符合常理地令她生气。她总感觉，这件事情，多多少少有点儿别扭，整得好像真要离婚似的，可笑离谱儿。可是，不谈清楚房产证上户主的名分，好像又对自己女儿不利。

郭芙蓉就在心里纠结纳闷，现在结个婚，怎么就如此麻烦？怎么就和他们以前结婚如此地不同呢？记得她和伊然她爸结婚那阵儿，两个人把两张单人床一并，给领导同事们分别发了些糖果香烟，也就把婚给结了。终于等到了单位分房，一切按章程手续办事儿，也就是了。哪还用费尽心思地思考争论房子的户主是谁？

但是，郭芙蓉听女儿这么一说，感觉事关重大，想来想去，郭芙蓉还是站在了支持女儿的一方。哪怕和宋浩天冷战到底，也得把女儿的名字给稳稳当当地加在房产证上。

为此，郭芙蓉还真特意地去打听了林雨荷，还有一些常和她一起练健身操的七婶子八大姨。林雨荷就住在郭芙蓉他们家楼的前排，虽然林雨荷已经小 60 岁，但她特喜欢打扮，思想也相对年轻前卫，是个万事通。她为人热情，快人快语。早些年，林雨荷曾是郭芙蓉所在公司的女工委员，因而，她们的关系一直不错。提起新婚姻法司法解释，林雨荷的话可就多了。

她口若悬河地说："别看大家对新婚姻法司法解释议论纷纷，好像很在行的样子。其实，大多数人对此都一知半解，理解也都相对偏激。说什么男方首付女方就没了房，保护了男人，委屈了女人。还说什么'新司解'解释提高了离婚率的同时，也增加了不结婚的人群。其实不然。《婚姻法》及其每次出台新解释，都起到一个导向作用，那就是鼓励夫妻互相忠实、尊重、帮助、平等、自由。此次'新司解'的出台，对于离婚时财产如何分配做出的解释，也是出于减少家庭纠纷，保护双方人身、财产权的目的，给婚姻关系赋予了更多的契约精神。所以，'新司解'应该更有利于婚姻关系的稳定，不会因为它的出台，而增加离婚率。"

郭芙蓉说："你说这些我都不懂，也不很关心。我就想问你，男方首付女方就没房，保护了男人，委屈了女人。你是怎么理解和看待这个？"

林雨荷说："关于这条，依我看，法律其实是保护了双方的利益。如果男方首付，房产登记在男方名下，婚后双方共同支付贷款。这样的话，如果发生婚变，房子按照规定属于男方。但是，女方有权要求男方对自己支付过的贷款，以及房子的增值部分给予补偿。这样，其实较之前的法规来说,更加公平。应该说是既保护了男方权利,也保护了女方的权利。”

郭芙蓉说:“房子都明文规定属于男方了,还谈什么给女方补偿啊?”

林雨荷说:“这就需要在房产证的户名上,也加上女方的名字。”

郭芙蓉问:“这不完全的瞎折腾吗?如果不加呢?”

“不加的话,那房子就属于男方的了。你怎么突然对这个如此感兴趣?是不是咱家伊然的房子,也遇到了这个问题?”话锋一转,林雨荷关切地问郭芙蓉。

郭芙蓉叹了口气,说:“可不是吗。伊然和浩天他们这才刚刚结婚,就为房子的户名犯难。你说这都什么事儿。”

林雨荷笑:“这有什么稀奇的。最近,为这个闹腾的小夫妻多了去。可话又说回来,其实,想明白了,加个名字也不是什么大不了的事儿,既然新婚姻法司法解释这么规定,公平起见,就应该在房产证上加上女户主的名字。”

听了林雨荷的一番高见,郭芙蓉更是下定决心支持女儿。怎么说,也得让宋浩天在房产证上把女儿的名字给加上去。如果不行,她就亲自出马,去找宋浩天算账。要知道,房子装修和添置东西的钱,可是她这个岳母给拿的。

第十章 ● 婚后的房产公证

1

宋浩天一觉醒来，太阳已经透过窗外那棵枝叶繁茂的大榕树，碎金一样斑斑点点地撒满他的枕边。

他眯缝着眼睛看看床头的手机，已经快中午 11 点了。这下，宋浩天是真的终于如愿以偿，没人骚扰地一觉睡到了自然醒。但这种自然醒的感觉，并没有宋浩天想象中的那么美妙灿烂。

此刻，宋浩天伸了一个大大的懒腰，就突然感觉没有了郭伊然的大床上，显得那么空空落落，百无聊赖。通常，在他这样伸懒腰的时候，郭伊然总会顽皮地趁机钻进他的怀里，光溜溜地贴着他的身子求抱求欢。可现在，他的怀里抱的只是一团空气。宋浩天不觉苦笑了一下，穿衣服起床。

刷牙洗脸，接下来，宋浩天得给自己弄点好吃的。怎么着，没有郭伊然胡搅蛮缠的日子，他宋浩天也得过得春光明媚一点。他打开冰箱，里面却像日本鬼子刚刚大扫荡过一样空空荡荡的。瞥了一眼身边的小菜筐儿，同样地空空如也，一穷二白。只有一把蔫了的小青菜，青不青黄不黄地在那里尽显寒酸。接着，宋浩天就看到了储物架上的方便面，康师傅红光满面，正在上面眉开眼笑地给他媚眼。哎，那就凑合吃包泡面吧。

宋浩天给锅里整了点水，就弯腰拿起了那把寒碜的小青菜，蹲在水池边的垃圾桶边拾掇。拾掇来拾掇去的，小青菜也就剩下了那么几根儿，和着面饼调料一起放进锅里，再打进一个鸡蛋那么一煮，宋浩天的午餐，也就漂漂亮亮地搞定了。

吃过午餐，宋浩天开始莫名其妙地振奋。站在空荡荡的房间里，他感觉自己像匹脱了缰的野马一样，自由闲散，可着性子撒欢。他现在就可以随心所欲，不受郭伊然偷窃骚扰地看看网上的电影甚至小黄片儿。这样想着，宋浩天就打开了电脑。

宋浩天习惯地浏览了一下新闻和八卦，然后，他下载了几部美国大片。《刺杀希特勒》和《狼人》是宋浩天早就想要看的，尤其是那部《狼人》。

“即便一个心地纯洁的人，一个不忘在夜间祈祷的人，也难免在乌头草盛开的月圆之夜变身为狼。”关于狼人的传说，自古以来络绎不绝。近半个世纪以来，狼人无疑已经成为西方神秘文化中最热门的话题之一。这种怪物平时从外表看与常人并无不同，但一到月圆之夜就会变身为狼人，就失去理性并变得狂暴。

宋浩天则认为，在某种意义上来说，这更像是在暗示人类某些潜藏的狼性。比如说现在，他就感觉自己非常的狼。虽然此刻窗外阳光灿烂，不是什么传说中的月圆之夜。

对此，郭伊然总是不以为然。她说看什么看，听名字就阴暗血腥，没有一点点的浪漫美感，亏你还一研究生，就这点儿品位。何况，你不用看就是一只不折不扣的狼，还是一只闷骚型的色狼，徒有一副书卷气地冒充文人。宋浩天就笑，笑来笑去的，也就终究没能看成。现在，他要独自淋漓痛快地看它个天昏地暗。

这一看，宋浩天还真是看到了夕阳西下。

此刻，夜色正悄然地向整个城市席卷蔓延，天地间苍茫茫地混沌一片。宋浩天站在窗子前面，揉揉酸涩的眼睛，看着满大街的车水马龙，突然就感到他的胃，竟然有点隐隐作痛。真他妈的麻烦，这是身体在给自己发出信号，提示自己又该吃饭了。可吃什么好呢？总不能再令人倒尽胃口地来包泡面吧？要不约上几个朋友，一起出去到小地摊上坐坐，喝它几两小酒？

嗯，就这么办。但是，紧接着宋浩天就又开始犯难，约谁好呢？

自从和郭伊然结婚以后，昔日的狐朋狗友，外加骑行的户外驴友，都一个个地离自己远去。宋浩天除了郭伊然和这个家以外，就基本失去了组织。何况国庆放假，谁像他这么操蛋地闲着宅着。纵然不忙着出外旅行，大多也和家人一起团聚腐败。

想来想去，宋浩天认为，也就给徐涛那混蛋打个电话最为靠谱。

2

徐涛生得一副油头粉面，一看就不像什么好人。但偏偏这个不像好人的坏人徐，却特有女人缘特能博得女人的欢心。

用徐涛自己的玩笑话说："不是我要到处拈花惹草，而是那些花痴般的花花草草，老不放过我。我一直以为只要我低调点儿，就没有美女认得出我是帅哥。但是我错了，像我这样拉风的男人，就好比那暗夜里的萤火虫、田地里的金龟子，是那样的鲜明，那样的出众，特别是我那黑黑的麦色皮肤，玩世不恭的表情，忧郁煽情的眼神，都深深地出卖了我，我徐涛是一个有趣而又有故事的人。"

但颇具讽刺意味的是，就是这么一位有趣而又有故事的情种，他的爱情婚姻，却仅仅维持了几个月，就凄凄惨惨地以离婚草草收场。他那美丽漂亮的娇小妻子，竟然跟一位倒卖钢材的大老板，暗度陈仓地好上了。为此，不少朋友都为徐涛深感不平，说什么这女人也太水性杨花太物质拜金太没眼光了。

徐涛倒大大咧咧的，只是笑着调侃，缘分这事儿早已天定，这就充分说明他和这女人的缘分已尽，还他一个大众情人的自由。一个人吃饱，全家不饿。他徐涛以后，是再也不折腾着结什么婚了。一个人多好，风流快活。

想着这些，宋浩天就拿起手机给徐涛打电话：“喂，徐涛，你小子现在在哪里风流快活，有没有空出来一起坐坐喝上几杯？”

徐涛在那边吭吭哧哧，过了大约一分来钟，他才口齿清晰地说：“刚才，不方便说话。我在外地，正陪一美女浏览祖国的大好河山。”

宋浩天一听，顿时来气，说：“你丫说谎也不打下草稿，浏览大好河山，有什么不方便说话的。你不会是正在床上，和美女一起做运动吧？现在才几点？真是生活糜烂，晨昏颠倒，争分夺秒。那你就赶快接着快活，回头咱再联系。”

徐涛笑，笑过后说：“丫的你说完没有，尽坏我好事儿，接什么接，都被你弄没了情绪。郭伊然呢？真是稀奇，这大过节的，你不陪你的小妇人，怎么突然有空打电话给我？”

宋浩天说：“嗨，别提了，郭伊然回她老妈那儿去了。我好不容易自由，你却在外地风流。”

徐涛说：“怎么？你没有陪她一起去看看她的老妈？是不是你们闹什么别扭了？”

宋浩天说：“可不，女人可真是麻烦的动物。前段儿，听大家都在讨论房产证上加不加另一方名字的问题，我还不以为然。谁知道，还真让我给赶上了。郭伊然她就是因为这个，和我翻脸闹腾。算了算了，这是长途，贼贵。你尽管风流快活，等你回来，咱们再聊，挂了。”

徐涛说：“这么现实啊，看来这新婚姻法司法解释，还真是威力无穷。那你可要认真研究，慎重考虑。对了浩天，听你这么一说，我突然想起来，我们邻居一小青年，刚领了结婚证，准备元旦办事，就因为这个房产证上的户名，闹得不可调和。这不，节前就又去办了离婚手续。落得还没结婚典礼，就离了，比闪离都闪。还有，你也别太费心劳神儿，郭伊然和你是同学，你们有那么深厚的感情基础，女人就爱耍个小性子，大丈夫能屈能伸，赶明儿过去哄哄，也许一切就会烟消云散。”

宋浩天说：“够了，你龙体保重，别运动过频，闪了腰啊。”说过，宋浩天挂了电话，笑。还大丈夫能屈能伸，赶明儿过去哄哄。说得轻巧，丫的自己能屈能伸，还不是把自己老婆给哄进了别人的怀抱。

人们总是在说别人的时候，道理一套儿一套儿的。轮到自己，就只会迷糊犯晕。

3

挂了电话，宋浩天下楼到外面去照顾自己的肚子。华灯初上，大街一派火树银花，欣欣向荣。

宋浩天没有心情欣赏这傍晚的街景，直奔附近的小吃一条街。到了那里，宋浩天挑了一个空位置就坐下。要了一瓶二锅头，两个小菜，一碟花生米和一盘炒饼丝，宋浩天就闷头边吃，边喝自己的小酒儿。

可没喝几口，他就发现旁边座位的一对儿小情侣，一直在斜着眼睛偷看自己。看什么看，宋浩天感觉有点儿纳闷，也就放眼四瞧。真是人倒霉喝凉水都会塞牙，他这才发现，自己和这里的环境竟有点儿格格不入。人家吧，大都三三两两或者三五成群，边吃边侃边神吹，只有自己一人低头喝着小闷酒儿，整得跟一失足买醉的小青年一样狼狈。

宋浩天心里那个郁闷别扭啊，他随手叫来小服务员，说：“把这些给我打包。”说过，他重新拧好了二锅头的瓶盖，提溜起这些打包好了的东西回家。

回到家里，宋浩天继续边吃边喝。这一喝，也就喝到了双眼迷离、脑袋发晕。看看时间尚早，百无聊赖的宋浩天，就突然想起了徐涛那小子的话：“看来这新婚姻法司法解释，还真是威力无穷，那你可要认真研究，慎重考虑。”于是，宋浩天也就打开了电脑，想认真看下相关的讨论和看法。

这是宋浩天第一次，严肃认真地看这些东西。尽管他有点喝飘，但还是很清晰地看到了一则新闻：如今的“80后”小青年，结婚时多是“啃老”

买房。男方父母付首付，小两口儿还贷款。买房的问题是解决了，但随之而来的新问题，则更加麻烦：产权证上到底该写谁的名字呢？男女双方各有争执。

这不和自己现在的处境差不多？一时间，宋浩天也就来了精神儿，他用力拍了拍有点发晕的脑袋，接着往下看：

近日，一对年轻夫妻，来到原婚姻登记处办理离婚手续。怒气冲冲的女方，不时用轻蔑的眼神看着男方。结婚证上显示，男方小王和女方小张结婚才刚刚三个月。

工作人员好心劝慰他们："你们再好好想想，不要太过冲动，别因一点儿小事就闹离婚，这个不是玩过家家游戏。"

女方撇撇嘴，一副鄙视的表情："你就别说了，还想什么啊，这么抠门的男人我才不稀罕。"男方沉默。

女方接着说："我们是通过别人介绍认识的。当初他对我很是贴心，对我简直百依百顺，我想要什么，他就给买什么。可结婚以后，一切都变了，特别是房子的事儿，在房产证上加上我的名字他都不同意，还敷衍说什么只要感情好，房产证的名字是谁都无所谓。既然无所谓，那怎么就死活不同意加我的名字？口是心非，他对我根本就不是真心，这婚结得还有什么意思，我一定要离……"

看到这里，宋浩天心里一个激灵，酒也就醒了大半。他立刻联想到了郭伊然，难道郭伊然也会像这个女的，下定了决心和自己死扛到底？看来，这件事情真的如徐涛所言，非同小可，他还真要重新慎重考虑。这样想着，宋浩天就继续搜索查看相关的问题。这一搜索，关于这些言论的帖子还真是多：

"我和男友在一起五年了，最近商量着买房子结婚。他家给付首付，以后的贷款我们还。可是，我心里挺没底的，要是真有一天我们的婚姻出现了问题，那我是什么也没有的。因为，房子的户主是男友的名字。我很郁闷，朋友们你们快帮我出出主意啊，我到底该怎么办？"

接下来，是一些朋友的看法和支招。有的说："说实话，我很不理解你这种想法，没有结婚，你就想着离婚后房产的问题了。这个样子好像不太好吧，是不是你对你老公特没信心？"

也有的说："婆家都已经拿了首付，你等于是住了现成的房子，比外面租房要划算得多。白住到你想离婚为止，你还有什么不满意的？当然，这个白住的前提是，你得把出钱还贷款的票据保留了，到时候他们要把你还贷的钱退还给你。如果没有留下证据，那你就等于是租住在公婆的房子里了，净身走人。"

还有的说："我觉得考虑这些事儿一点也不过分。现在这个社会，离婚率这么高，小三这么嚣张。不是咱不想好好过，也不是说结婚的时候就想到离婚。可是，不怕一万总怕万一啊！首付公婆付，房子写老公的名字，余下的贷款却是你们一起还，那你结婚换来的就是以后 10 多年之久或者更长时间的债务。不是我们不信任婚姻，相反，我们都对婚姻充满着美好的憧憬。但是，周围有太多的朋友给我们警钟，婚后老公出轨，老婆竟然无家可归。我们很可怜她，但是，有什么用，太过悲催……"

有个回答得更绝："有什么可犹豫的，我看这婚你就别结了。男人爱女人就要给她足够的幸福和保障，房子的首付虽然是男方家付，但连房子的名分都不愿意给，还谈什么幸福和保障？更别说什么相濡以沫，生死与共的扯淡。你们只说女的还没结婚，就想着离婚后的房产问题，但男的没有想，怎么就不同意写女的名字？五十步笑百步，半斤八两，彼此彼此。"

是啊，宋浩天突然间就似乎若有所悟。自己只怪郭伊然谈论这些，太过现实，可现实就是这么复杂纠结。如果自己不计较的话，怎会出现现在的状况？

人不为己，天诛地灭。这是人类与生俱来的自私和潜藏的狼性。令人感到讽刺的是，自古又有那么多爱的千古绝唱，"问世间情为何物，直教人生死相许"。然而，当绝唱和现实利益相互冲突的时候，这绝唱却又显得如此的苍白。

想着这些，宋浩天不由得笑了。这可真是一个复杂纠结，而又相当滑稽好玩的问题。男女彼此各怀心思，目的却是共同弹奏爱情的神曲。哈哈，能神得了吗？

4

次日醒来，宋浩天就没有了昨天的感慨和亢奋。

他蔫不拉唧的，一个人待在偌大的房间里，心里也开始空落落的不是滋味，干什么都提不起精神。随便在楼下门口的小饭店吃了点东西，宋浩天突然感觉有点儿茫茫然的不知所措。

正巧，妈妈的电话打了过来，问他放假了，怎么也不和伊然一起回家。宋浩天就决定回父母那里转转。乘车转车再穿过那条熟悉的小胡同，宋浩天一路上心情沉闷，他在琢磨着怎么和爸妈解释，郭伊然没有和他一起回来。怎么着，他也不能告诉爸妈，因为房产证的名字问题，他们两个正在冷战，让父母平添烦恼，为自己担心。

果然，一进门，宋浩天的妈妈赵丽萍就问浩天："伊然呢？怎么没有和你一起回来啊？"

宋浩天说："加班了，"说过，他赶忙岔开话题，问，"怎么不见老爸，他去哪里了？"

赵丽萍说："知道你们回来，我让他去买菜了。"正说着，宋浩天的爸爸宋江，提着刚买的菜从外面回来了。他一进门就说："浩天回来了，好长时间没有下棋，你去把棋拿出来，等我帮你妈把这几条带鱼拾掇干净，咱父子俩好好杀它几个回合，"说过，这才突然想起什么似的问宋浩天，"伊然怎么没有回来？"

宋浩天简短地说："她今天加班。"

"伊然平时工作不是挺清闲的吗，怎么国庆还要加班？那就让你妈待会儿把这鱼炸了，回去的时候给她带点儿。"宋江一边说，一边走进厨房。

赵丽萍却跟在他后面唠叨："真有你的，这么一大把年纪了，还整天跟老顽童洪七公似的，就知道疯。儿子这才回来，也不问问他最近怎么样，就拉他一起下棋。有你这样做老爸的没？"

宋江就打趣说："这些生活中的细枝末节，都是你做妈妈的事情。我只管大事情，比如粗线条教育啊，再比如给他适时地减减压啦，还有，提升一下他的棋艺什么的。"说过，偷偷地冲宋浩天狡黠地笑笑。

宋浩天也冲老爸狡黠地笑笑。

由于宋浩天满腹心思，他今天和父亲对阵也就心不在焉，棋下得那个臭，几乎盘盘皆输。宋江就在一边得意地神侃："你小子自小就喜欢和老爸对阵下棋，但是，你不喜欢输，更不喜欢看出是老爸故意让着你才赢。因此，和你下棋，我就感觉，不需要有过人的棋力，但一定得有过于棋力的智慧。尽全力布局斗阵，并且在最后一刻，弄得满盘皆输。其中的机关，简直称得上是一门艺术。"

宋浩天就想起小时候，父亲总是自称"一手臭棋"。他当时很是得意，直到自己长大以后才终于明白：这是父亲的一种智慧，以及他对自己那大山般厚重深沉的爱。

一晃眼，二十来年时光一闪而过。现在，宋江跟儿子下棋，还不忘他的这种智慧，以及对儿子的厚爱。其实，他刚才一进门儿，就发现儿子的神情状态似乎不对。这大放假的，郭伊然又没有和他一起回来。宋江猜想，一定是儿子和媳妇闹什么不愉快。他想，儿子大了，既然他不愿意多说，做父亲的当然也不好过多追问。

但是，宋江实在又放心不下，也就不动声色，故意说和儿子下棋。借机"挖坑"，一边儿下棋，一边儿和宋浩天大谈棋局人生。棋如人生，人生如棋，稍稍走错一步，就有可能满盘皆输。生活也是如此，大男人不要太过注意细节，斤斤计较，要学会观察，把握大局。

几句话，说得宋浩天心里那个五味杂陈。他暗暗惊叹，真乃知子莫若父，什么都瞒不过老爸那雪亮的眼睛。这样想着，宋浩天不由得对父亲说:“还是老爸智慧，不愧为人师表。”

宋江微微一笑，也不谦虚，说:“那是，这是经验之谈。你老妈年轻的时候,就爱使个小性子,还特爱唠叨。我那时候,性子也不像现在这么好,脾气特别火爆。两个人整天没事儿，就叮叮咣咣，没少干仗。不过，岁月还真能磨光人的很多棱棱角角。现在想想,女人嘛,天天为家操劳不易,也就爱唠叨这么个爱好，就一个耳朵进，一个耳朵出，随她唠叨几句吧。两个人过日子，要的就是相互理解和谦让，哪能只由着自己的性子来。”

说过，宋江冲儿子意味深长地笑。宋浩天也笑，一时间，父子俩心照不宣。

正在这个时候，赵丽萍来叫他们吃饭，看他父子俩下个破棋，还一直神神叨叨，就开玩笑说:“你个老没正经的，趁我做饭不在，又在和儿子说我什么坏话了吧？”

宋江一边招呼浩天收拾棋盘，一边对赵丽萍说:“你是咱们家的大领导，我当面不敢顶撞，私下里，发发牢骚还不成？你咋这么专政。不过啊，你这次可是大错特错。刚才，你不还责怪我不问问儿子最近状况？我这不正给他上人生课吗。”一言出口，惹得赵丽萍和宋浩天一起大笑。

笑过，宋浩天仔细品味老爸的一番话，感觉很有道理。居家过日子，哪能没个磕磕碰碰的。他似乎不应该再和郭伊然这样冷战下去。何况，那么多小夫小妻，都在为房子的户主是谁而争来争去。这也并非只是郭伊然一人无中生有地和自己要小脾气。

这样一想，宋浩天顿时感到释怀。我们大家都是凡人俗人，不可能不被现实生活所左右。爱情也就是柴米油盐，也并非只是一支神曲。睁一只眼、闭一只眼吧，哪能那么较真。

5

从父母那里出来，宋浩天没有回家。

他在路边的烤鸭店里，买了一只老字号温州酱鸭，又买了一些花红柳绿的水果，加上妈妈炸好的香酥小带鱼段，就提着直奔丈母娘郭芙蓉家。

宋浩天去之前，并没有给郭伊然电话。他想来个突然袭击，给郭伊然一个意外的惊喜。果然，郭伊然一看到宋浩天来了，先是一愣，接着就憋不住一脸灿烂。

但是，她可不想让宋浩天看出来。怎么说，她也要拿拿女人的小架子。于是，郭伊然也就假装还在生气，故意阴着一张小脸，挖苦宋浩天说："咦，你怎么来了？自己在家多自由多舒服啊，那么大的房子，你一人住着，想怎么折腾，就怎么折腾。够爽，够威武吧？"

宋浩天并不在意，他看着郭伊然一脸坏笑地说："没有你的配合，我单枪匹马折腾得了吗？怎么着，也需要宝贝你的配合啊。怎么？老妈她没在家？要不，咱们先折腾一回？"

听宋浩天这么说，郭伊然憋不住得意地笑了。但笑过之后，她就马上一脸严肃。她没有心情和宋浩天贫嘴调戏，她就是这么现实，她说："去你个色狼，来我家还敢不老实。我警告你，少和我贫嘴耍赖皮，妈妈马上就要回来。怎么？房产证上加名的问题，你考虑好了？"

宋浩天一笑说："不就是在房产证上加个你郭伊然的大名吗？这有什么好考虑的。你侬我侬，忒煞多情，你中有我，我中有你。我早就和你说过，咱郎情妾意的，连我都是你的了，何差房子。如果不忙，等节后上班，我们就一起去办。"

宋浩天说得一脸轻松，郭伊然听得心花怒放。郭伊然甚至开始在心里偷偷责怪自己的计较和蛮横，错怪了宋浩天对自己的一片真心和痴情。但她嘴上却说："什么郎情妾意乱七八糟的，你会不会用词啊，亏你也算个文化人，看你用的烂词。"

"烂词怎么了？词烂情真，其间的意境，你懂的，反正，也就那么个意思。"宋浩天笑。

原以为纠结郁闷到分道扬镳的复杂问题，没想到竟然这么轻松愉快地烟消云散，使宋浩天和郭伊然都有种小别胜新婚的喜悦和亢奋。

然而，事情并非宋浩天和郭伊然想的那么简单。当他们节后一大早上，拿着房产证等相关资料来到市建委时，建委的工作人员却告诉他们："对不起，你们的房子，不能办理这项业务。"

宋浩天和郭伊然一听，立刻呆愣。他们几乎异口同声地问："是不是我们的房子，存在什么问题？"

工作人员耐心地解释："不是房子存在问题，而是根据相关规定，对于已婚的有房族，并且房产仅属于夫妻一方的消费者来说，如果全款购房或者贷款已经还完，可以直接进行更名或者添加另一方的名字，只需要在这里提交相关资料，办理更名即可。办理过程中，也不需要交纳相关税费，只需要缴纳几十块钱的工本费而已。但是，对于还在还贷的房产来说，贷款尚未还清，暂时不能够进行房屋更名。只有等贷款还完，才可以办理。这样说，不知道你们可否听明白了？"

工作人员说得慢声细气，郭伊然却听得排山倒海。她几乎一下崩溃瘫软。这么折腾一大阵子，原来完全白费。敢情这完全做的是无用功啊！这都是什么破规定啊！

宋浩天听到这样的结果，虽说没有郭伊然那么失魂落魄到崩溃瘫软，但是，这样的结果，显然也让宋浩天颇感意外。

正在郭伊然感到受伤愣神之际，却听到工作人员说："你们虽然不能做房产更名，但可以到房屋所在地的公证处，办理房产公证啊。对于贷款没有还清，而无法进行更名的消费者来说，按相关规定，可以办理房产公证。证明房产中的一半份额，为另一方所有。并且，房产公证的办理过程，也相对简单，也很方便。所以，我建议你们两位，可以考虑考虑。"

真乃"山重水复疑无路，柳暗花明又一村"。郭伊然听工作人员这么一说，立刻来了精神。她满面含笑，毕恭毕敬地对工作人员说："这么说，办理房产公证，是我们目前唯一可行的办法了？"

工作人员点头说："是的。"

郭伊然说："明白了，谢谢您的热心帮助。"

工作人员说："不客气，应该的。"

经过这么一波三折，虽然最终没有在房产证的户主一栏加上郭伊然的大名，但经过公证处的房产公证，房子属于他们夫妻的共同财产，份额一人一半，也和在房产证上加名，异曲同工地令郭伊然满意。

没有了房产问题的后顾之忧，郭伊然满脸灿烂。宋浩天也终于可以长长地舒出一口气。他们的爱情，似乎重新回到了原来的轨道。

但是，总有一些什么被悄然地改变了。尽管这种改变是那么的细微，那么的不易觉察。而且所谓生活，也不可能完完全全地按照他们两个的意愿，简单地复制以前的美好。

第十一章 ● 老公对面的神秘女人

1

一大早，市环保局团委书记和王主任，就带着一帮人马整装待发。他们今天要将几百余册关于环保知识的书籍，送到临近的县里去。

这是市环保局为了响应市委提出的“全民读书”的号召，普及环保知识、提高基层农村青年环保意识而开展的一次送书下乡活动。

郭伊然本来想借此机会，下乡溜达溜达透透气。不料，于北北却说有特别重要的事情找她，无论如何要她过去一趟，并责问她是下乡溜达重要，还是闺蜜情意重要？孰重孰轻，让郭伊然自己思考掂量。说过，找抽似的，竟然挂机。

这个死北北，有什么重要的事儿，电话还不能说，一大早的非让过去？郭伊然心里那个纠结。但是，听于北北说得如此词严义正，不留回旋余地，郭伊然掂量了又掂量，最终还是决定算了，忍痛割爱牺牲这得来不易的下乡机会，谁让自己摊上这么个狗友。等领导领着办公室的一帮同事一走，郭伊然也就收拾自己的东西开溜。

于北北把自己的衣服弄得乱七八糟，扔了一床。看到郭伊然，她一脸甜笑，娇滴滴地拉过郭伊然，说：“嘿嘿，我就知道你一定会来，果然是好姐妹。你快帮我看看，我穿这套裙子，是否漂亮合体？”

郭伊然白了于北北一眼，没有好气地说：“搞得乱七八糟，我还以为你被强暴了，弄半天是在试穿衣服臭美。这还用看，你于大美人向来穿什么衣裙都贼漂亮，哪怕最艳俗的红绿混搭，你都能穿出异国情调。对了，你这一大早地叫我过来，不会是这么无聊地让我帮你参考穿什么破衣服的吧？弄得这么隆重，难道你要去见什么重量级的人物？还是准备红杏出墙？”

于北北也不在意郭伊然的讥讽挖苦，她亲亲热热地拉郭伊然坐下，一脸神秘兮兮地说：“哎，伊然，你还记得我和你说过的郑子健吧？他衣锦还乡，不声不响，低调地从杭州那边杀了回来。前几天，刚刚成功中标咱们这儿西城美苑的一期筹建工程。嗨，这次，人家又可以大捞一笔了。”

郭伊然听得一头雾水，说：“我又没有老年痴呆健忘倾向，他不就跟他老爸搞房地产开发搞发了吗。怎么？八竿子搭不上边儿，这和咱们有什么关系？于北北你不会是踹了小眼睛，竟和姓郑的擦出了爱的火花，和他暗度陈仓地勾搭上了吧？小眼睛对你那么好，你可千万别这山望着那山高，小心玩火自焚。”

“看你这破智商，我于北北哪有那个想法。就是有，也没那个福分，要擦出火花，也是你郭伊然而不是我。真不知道你什么魅力，把那个郑同学迷得七荤八素的，到现在还对你念念不忘。告诉你吧，他昨天晚上突然打电话给我说，特想见见你，都想疯了，他想约你一起吃个饭，请你一定赏光。我一看时间那么晚，害怕你家浩天打翻了陈年醋坛，这才一大早叫你过来。”于北北阴阳怪气地说。

搞了半天，原来是这样。郭伊然虽然感觉这事儿有点荒谬突然，但她想都没想，就一口回绝：“没劲儿，这有什么好见的。当初就没什么感觉，时隔这么多年，再见面还有意思吗？”

于北北说：“谁说不是，我也这么和他说的。偏偏那小子，竟是个不折不扣的情种，根本不听我那一套。他死缠烂打地充分发挥当年追你的蛮劲儿，非要让我答应约你出来不可，就差声泪俱下了。”

郭伊然偷笑：“你已经答应他了？既然这样，你就去呗，没我什么事儿。”

于北北把眼睛一横，说：“郭伊然你还够不够朋友啊？够朋友你就给我个面子。当年郑子健对你制造绯闻图谋不轨，还不是我出生入死，两肋插刀，不怕羞辱臭骂地出面帮你摆平？现在，咱怎么说也都是成年人了，不就是见个面吃顿饭吗，又不是要你去陪他出轨失身对不起浩天。”

郭伊然说：“够朋友你也得为我考虑考虑吧？你不知道我对他向来没什么好感，我看见穿白皮鞋的男人就倒胃。你说一个大男人吧，穿什么不好，偏偏穿什么白色皮鞋，弄得跟一早期归国侨胞一样。头发还梳理得那么一丝不苟，好像就他有身份有钱似的，真没品。不知道姓郑的到底给你下了什么迷幻药，你竟然这样帮他说话。你自己看着办吧，反正我是不去。”

于北北说：“那是什么年代？人家现在早不穿什么白皮鞋了好不。那些陈年往事，只是学生时代的炫耀和浅薄。现在，人家可是华丽丽地成功跻身于富商行列，整个一不折不扣、货真价实的社会名流精英。”

郭伊然说：“拉倒吧，去他的名流精英。再名流精英，也甩不掉他那一副与生俱来的流氓样儿。”

说着，郭伊然兀自大笑起来，直接把于北北给笑恼怒晕菜，她忍不住对郭伊然发火：“感情是个什么东西。问世间情为何物，直教人傻了吧唧。你这边对他恶语相伤，不屑一顾。他那里却是失魂落魄，痴迷不悟。也许，他前世欠你，活该如此。不过，你还有点同情心没，郭伊然？爱一个人，那是多么彻心彻肺的疼痛啊，咱和郑子健好歹也是校友对吧？纵然不是校友，一个男人能这么多年对你痴情一片，只要求和你见上一面，也不算特别过分吧？”

几句话，说得郭伊然心里五味杂陈。说心里话，听到这些，郭伊然除了感觉唐突之外，私下里也有一种小小的虚荣和得意。

对一个女人来说，没有谁不虚荣地喜欢永远被男人宠着恋着狂追着。这种被追的感觉，是女人炫耀的资本，可郭伊然实在是对郑子健感冒不起来。就是这个郑子健，当年恬不知耻地制造绯闻，才使她和宋浩天差点分道扬镳。

令郭伊然没有想到是，这么多年过去了，郑子健竟然还对自己痴心不改。难怪有首歌中唱道“爱情是一种病”。看来，郑子健病得还真不轻，自己是否应该去见这个男人一面？

2

帝豪酒店和它的名字一样，流光溢彩，充满霸气。它是江城著名的国际标准五星级豪华观光酒店之一。

郭伊然和于北北刚一下出租车，就远远瞥见了郑子健同学霸气十足地候在了酒店的玻璃感应门边。只是这远远的一瞥，就使郭伊然大吃一惊地呆愣在那儿。郭伊然心说，不是吧？难道自己没看走眼？这还是当年那个油头粉面，一脸轻浮浅薄的小男生郑子健吗？

见郭伊然站在那里愣神儿，于北北就阴阳怪气地调侃：“怎么？吃惊了吧？呆愣了吧？后悔得肠子都绿了吧？我就说嘛，人家早不是当年的二B小青年，早不穿什么白色的小皮鞋了。”听于北北这么说，郭伊然差点没笑抽过去，但郭伊然没空搭理她，只是忍不住在心里暗暗吃惊，岁月还真是一把高深莫测的魔术刀，它除了能给人们刻上满脸的岁月，还能把一个无知轻薄的不搭调儿青年，成功地雕刻塑造成一名成熟魅力的型男。

只是这一呆愣之间，郑子健就来到了她们面前。他很礼貌绅士地向郭伊然和于北北伸出了手，一边和她俩握手，一边微微一笑，说：“真没想到，几年不见，一不小心，我们当年的校花，竟然出落得越发国色天香，更加妖娆迷人。”说时，拿眼睛深深地看了一眼身边的郭伊然。

那眼神仿佛有一种特殊的魅力，一下把时光拉回到了从前，使郭伊然突然就很神经大条地想起于北北当年骂他的话：“你先摸摸自己的嘴毛长齐整没？”这么一想，郭伊然就不由得偷眼看了下郑子健那微微上翘的下巴。他那被刮得干干净净的短胡楂，密密匝匝地透着一股成熟男人的精干。想着这些，郭伊然竟莫名其妙地笑了。

谁知于北北那丫却偏偏脑子进水，哪壶不开提哪壶，竟然知道郭伊然心思似的说：“伊然，你笑什么笑？是否想起了当年郑子健追你的伟大壮举？”

一句话说得郭伊然脸上发烧，郑子健尴尬。为了缓和气氛，郑子健说：“那时候可真是傻气，不过，却傻得可爱，想想也真是青春无敌。”

于北北说：“可不是吗，你还特爱把头发梳理得一丝不苟，还特夸张地总爱穿一双白色的皮鞋，弄得整个一早期归国的小侨胞。”一句话出口，直把他们笑得没有喝酒，就已经东倒西歪了。

3

说说笑笑，他们三个也就来到了郑子健早已经预定好的包房。郑子健看了看拿着菜单儿、毕恭毕敬地恭候在旁边的服务小姐，就拿眼神示意她让郭伊然和于北北点菜。于北北也不谦让，她不客气地接过了菜单，说：“郑同学现在发达了，难得不记恨我当年的臭骂，可真是大人大量，宰相肚里能撑那个啥。盛情难却，恭敬不如从命，我今天也就不客气了，就给俺来个清蒸鲜鲍，其余的，你们两人看着点。”

郭伊然见状，恨得咬牙。她不禁在心里暗暗臭骂：这个死人于北北，真是一辈子没见过有钱的主。一见有钱人，立马就一脸媚笑。不提当年你会死啊？心里骂着，嘴上也就不再留情，她故意一语双关地说：“俺就一扔人堆里立刻找不见的柴火女，太华丽的消受不起，就给来碗牛肉面吧。”一言出口，语惊四座。显然，包括服务小姐在内的他们三个，谁都没有料到郭伊然会点这个。

还是郑子健机灵，他马上说：“牛肉面好啊，我现在就给美女们讲一关于牛肉面的冷幽默，权当给美女来杯餐前开胃酒。不过，咱先说好，等我讲完了，你们两个要能憋住不笑，就不用罚酒。否则，一杯薄酒伺候。”

说过，郑子健也不等郭伊然和于北北点头，就兀自开讲：某男子去面馆要了一碗牛肉面，可是，面上来后，他没看到一块牛肉，就气冲冲地把老板叫来，牛肉面里怎么没有牛肉？老板听后一脸淡然地说：“别拿名字当真，难道你还指望从老婆饼里吃出老婆？你什么时候看见人民大会堂里面坐过人民？”

说着，郑子健看了郭伊然一眼，接着就转过脸来，一脸严肃地对服务员说：“别拿牛肉面不当正餐，一般来说，美女的口味总是与众不同。别告诉我你们这里没有，和你们大厨说给我来碗特制。”

本来，郭伊然和于北北还想憋住不笑，但看到郑子健那故意装出的一脸严肃实在滑稽，还是忍不住大笑。这下，郑子健可就乐了。只见他不慌不忙地站起了身，然后，不卑不亢、风度翩翩地倒上了两杯满满的五粮醇。

于北北哪能就此认输，她挡住了郑子健递过来的酒杯，说：“郑同学这就不对了，今天是你做东，对吧，怎么着也得来个开幕词啥的，先陪我们一杯。”

郑子健说：“陪酒这个好说，我最擅长，但开幕词啥的咱也就免了。你看就我们三人，说着寒碜，还开不起高潮对不？不过，这么几年不见，难得今天一聚，感慨还真是颇多。酒肉穿肠过，同学心中留，到底和老同学一起吃饭最淋漓痛快。来，我先陪美女一杯，咱今天来个一醉方休。”说着，也给自己满满地倒上了一杯。

于北北笑：“郑同学真是爽快。既然你这么说了，那开幕词也就免啦。但是，这么几年不见的，咱们应该好好叙旧，开怀畅谈，建议你是否谈下这几年的风流韵事来替代？嗨，对了，我说郑同学，什么时候带你女朋友一起过来坐坐呗，让我们也明白一下什么叫婀娜多姿，一睹她的芳容，如何？”

听于北北这么说，郑子健却只是淡然一笑，他说：“女朋友就算了，比起你们差之千里，害怕影响到你们胃口。至于风流韵事嘛，那真比在学院还要多N倍，起码装它几节动车没问题。人帅就这个样子，没辙，不知道于姑娘究竟想听哪个段子。不过，再多的风流快活，也只不过是过眼的云烟，天上的浮云。我郑子健现在可是百花丛中过，片叶不沾身的大好男人。”

郭伊然和于北北，再次笑抽。还片叶不沾身，亏他说得出口。不知道多少良家女孩子，在学院时就被他祸害。郑子健看她们两个一脸不屑，说：“我们不谈这个，来来来，喝酒，喝酒。”说着，他用极为复杂的眼神，偷偷地看了下郭伊然，只看得郭伊然心烦意乱，说：“看什么看，还片叶不沾身！郑子健，你什么时候变得如此低调？这真比太阳从西边出来还稀罕 。”

郑子健装着一脸委屈，他轻声叹息：“哎，说来还真话长，自从被你严重打击以后，我就乱了。我的太阳也就从那个时候开始，一直从西边出来，东边进去。只是，美女的眼睛一向都朝天看，你从来不会留意这些无聊的自然景观罢了。”郑子健虽是调侃，但他的脸上，还真浮现出难得一见的伤感。

气氛仿佛一下暗淡了，更暗淡的是接下来，郭伊然竟然很丢人地有点喝飘。直到郑子健开车把她们两个送到了于北北的楼下，很绅士地轻轻扶她从车里出来，郭伊然还感觉晕晕乎乎的，如同梦境。

然而，一切并非是梦。郭伊然没有看到，郑子健一直坐在车里，目不转睛地目送着她和于北北上楼。他的脸上，浮现出一丝不易觉察的诡秘的笑。

4

郭伊然在于北北那里醒来，已经是下午 5 点，她惊奇自己怎么就稀里糊涂地睡了过去。看来，这酒入口绵软顺滑，却蛮有力道，后劲十足。匆忙洗了下脸，郭伊然就打算和于北北告辞。

于北北一边逗她的爱犬“钞票”玩耍嬉戏，一边对郭伊然挖苦讽刺：“又急着回去做你的良家妇女？完了完了，看来，伊然你也就这么点儿出息。难道你一顿不给宋浩天做饭，他还真会饿死？难道你对今天的饭局，就真没一点儿什么想法？”

郭伊然说："什么想法？人各有志，每个人的想法不同，也注定了每个人的追求和幸福度不同。我就欣赏采菊东篱下，悠然见南山的平淡和意境。何况你看到的所谓美好，也许只是外表的光鲜，只是所谓的惊鸿艳影，海市蜃楼。不管你信不信，反正我是信了。"

"嘿嘿，还采菊东篱下，悠然见南山。听起来蛮理想啊。但是，你看你现在悠然见南山不？整个买菜大棚下，崩溃还房贷还差不多。"于北北把长长的柳眉一挑，继续挖苦。

郭伊然急着回去，没空和她计较，她淡然一笑说："这就是所谓的幸福度与各自心境的问题。同是一件事情，如果你用美好的心态感觉，当然也就美好。就如同你对着镜子甜笑，看到的理所当然就是甜蜜。这是种境界，你不懂的。"说着，她就要去开房门。

于北北赖皮地挡在了门口，她说："等等，就你的臭理论多。我现在不和你理论还不成，我有正经的事儿要和你说。郑子健不是中标了西城美苑吗，小眼睛是搞建材的，肥水不流外人田。我想，什么时候我们再一起聚聚，引见小眼睛和郑子健认识一下。今天吃饭的时候，我本来就想说这个，但毕竟我当初为你臭骂过他，而且，这么多年初次聚到一起，就说这个有点儿不妥，也就没好意思提。"

郭伊然听后，不禁大笑。这个于北北，脑袋还真是好使，对我讽刺挖苦地绕来绕去大半天，原来是一心想着照顾小眼睛的生意。于是，她就对于北北说："敢情你还没有结婚，就对小眼睛这么死心塌地。看来，你这次是铁了心地要嫁小眼睛了。"

于北北笑："那是，还是你对我说的，也就小眼睛对我最好。红颜易失，赶紧趁着青春亮丽把自己给嫁了。"

郭伊然说："这样想也就对了。"

从于北北那里回来，宋浩天刚刚下班回到家里。一看到宋浩天，郭伊然就说："浩天，你猜我今天见到了谁？"

宋浩天说："还能见谁？你们今天不是搞什么下乡送书活动？"

郭伊然说：“活动我没能去成，被于北北那丫给直接搅黄，她一大早就把我叫了过去。我以为干吗呢，原来是郑子健那小子从杭州回来，说要请客吃饭。”

“什么？郑子健？”宋浩天以为自己听错，急忙追问。

郭伊然说：“可不。几年不见，他还真长了出息。据说，他在杭州和北京都有房子。他这次从杭州杀将回来，是因为中标了咱这儿西城美苑的一期筹建工程。”

房子，房子。宋浩天一听到房子就头疼，何况这个郑子健，还是自己当年的情敌。宋浩天心里那个纠结烦闷，也就别提。于是，他闷声闷气地问郭伊然：“都谁去吃饭了？”

郭伊然说：“就我和于北北啊。”

什么？就她们俩？宋浩天一听，心里一沉。心想，原以为一大帮子同学瞎热闹，原来郑子健就只请了她们两个。这小子到底什么意思？他根本就是黄鼠狼给鸡拜年，没安好心。郭伊然她还真就去了。但是，出于男人的自尊和面子，宋浩天阴着脸什么也没说，他想让郭伊然自己深刻地反省。

偏偏郭伊然不想那么多，看宋浩天阴着脸一声不吭，郭伊然说：“你阴着脸是什么意思？”

宋浩天仍旧不吭声，最后，实在被郭伊然问急了，他才阴阳怪气地说：“没什么意思，我倒是要问问你，他单独请你吃饭是什么意思？”

“你脑子有病啊？是单独吗？我不是告诉你还有于北北吗。”郭伊然说。

“那又怎样？你根本就不应该去。你去了，那是你的自由，我又没说你什么。难道你还要让我兴趣十足地去听，自己的老婆和当年的追求者一起吃饭的趣闻乐事？我没那个心情和闲空。”

天，他说的还叫人话吗？郭伊然心里一阵恼火后悔。早知道男人都这么小肚鸡肠，自己真不应该告诉他这些破事儿。可自己既然坦坦荡荡地告诉他，那肯定是心里光明磊落。

想着这些，郭伊然就说：“宋浩天，真没想到啊，你心底竟然这样龌龊阴暗。我从没要求你一定要飞黄腾达，或者成为什么领导高干，我也从没和别人攀比什么名牌和吃穿。我一心一意和你死心塌地地过穷日子，就求个安稳和踏实。我今天不就是去吃了个饭吗？如果我心底像你想象的这样阴暗，我会这么一见到你，就急着把这一切都告诉你？我说我去下乡不就得了？你自己动动脑子，我郭伊然是那么随便的女人吗？如果我像于北北一样爱慕虚荣和钱财，我多年前就和郑子健走到了一起，哪还会等到现在？哪还会有我们的今天？”

几句话，说得宋浩天无言以对。仔细想想，郭伊然说的也不无道理。从恋爱，结婚，到现在，郭伊然和自己勤俭节约，省吃俭用，还真没埋怨过自己什么，除了偶尔发个臭脾气。

这样一想，宋浩天也就释怀。尽管，他的心里还多多少少有点儿酸溜溜的不是味道，但他的确不该和郭伊然这样闹别扭。这不是把自己的老婆，硬往别人怀里推的傻瓜行为吗？想着这些，宋浩天就拉过郭伊然的手，说：“乖，别再生气了。算我心底阴暗还不成？”

郭伊然甩开了宋浩天的手，仍然一脸恼火，不搭理他。宋浩天就强行抱过了郭伊然，拿嘴巴蹭着郭伊然的耳朵，在她耳边轻声儿哄她：“宝贝儿，我错了，我承认你心底光明磊落，阳光灿烂了。你怎么惩罚我都行，可就是别不理人啊。要知道，你可是咱们家的领导和太阳，你这一生气，咱们家就像没有了太阳的天空，一下空荡荡、阴沉沉地了无情趣。”

这一招还真灵，郭伊然不再恼火，她被宋浩天的样子直接给逗乐。她娇滴滴地说：“好吧，那就罚你今天给我做饭。我坐在这儿，边看电视边等吃现成。怎么样？”

宋浩天抬手看了看腕上的表，说：“这都几点了啊，乖，还做什么饭啊。走，老公请你外面吃去。”

谁知，宋浩天和郭伊然的家庭战争才刚刚结束，宋浩天的公司又出了状况。

5

次日一大早上，宋浩天的手机就震天彻地地一直响个不停。那首平日听起来蛮动人心魄的神曲《爱情买卖》，在清晨稀薄的空气里，却鬼哭狼嚎似的，突然间显得突兀和刺耳。

“妈的，周日也不能睡个安稳好觉，是谁这么缺德，一大早的打个鬼？”宋浩天睡眼蒙眬地咕哝着，极不情愿地摸出床头的手机接听。但当他拿起手机时，立刻一个激灵，一下睡意全无。

原来，竟然是他们公司的董事长王博，说有重要的事儿，让他迅速到他办公室一趟。有没有搞错啊？老总很少亲自给下属电话。何况这是周日，又这么一大早上，叫自己去究竟会是什么事儿？但不知怎的，宋浩天突然间竟冒出一种不祥之感。尽管这种不祥之感，是如此的毫无理由和唐突，但宋浩天半天没缓过气来。

宋浩天心里忐忑着，但他丝毫不敢怠慢。他迅速地起床洗了把脸，立刻下楼打的火速赶往公司。

董事长王博正在办公室里等着宋浩天，他表情肃穆而沧桑。看到宋浩天，他说：“浩天，这么早叫你过来，真是不好意思。但是，情况实在特殊，我们的吴总吴森淼，意外地煤气中毒，她昨天晚上不在了。”

“什么，吴森淼她煤气中毒？吴森淼她真的不在了？昨天上午，我们还在一起讨论新项目进展问题，怎么会突然的……”宋浩天惊得一下瞪大了眼睛。

“是啊，事情实在太过突然，据说是她忘记关掉煤气。我已经让人通知过吴总的家属，并派人去接他们过来处理后事。关于她的后事，我也叫人妥善地安排了。我现在叫你过来，主要是和你商量一下。现在，公司的新项目才刚刚启动，总经理的位置一天都不能空缺，我想提升你为公司的总经理，立刻走马上任，顶上吴总这一职位。你要有个心理准备，一定要好好干啊。”说这些的时候，王博神情黯然。他仿佛一夜之间，苍老了十年。

宋浩天这人比较务实，公司总经理的位置，那曾经是他刚进公司的追求和梦想。但是，自从吴森淼被提升为总经理这一职位以后，宋浩天基本上就绝了这个念头。但当这一切意外地突然降临到他的头上时，宋浩天并没有梦想终于实现的惊喜，他只是机械地冲王博点了点头。一时间，他还没能在吴森淼死去的这一事实中转过弯儿来。

直到宋浩天从董事长的办公室里回去，他都浑浑噩噩地感觉，这一切似乎是个梦境似的不很真实。吴森淼那么心思缜密的一个女人，怎么就这么疏忽地忘记了关掉煤气？是不是她故意没关煤气，或者……

这样一想，宋浩天就惊出一身冷汗，他突然就想起前几天下班的时候，吴森淼突然问自己："浩天，你说人活着到底是为了什么？"

宋浩天因为急着回家，就心不在焉地瞎侃胡说："哈哈，吴总你怎么突然问起这么个问题？不就是为了忙活一日三餐和所谓的家。"

吴森淼听后，对他淡然一笑："没事儿，随便侃侃。真羡慕你，有那么一位让你牵肠挂肚的妻子，一下班就急匆匆地赶着回家。俗话说得好，在天愿作比翼鸟，在地愿为连理枝。女人都是情感动物，作为一个女人，一辈子能遇到你这么一个男人疼着爱着，真是福分，再苦再累也值得。"

宋浩天笑："吴总你别见笑就成，我们天天为房贷急得抓狂的滋味你不懂的。"

吴森淼说："这才是生活，鸡毛蒜皮，油盐酱醋，别有一番小情趣儿。你可千万别身在福中不知福哈，好好珍惜。"

说过，她对宋浩天莞尔一笑说："对了浩天，如果我哪天挂了，不知道多年之后，还有没有一个人能够记起我？"

宋浩天笑："吴总你可真是多愁善感，怎么突然间就成了林黛玉？别的不说，至少我会记起你吧。毕竟，我们一个战壕滚爬这么多年，怎么能人走茶凉，无情无义？”

吴淼淼又是一笑，说：“这可是你自己说的啊，不许忘记。如果我哪天真死了，记得你说过的话，还能想起我这么个狐朋狗友。偶尔的心血来潮，也可以去我的墓前，和我秀秀你的柴米油盐。或者，絮叨絮叨你不愿告人的小心思。”

宋浩天说：“吴总你如此多金多富，看你都说些什么呀，说不定咱俩谁先挂呢？”

吴淼淼说：“不管谁先挂，都要记着偶尔地想起彼此。其实，有时候想想，还是死了爽快，一了百了，没有活着的竞争压力，更没有解不开的爱恨情仇。”

这么说来，吴淼淼她是早有预谋地想要告别这个世界，根本不是什么忘记关掉煤气！难道那个时候，吴淼淼已经在暗示自己，她要离开？可自己怎么就如此愚笨，压根没有想到这茬？还有，吴淼淼昨天晚上才不幸身亡，身为吴淼淼情人的董事长王博，怎么就那么快知道并迅速地安排她的后事？难道在吴淼淼准备自杀之前，也曾这样暗示过王博？或者，是王博他对吴淼淼厌倦而下此毒手？

太多的疑点，都在说明一个问题：吴淼淼不是忘记关掉煤气不幸身亡。这样想着，宋浩天不禁又惊出一身冷汗。

6

关于吴淼淼的死因，公司里也议论纷纷，一片哗然。一时间，大家七嘴八舌，说什么的都有。

“看吴淼淼平时做事儿那认真仔细样，怎么就如此粗心大意，忘记关掉煤气？”

“我看也未必，说不定是不甘心做一辈子小三，又‘转正’无望心灰意冷，一时间想不开就自尽了。”

“很有可能，我看她最近的神情好像就不怎么对劲儿。爱上一个已婚的男人，女人真的伤不起啊。”

……

此外，警方也曾赶往现场。但是，他们并没有发现什么可疑之处，排除了吴淼淼自杀和他杀的可能。接着，就是公司的追悼仪式连同火化。

此后不久，公司的议论也就渐渐地停息。一个青春鲜活的生命，也就这样一缕烟似的，轻飘飘地被人遗忘。只是留给大家一个永远也无法解开的谜，到底是自杀还是不幸身亡？甚至他杀？不得而知。

当郭伊然把这一消息，告诉于北北的时候，于北北说：“哎，什么忘记关掉煤气，我看八成是想不开自杀。这个女人可真蠢，男人又不是死光光了，为了一个男人去牺牲自己的生命，真是有病。”

说过，于北北就话锋一转，兴高采烈地对郭伊然说：“对了伊然，劳驾你过来一趟吧，陪我去看下房子咋样？你不是对挑选新房特有经验吗，帮我参考参考。死小眼睛整天忙他的生意，说只要我看上了就成。”

郭伊然看了看，窗外一片明媚阳光，正是初冬难得的大好天气，想想宋浩天今天又是无聊地加班，也就欣然同意前往。

郭伊然和于北北先到位于市中心的万隆小区，地理位置和小区的环境设施没得说，都分外舒适。无奈，房子几乎已经全部销售出去，剩下的也都是歪瓜劣枣。她们俩跟着售楼小姐看了那么一大圈，不是采光不好，就是楼层不怎么地。只转得郭伊然和于北北两个心灰意冷，腿酸脚疼。直到售楼小姐下班，也没有看到一处满意的房子。

于北北就不耐烦地说：“真是丧气，走吧走吧，想吃什么告诉我，我请你吃饭去。”谁知，也就是这一顿晚餐，却吃出了一个万劫不复。

事情就偏偏那么凑巧，当于北北和郭伊然路过一家酒吧的时候，透过酒吧的玻璃窗子，于北北突然看到，宋浩天竟然和一漂亮的女人，在蛮有情调儿地泡酒吧，表情暧昧而亲密。于北北心里那个狐疑，她立刻扯了一把身边的郭伊然，示意郭伊然快看怎么回事儿。

偏巧那个时候，宋浩天从包里拿出厚厚的一沓钞票，递给了那个女人。女人虚情假意地一番推辞，宋浩天微微一笑，不容分说，毅然拿过她的 LV 小包，拉开拉链塞了进去。然后，他们起身，准备离开酒吧。谁知，就在女人站起身的时候，她一个摇晃没有站好，宋浩天赶忙护花使者似的抱住了她，并俯身在她耳边轻轻地说了一句什么。女人抬起头来，深情地看了宋浩天一眼，就把头亲昵地靠在了宋浩天的肩上，任由宋浩天风度翩翩地轻轻拥着她，上了酒吧外面的一辆的士。

这是一部多么温馨美好的无声爱情剧啊，郭伊然完全傻了。她甚至忘记了哭闹，只是傻傻地呆愣着，更忘记了这是在哪里，自己又是在干吗！直到宋浩天和那个漂亮神秘的女人乘车离她而去，郭伊然才想起，这根本不是什么美好的爱情大片，这是自己的老公宋浩天，在外面和别的女人偷欢。直到此刻，她才猛然想起了哭。

郭伊然的眼泪，就是在那个时候，顷刻间一下涌了出来。她紧紧地抱住于北北，仿佛于北北就是她的一根救命稻草。

她疯了似的一边哭，一边傻笑："北北，宋浩天告诉我他要加班，原来，他就是这么加班的啊。哈哈，我郭伊然聪明一世糊涂一时，真是猪脑袋，竟然还真相信了他的鬼话。我真是瞎了一双狗眼，才会嫁给他这么一个混蛋。北北，你知道的，我自从和他恋爱，就死心塌地地一改腐女形象，甚至连生日都舍不得让他花钱送我玫瑰。和他结婚以后，我更是节衣缩食，和他一起供房养家。我满菜市场转悠讨价还价，只为能便宜那么一毛两毛。我不就图他实在本分，能安安稳稳地过日子吗。可是，他竟然背着我和别的女人胡搞……北北，我怎么不相信刚才的一幕会是真的？你告诉我，我是不是眼花看错了？这一切，不是真的吧？北北……"

于北北也被眼前的一幕给彻底搞傻了，她怎么也不会想到，宋浩天会做出这样令人不齿的鬼事情来。可事到如今，她只能抱住哭得一塌糊涂的郭伊然，轻轻地拍着她的脊背安慰，虽然说出的话，是那么的苍白无力："伊然，你冷静一下，都是我不好，我真不该叫你出来。"

郭伊然一脸泪水地惨笑："你让我怎么冷静？你不叫我出来，我还一直被他欺骗！够了，北北，没有什么好说的了，我也不和他闹，我要和宋浩天离婚……"

第十二章 ● 曾经的艳遇

1

郭伊然那边哭得伤心欲绝，宋浩天这边却正心潮澎湃，浑然不觉。

看到陈晨有点儿喝飘，宋浩天竟突然有点儿莫名其妙的小慌乱。他强压住心头的慌乱，低下头来，柔声对陈晨说："陈姐，要不我送你回去吧？"说过，宋浩天迟疑了一下，拿眼睛盯住了眼前这个谜一样的女人。

听宋浩天这么说，陈晨醉眼蒙眬地望向宋浩天。迷迷糊糊的，正好和宋浩天慌乱的眼神相撞。四目相对，陈晨突然就想起他们初次相遇时的尴尬。那次，自己单枪匹马和"小三"会面，要不是偏巧遇上眼前的这个男人，很可能会在冲动之下，做出什么傻事儿来也说不定。

陈晨晕晕乎乎地想着这些陈年往事，就感激地对宋浩天笑了笑，羞怯地把头靠在了宋浩天的肩上，任由宋浩天轻拥着走出酒吧，上了门口的一辆的士。

陈晨的老公肖雄，是个不折不扣的"富二代"，他们家是经营品牌女装的家族企业，年产值超过千万，在江城一代赫赫有名。

陈晨和肖雄的相识，也很是戏剧。陈晨是《江城晚报》有名的美女名记，有天，她奉命前去采访肖雄的父亲，竟然和肖雄一见钟情，擦出了爱的火花。惹得报社新来的几位美女，好不眼馋。

一年之后，陈晨和肖雄结婚，婚礼豪华得让陈晨的同行们惊叹到眼睛发绿。大家都说，陈晨真是好人好福气，遇到这么个有钱又年轻帅气的老公。婚后，陈晨也就顺了肖雄的意思，毅然辞职，离开了自己一向喜欢的文字和媒体工作，令人羡慕地在家做起了肖雄的全职太太。

可惜好景不长。没有多久，肖雄便开始在外面拈花惹草。陈晨毕业于北京传媒大学，也曾是江城一带的名记。从学校到报社，一直被大家捧着宠着，自然心高气傲，眼里揉不得半点儿沙粒儿。她伤心欲绝地要和肖雄离婚，肖雄说，那些传闻，只不过是自己在外应酬的逢场作戏，根本不必当真。

浪子回头金不换，陈晨虽然并非完全相信肖雄的鬼话，但她相信肖雄仍然爱着自己，只要他能改过自新。谁知道肖雄不但没有悔改之意，还变本加厉，在外面买房子公然养起了“小三”。陈晨就和肖雄大闹，直到冷战。后来，肖雄被陈晨闹烦了，竟然恬不知耻地说：“我给你足够的地位和面子，但在外面的事儿，你就只管睁一只眼，闭一只眼。”

这是什么话，一番话说得陈晨的心碎成了千片万片。陈晨气得照着肖雄的脸，狠狠地就是一记响亮的耳光。骄傲成性的肖雄本想打她，但他看到陈晨满脸的泪水，毕竟是自己真心爱过的女人，就抚了抚自己的脸，盯着陈晨冷冷地说：“好了，打你也打过，骂你也骂过。咱俩的恩怨，到此扯平。离婚还是继续你自己看着办，我随时恭候。”然后，他愤然离开了家，住到了“小三”那儿。

这下，陈晨是彻底地心寒了。想想自己和肖雄曾经那般恩爱，如今他却如此冷面绝情，完全是因为这些无耻的“小三”。一气之下，陈晨决定约见“小三”，她要会会这个让肖雄为之神魂颠倒的狐狸精。她想，一个好端端的女孩子，找个什么男人不好，为什么非要做抢别人老公这么卑鄙无耻的事情。同样身为女人，又何苦非要为难女人。

上岛咖啡店里，陈晨尽量压住自己的火气，好让自己尽量在气势上压倒对方。她说:“难怪肖雄为你买了房子金屋藏娇，果然相貌不俗。不过，我就想不明白，你这么漂亮一个女孩子，找个什么样的男人嫁掉不好，干吗非要抢别人老公，做这么令人不齿的勾当。我劝你还是早点离开，肖雄只不过是对你逢场作戏而已。”

“小三”一脸不屑，说:“肖雄早已经告诉我他不再爱你，离开的应该是你。有本事你要他别来找我。我还有事儿，肖雄他正在外地等我，恕不奉陪。”说过，她傲然起身离开。

在这里鬼混还不行，还要带这个狐狸精去外地风流。这样的结果，使陈晨无论如何都想象不到。她顿时感到头脑一片空白，急追几步上去。想都没想，陈晨抬手给了那女人一记响亮的耳光。女人愣了一下，立刻揪住了陈晨的头发。两个女人，当街扭打在了一起。

谁知，那女人知道自己做的事儿不怎么光彩，猜想陈晨约她出来就没有什么好事儿，竟然暗中布下了两个密友藏匿左右，以防不测。“小三”的同党见她们两个扭打起来，就一起上来助阵。她们三个七手八脚，竟然推推搡搡地将陈晨推倒在地。之后，扬长而去。

可惜身为名记者的陈晨，曾经采访过那么多稀奇古怪，外加血腥暴力的新闻绯闻，却怎么也没料到，自己竟然会有这么一天，被一个“小三”伏击暗算。陈晨那个羞辱疼痛，只恨自己没有多个心眼儿，在来的时候准备一把尖刀，和这个不要脸的嚣张女人拼个你死我活。

曾经让陈晨醉生梦死的爱情没有了，自认为的骄傲尊严也没有了，还被这样的女人无耻地暗算。陈晨的精神世界，就是在这一刻，完全地崩溃坍塌。

来自精神和身体的双重疼痛，点点滴滴，开始使陈晨的心痛苦无比到疯狂，甚至扭曲。这样活着到底还有什么意思？我要报复，我要死给他们看，我要肖雄一辈子，都活在自责的阴影里，痛苦一生。陈晨痛苦无助地蜷缩在地上，万念俱灰地想到了死。

2

宋浩天就是在这个时候，正好路过这儿。他扶起蜷缩在地上的陈晨，满脸关切地问："怎么回事儿，要不要我送你去医院，或者回家？"

哪知，陈晨疯了一般地说："走开，不要你管，让我去死。"说过，径直甩开目瞪口呆的宋浩天，飞快地跑了两步，招手拦了一辆的士。

宋浩天本来一番好意，却被对方无端抢白，他感到这女人简直是疯子，莫名其妙到不可理喻的地步。但转念一想，看她相貌打扮不但不俗，而且还蛮有品位，怎么会如此不同一般地一反常态？她有可能真的疯了，说不准会做出什么傻事儿。不忍之心，人皆有之。救人一命，胜造七级浮屠。出于好奇和纯善，宋浩天也就莫名其妙地拦了辆车，尾随其后。

陈晨上了车，这才猛然想起，自己真不知道要到哪儿去，就随口对开车的那位的哥说："你随便开，钱我下车双倍付你。"的哥从没遇到过这么稀奇古怪的乘客，他满脸狐疑地对着陈晨看了又看，最后，还是缓缓地发动了他的车子。的哥开着车，漫无目的地绕着整个江城，转悠了那么大半圈儿，侧脸看了看陈晨，见她并没有让停车的意思，就把车子顺着新江大道一路开去，一直开到了郊外的东湖边上，陈晨这才猛然想起什么似的，突然让的哥停车。

东湖属于母亲河长江的一个小支流，绕着整个江城九曲蜿蜒，在此处汇聚成一泓一望无边的湛蓝。

此刻，天色已近黄昏，湖水幽深，残阳如血。

陈晨呆呆地来到湖边，绝望地望着眼前的一切。恍惚间，似乎有一种神秘的力量，在向她召唤。顺着这幽深湛蓝的湖水一直走去，她就会和这湖水融为一体，到达天边的极乐世界。那里没有痛苦，没有记忆，也没有世间的一切恩恩怨怨。陈晨就这样迷迷糊糊地正准备走进湖水，却无端被尾随而来的宋浩天揽腰抱住。陈晨正要大叫，却发现这人正是那个爱管闲事、扶自己起来的男人。

陈晨一愣神儿，挣扎着正要骂他为什么一直跟踪自己，宋浩天却不容分说，抱过陈晨，拖着她在湖边的一片青草地上坐下。他一边掏出纸巾，一边说：“你自己看看，你的腿已经划破流血了，怎么还要下水？”

陈晨这才发现，一团深红色的血，不知什么时候，已经在她的小腿上被凝固风干。直到此刻，陈晨才感觉到了钻心的疼痛。她无力地瘫倒在宋浩天的怀里，开始放声大哭。

傍晚的东湖，没有了白天的炙热和沉闷，空气清新，静悄悄的一片朦胧鬼魅。只有偶然几声不知名的鸟鸣，在微微的夜风里，和着陈晨那撕心裂肺的哭声，在夏夜的湖边袅袅不绝地回荡。

宋浩天就这样抱着失声痛哭的陈晨，看着她沉默不语。直到陈晨彻底哭累了，声音也渐渐地越来越低，宋浩天才说：“有什么哭出来也就好了，人活着都不容易，谁还没个伤心绝望。我真不是什么坏人，你可千万别误会。我就是感觉你有什么不对，害怕你做什么傻事儿，才尾随你来。如果你想好回家，我这就送你回去。如果你还伤心绝望，我就在这儿陪你绝望到天亮。但是，你必须答应我，天亮以后，你得乖乖地让我送你回家，千万不能想不开和自己赌气。要知道，在这世上，没有谁能够真正伤到你，除非你自己。”

这个男人到底是谁？自己今天鬼使神差地做了些什么？萍水相逢，他为什么要对自己这么好？世上还真有这么个好人？在那一刻，陈晨的大脑，曾有瞬间的迷糊和空白。她吃惊地慢慢抬起泪水模糊的双眼，在朦胧的夜色里，深深地打量着这个轻轻拥着自己的陌生男人。

许久之后，陈晨无限疲惫地蜷缩在宋浩天的怀里，任由他拥着自己，痛苦无助地像是喃喃自语，又像是对宋浩天说：“可是，我还是不能原谅他们，我更不能原谅我自己。我好像只有一死，才能彻底解脱，才能让他受到良心的谴责，才能让他永远地记住我。”

宋浩天看陈晨不再歇斯底里，似乎恢复了应有的理性，就轻轻地拍着陈晨的背安慰她：“这是个弱肉强食的时代，你听我说，尽管我还不知道你到底遇到了什么伤心事儿，值得你这样和自己过不去。但你傻啊，命是你自己的，你以为你死了别人就会记住你？就会受到良心的谴责？良心是个什么东西，你给我摸摸看，你摸得着看得到吗？笑话，简直太傻太天真了……”陈晨蜷缩在他的怀里，默不作声。

那是一个稀奇古怪、无限疼痛绝望，而又无限凄楚美好的一夜。在那天夜里，陈晨就这样一直被宋浩天抱着，絮絮叨叨，清醒一阵儿，迷糊一阵儿。直到天色大亮，乖乖地让宋浩天把她送回家里。

3

世纪花和园是江城近郊的一所高端富人住宅区。整个小区，统一两层欧式田园风格的复式建筑，典雅华贵而又不失浪漫格局，错落有致地坐落在东湖一侧的绿树掩映之间。

车子飞快地向着世纪花和园开去，宋浩天看了一眼软塌塌仍然斜靠在自己肩上的陈晨，她微微地闭着惺忪的泪眼，安静得像幅静物画，又像一个困倦至极的孩子。从她鼻翼间喘出的温热气息，一丝丝暖暖地滑过了宋浩天的脖子。宋浩天心里微微一颤，把身子尽力向座位后面靠靠，以便让陈晨睡得更加舒服一点儿。他的思绪，却开始像这飞奔在公路上的车子，信马由缰，风驰电掣。

有一刻，宋浩天感觉自己头脑发热，心跳加剧，他甚至心疼地想把这个晕乎乎软塌塌的女人搂在怀里，或者紧紧地抱住。但他不能，那样，无异于趁火打劫。尽管，他喝了点儿小酒，有点儿小小的冲动，有足够解释酒后乱性的小理由；尽管在这种时候，换了任何一个男人，都不可能无动于衷，不可能没有一点儿什么心猿意马的龌龊想法。

宋浩天也是个男人，当然也有着任何一个男人都有的小龌龊，但他还是强烈地克制着自己想要拥抱她的冲动。当然，这不是说，宋浩天多么的崇高伟大、正人君子，或者，多么的坐怀不乱，而是对于这个大了他整整 6 岁的女人，宋浩天竟有着一种莫名其妙的胆怯和敬重。虽然他们的初次相遇是那么的富于戏剧性，那么的稀奇古怪和荒唐。

车子，继续在公路上飞驰。在一个转弯处，车身猛然摇晃了一下，靠在宋浩天肩上的陈晨微微地睁开了眼。她迷糊着一双眼睛看向宋浩天，口齿不清地问：“浩天，快到了吧？你在发什么呆啊？”

为掩饰刚才的阴暗想法，宋浩天故意轻松调侃：“如此的良辰美景，我发哪门子呆啊。我是在想我们的初次相遇。哈哈，我很好奇，那个时候，你怎么就没把我当成坏人？不怕我在那样寂无人烟的荒凉之夜，对你有什么图谋不轨？”

陈晨傻乎乎地笑：“我当时一门心思想着怎么结果掉自己。我连死的心都有了，难道我还怕什么你对我图谋不轨？”听陈晨这么说，宋浩天也跟着一起傻笑。

陈晨却偏过脑袋一脸天真：“其实，真要那样也就好了。我死也不再孤单，正好还可以拉个人垫背。对了浩天，你不是心地特纯善吗，如果那晚，我执意要你陪我去死，你会不会陪我？”

陈晨说的这些，明显的是个醉话儿玩笑，答案当然不用脑袋去思考，就是否定。可是，不知怎的，此话一经出口，两人都突然的一愣。气氛，立刻变得伤感、暧昧。

好在陈晨也突然意识到了这点，立刻闭上了自己的嘴巴，不再追问。她尽量让自己显得平静和清醒，看起来像没有喝多似的淑女外加状态良好。但她的脑袋，却还是有点儿晕晕乎乎，思绪不时地出现短路和断层。

宋浩天也装模作样地深深吸了口气，兀自把目光看向了窗外。

4

一时间，时间好像凝固了似的，让人尴尬难耐。空气，也变得异常稀薄和沉闷。直到宋浩天送陈晨回到家里，那种伤感暧昧的特殊氛围都没有调整过来。

人的理智，有很多时候都难以战胜感情。宋浩天很明白这个道理，他心里也非常清楚，他必须尽快离开这里，离开陈晨。否则，你看这夜色如此美好迷醉，他们很可能会在这美好的夜色里，失去把控，迷失自己，发生点什么鱼水之情，简直顺水推舟，太过容易，特别是在酒后的半醉半醒之间。

尽管，这种鱼水之情，是如此的诱惑和美妙。自古让多少痴男怨女前赴后继，赴汤蹈火。可是，快感很快，高潮很高，生活却像高潮之后的疲软。人之所以和动物有所区别，大概就在于，人们在某一时刻，可以控制自己的情绪。当然，包括最原始的本能和冲动。因而，一到陈晨那儿，宋浩天不敢有丝毫的留恋和怠慢，他匆忙向陈晨告辞："陈姐，你看，我已经把你完璧归赵。你今天好像也有点儿喝多了，就早点洗洗睡吧。我现在打道回府，我们改天，再好好叙旧。"

陈晨没有看宋浩天，她只是可怜楚楚地低垂着大大的眼睛，默默地冲宋浩天机械地点头。她努力克制着自己心中的慌乱，好尽力让自己显得泰然自若："好吧，我这就送你。然后，我洗脸睡觉。"

宋浩天皱眉："不要。你现在就去睡觉，我要看着你去。你别骗人，我走了你又不睡，偷偷地打开电脑，自个儿对着电脑屏幕发呆抽闷烟。你快乖乖地洗脸，听我的没错，抽烟太多对身体不好，特别是对女人的皮肤，特具杀伤力。"

陈晨就不再坚持，她乖乖地去洗浴间洗漱。宋浩天跟在陈晨的身后，来到了洗浴间的门旁。靠在洗浴间门边，宋浩天深情地看着陈晨洗漱完毕，这才说道："快去睡吧，我这就走了。"边说，边笑着和陈晨挥手。

陈晨的眼泪，却莫名其妙地在这一刻，如夏天毫无征兆的暴风骤雨，刚才还彩云满天，瞬间却铺天盖地、大雨倾盆。

"真不争气"，陈晨在心里狠狠骂了自己一句，赶紧背过身去。她不想让宋浩天看到她哭，只得别别扭扭地背对着他，说："浩天，还呆愣着干吗？赶快走啊你。"

宋浩天没有答话，也没有移动自己的脚步。他的两腿，仿佛突然间灌满了铅，沉重无比，无法拖动。看宋浩天没有反应，陈晨勉强挤出一丝笑容:“我刚才洗脸,眼睛里进了东西。”说着,兀自去拿洗浴架上的毛巾。

这是一个多么糟糕，甚至弱智到白痴的谎言。宋浩天没有搭话儿，他仍像一座雕塑似的，耸立在那儿，望着陈晨的背影儿发愣。陈晨拿过毛巾，胡乱地擦了一下眼睛，突然转过了身。她拿着毛巾，就那样身子一斜，把头深深地埋进宋浩天的怀里，紧紧地抱住了他。

仿佛有股强大的电流，一下击中宋浩天的心脏，使宋浩天一时间感觉天旋地转，热血涌流。天旋地转中，宋浩天恍惚听到陈晨在说:“宋浩天,你可是真讨厌,这样傻瓜呆愣地盯着我看,让我怎么去睡,能睡着吗?你这不纯粹让我失眠啊浩天。”

我傻瓜呆愣？纯粹让她失眠？有吗？有吗？我们这是在干吗啊？宋浩天被陈晨抱着，突然间呼吸急促，意识有点儿混乱。但是，还没等宋浩天完全反应过来到底怎么回事儿，陈晨却一下把他推向了门外，说:“对不起，我喝多了，不早了，你快走吧……”

第十三章 ● 狭 路 相 逢

1

门外，一轮明月高悬夜空，祥和而宁静。宋浩天的心情，却雷鸣电闪，风起云涌。

就这样晕晕乎乎地回到家里，宋浩天却吃惊地发现，郭伊然竟然没有在家。奇怪，这么晚了，郭伊然她会去哪里了？

宋浩天心里突然有点儿担心和发急，但转念一想，她没给自己打电话，应该不会走远。极有可能，自己在家待着无聊烦闷，去楼下散个小步还没有回来。或者，去门口的小商店买什么东西也不一定。这样想着，宋浩天就一屁股坐进了沙发里，呆愣愣地给自己点了一根烟。他的思绪，不知不觉就又飘回到了陈晨那儿，他还没能从刚才的美妙情绪中转过神儿。

他想，女人可真是难以理解。好端端的，陈晨为什么就突然莫名其妙地哭？她为什么突然抱自己？难道陈晨一直偷偷地暗恋着自己不成？这还真囧，不大可能吧？或者，是纯粹的酒精在作怪？

想来想去，始终没有答案。可无论怎么着，陈晨一直是个值得他宋浩天尊敬的好姐姐、好女人。就拿这次还钱来说吧，她一直说自己不急用，让宋浩天悠着点儿还。萍水相逢，就义无反顾，把那么一大笔钱无偿借给自己，还让自己悠着点儿还，现在，能做到这样够意思的朋友，还真少见。

宋浩天越想，越感觉陈晨这个女人好玩，很有那么点儿意思。她现在干吗呢？睡了没有？要不要给她打个电话关心一下？

宋浩天一边抽烟，一边天马行空地胡思乱想。他嘴角上扬，两眼放光，被陈晨抱过的身体，仿佛被一软体动物附体，软溜溜、滑腻腻地酥着。他的思绪，亦如唇齿间吞吐的烟雾，模糊而飘忽。他记起每次见到陈晨，都会不厌其烦地叮嘱她不要过度抽烟，可自己却依然故我，抽得凶悍。

人可真是复杂的动物，正如他现在对陈晨的这些美好的想象，明明知道不对，很有可能造成精神出轨，绝对不能再这样胡思乱想下去，可是，却偏偏不可抑制自己地要去瞎想。宋浩天甚至突然很阴暗地想到，如果不是郭伊然，他会不会爱上这个女人？

这个念头，使得宋浩天突然间吃了不小的一惊。这一惊，宋浩天才猛然发现，现在，已是午夜零点，郭伊然怎么还不回来？会不会发生了什么意外？

这样一想，宋浩天就赶忙掏出了手机。他要给郭伊然打个电话，问问她在哪里，这么晚了还不回来，究竟怎么回事儿。可是，郭伊然的手机竟然提示关机。这下，宋浩天是再也坐不住了。他迅速起身，来到窗前观看。

窗外，夜色混沌一片，路灯昏黄寂寥，根本没有一个人影啊。再次忙不迭地拨打郭伊然的手机，依然关机。

宋浩天开始疯狂地拨打郭伊然单位的电话，没人接听……

难道她去了于北北那儿？就是去于北北那儿，也该给自己一个电话啊，什么人嘛。宋浩天一边在心里嘀咕着，一边拨打于北北的电话……

2

于北北的电话里，歌舞升平，一片嘈杂。

此刻，她和郑子健正在钱柜的一间 KTV 包房里，陪郭伊然喝酒买醉。

因此，电话响了许久之后，才传来于北北阴阳怪气的声音：“原来是宋浩天啊，亏你还知道打电话。我说浩天，不是老同学我批你，你告诉伊然今天加班，怎么加班加到了酒吧？你现在长本事了啊，看你自己都做的什么事儿？那女人到底是谁？现在，伊然不愿意接你电话，也不愿意回家。你就自个儿看着办吧。”

宋浩天立刻头大。难怪，原来自己和陈晨在一起，竟然被郭伊然发现。怎么如此巧呢？这可如何给郭伊然交代？一时间，宋浩天握着手机，傻了似的，不知该如何回答。

听宋浩天不吭声，于北北以为宋浩天理亏无言以对，就更加嚣张来气，对宋浩天一连串狂轰滥炸：“你倒是说话啊？哑巴了？如果真没什么好说的，那我可就挂了，你也早点儿休息吧。伊然先住我这儿，明天自然会回去，她要和你离婚。”

离婚？宋浩天心里一沉，顿时感觉脑袋大了好几圈。他知道，这次，真误会大了，急忙解释说：“北北你别挂啊，你听我解释。我在电话里真的说不清楚，你让郭伊然等我，我马上过去给她解释清楚。”说过，兀自挂了电话，急忙下楼。

可是，等宋浩天到了于北北那儿，哪里有郭伊然和于北北的影子？迎接宋浩天的却是门窗紧闭，于北北和郭伊然根本不在家里。

这玩的是哪门子游戏啊？和我躲猫猫？就是离婚，也要当面听我解释清楚，再决定离还是不离不是？犯得着这样耍我吗？宋浩天不由得由极度的癫狂忐忑，变为愤恨恼火。

他拿起手机，气急败坏地重新给于北北打电话：“我说于北北，咱还算是老同学吗？有你这样对待老同学的没？你快告诉我，你们究竟在哪儿？我现在就在你家门口，你给我听清楚了，我要见郭伊然。你让她接听电话，她必须听我解释。”

听宋浩天这么说，于北北在心里嘀咕，你咋呼个鸟啊？现在知道着急了？也不看看自己干的什么鸟事儿。但听宋浩天满口火药味，于北北就强忍着对宋浩天的不满，拿着手机看向郭伊然。显然，郭伊然已经喝得烂醉如泥，云里雾里，不知今夕何夕。她迷迷糊糊地趴在郑子健的肩上，又哭又笑。但听到宋浩天的电话，她好像突然清醒了似的，停住了哭闹，说："北北，是宋浩天的电话吧？哈哈，告诉他，我不想和他说话，快叫他滚。"

一时间，于北北拿着手机犯难。坐在旁边的郑子健就轻声示意于北北说："让他在那里等着吧，我们回去，时间也不早了。"于北北犹豫了一下，冲郑子健点了点头，然后，对宋浩天说："那你先等会儿，我们现在就回去。"

3

郑子健把车直接开到了于北北住的楼下。

远远地，他就看到宋浩天如一只气急败坏的狼，正站在楼下的一团暗影里，踱来踱去地抽着闷烟。他嘴里的香烟，在夜色里明明灭灭，像是一团随时都可以引爆的导火线。

郑子健在心里不由得一阵阴笑。嘿嘿，几年不见，宋浩天你也会有今天啊。但他却装出一脸的正人君子，和于北北一起把半醉半醒的郭伊然从车里扶出来，礼貌而有分寸地向宋浩天伸出了手。

他说："宋同学，几年不见，真没想到一见面就多有得罪。伊然今天心情不爽，她打电话给我要一起喝酒，实属意外。我现在把她交还给你，也就完成了使命。但是，我可要提醒你，你既然爱她娶她，就要对她负责。希望你以后，还是不要再让她受什么委屈才好。不早了，我明天还有事儿，得赶紧回去，你们也早点儿休息。"

真乃冤家路窄。我呸，宋浩天在心里骂道。他做梦也不会想到，郭伊然竟然会找郑子健这丫喝酒，这不是成心惩罚报复自己吗？冲动是魔鬼，宋浩天在心里不断告诫自己。他紧紧地握着拳头，指关节被他握得嘎嘎作响，恨不得一拳砸在郑子健那张装 B 的脸上。

但是，宋浩天最终还是强忍住要给郑子健一拳的冲动，他目光阴森地盯着郑子健，狠狠地握住了他的手。然后，宋浩天不亢不卑地对郑子健说："谢谢你的关心。同时，我也替郭伊然谢谢你的一番美意。不过，我也要提醒你，我们家的事儿，闲人还是少操心为妙。我们这就回，郑同学你请便。"

郑子健牵动嘴唇，尴尬地笑了笑，说："咱后会有期，再见。"然后，他发动车子，一溜烟地绝尘而去。

郭伊然虽然喝得飘忽，但她在潜意识里，似乎还有一点儿小意识。当宋浩天抱过她，让她和自己一起回家的时候，她一边挣扎，一边哭闹着捶打宋浩天："少来。你别碰我，你快给我滚开，滚得越远越好。我今天就要和你一刀两断，我要和你离婚。"

看郭伊然这个样子，于北北对宋浩天说："浩天，要不，今晚先让伊然睡我这里？"宋浩天看着郭伊然，沉默良久，无奈地点头。

也许是酒精的作用,也许是郭伊然实在是哭闹累了。她哭闹了一阵儿，也就乖乖地昏睡过去。看郭伊然终于安静下来睡熟，于北北这才轻轻吐出口气，问宋浩天："浩天，下午和你一起在酒吧喝酒的女人到底是谁？伊然一直对你那么好，你还在外面拈花惹草，你脑子进水了，还是被那女人灌了春药？怎么能这样对伊然啊？"

宋浩天说："你有没有搞错？我在外面拈花惹草？北北你听我说，这完全是个天大的误会。那女人是我几年前认识的一个朋友，因为我不好意思开口问父母要房子首付的钱，而且你知道的，就是我要，父母也拿不出这个钱来。没有办法，我才背着伊然偷偷向她转借。国庆节，我们公司给我发了奖金分红，我就拿这钱先还她一部分。"

"原来，你们房子的首付，竟然是你背着伊然偷偷借的？你还真大本事？"于北北吃惊地盯住宋浩天，直盯得宋浩天心里发毛。

宋浩天叹了口气："你以为我想借啊？我不借行吗？不借伊然就和我分手。"

"可是，借这么一大笔钱，你怎么也不能背着伊然啊，你怎么也应该和伊然商量一下是吧？"于北北为郭伊然叫屈。

宋浩天痛苦无比地垂下了头。毕竟老同学，于北北看宋浩天痛苦的样子，不忍心继续责怪，只好反过来安慰宋浩天："事到如今，难过也没什么用。你现在还是先回去吧，赶明儿伊然醒来，我劝劝她。"

宋浩天看了看昏睡中的郭伊然，睡梦中的她，依然一脸伤痛，还不时地哽哽咽咽，抽抽搭搭。突然，郭伊然嘴角颤动，迷迷糊糊地说："浩天，你说过我们要永远相爱，不离不弃白头到老，你竟然是在骗我啊！"

宋浩天以为郭伊然终于清醒了，他心头一热，眼睛一酸，紧紧地握住了郭伊然的手，说："伊然，你听我说，我没有骗你。我只是……"郭伊然一个轻颤，把脸侧向了一边，仍然闭着眼睛昏睡。

于北北在一旁看得心里难受，就催促宋浩天说："你看好好的日子，却被你折腾成了一部苦情戏。你就先回去吧,我明天劝她。但我可警告你，无论伊然明天怎么闹腾，你都要挺住，不许发火哦。"

宋浩天一脸无奈地点头："烦劳你多多费心，我就把伊然交给你了，你也早点洗洗睡吧。"

于北北说："老同学你还客气个鬼，没看现在都几点了？你还不给我赶快回去！"

4

从于北北那里出来，宋浩天没有拦车。

他孤魂似的木然飘荡在深夜的大街上，任冰冷的寒风，吹打着他无限痛楚和疲惫的脸，一阵阵刀割似的生疼。但他的心里，更是万箭穿心般疼痛。

是谁说的来着，少量的痛苦，使人喋喋不休，真正的痛苦，使人沉默。宋浩天就这样痛苦无比地走在寒夜的大街上，满脑子里乱糟糟。他不知道郭伊然明天醒来，会不会理解她和陈晨之间那单纯而又复杂的特殊关系，会不会相信他们之间真的洁净纯白，会不会原谅自己背着她去借这么一大笔钱完全是出于对她的爱。他更为郑子健那趾高气扬的嚣张气焰而抓狂和发疯。为什么那小子就阴魂不散，总见缝插针似的纠缠在他和郭伊然之间？

爱可以因为婚姻的琐碎渐渐平淡，从而失去初恋时的心跳和浪漫，而一旦遇到强悍的“外敌入侵”，就会打破原有的平淡格局，而重新变得波澜壮阔，撕心裂肺，扑朔迷离。

在这一刻，宋浩天才真正理解了此话的分量和内涵，才理解了陈晨为什么会鬼迷心窍,因为那个无耻的“小三”而企图去做傻事儿自尽。当时，陈晨应该比自己还要伤心和绝望。

可是，如果不是自己向陈晨还钱，也就没有了这次误会。如果不是这次误会，郑子健也就没有了见缝插针的机会。退一步来说，如果不是为了房子的首付，他也就不会去找陈晨借钱。很可能，他和陈晨或许真的就如生活中很多偶然相遇的朋友，会因各自生活的圈子和轨迹的不同，最终逐渐地淡忘。房子房子，归根结底，都是因为可恶的房子，生活还真的充满了未知和悬念。

然而，生活并没有那么多的如果，现实就是这么的残酷和拧蛋。人生在世，很多时候，你不得不被现实所左右，你没得选择。宋浩天强迫自己冷静下来，现在，他首先要做的是争取郭伊然的理解和原谅。然后，再面对郑子健对郭伊然的殷勤和诱惑。他必须梳理清楚，分清主次，一个个地解决摆平。否则，她和郭伊然这次真的玩完了。

宋浩天就这样心事重重，失魂落魄地晃荡在深夜的大街上，直到天色微微放亮，一束奶白色的光亮，隐约出现在东边的天空，他才精疲力竭地回到家里。此刻，宋浩天才感到全身发冷，头重脚轻。他跌跌撞撞地进到家里，便一下瘫倒在床上，不觉迷迷糊糊地昏睡过去。

5

同样一夜没睡的，当然还有陈晨。

宋浩天走后，陈晨像是一只正快乐飘荡在空中的气球被风撕破，突然感到一种无可名状的颓废和感伤。她的醉意，好像也随着宋浩天的离去，一点一点地抽离。

躺在床上，陈晨辗转反侧，怎么都睡不着。她开始在脑海里，一只只地数山羊，直到数得她满脑子都被山羊挤爆，还是睡意皆无。

与其躺着翻腾来翻腾去地难受，还不如不睡。陈晨索性从床上爬了起来。起来后，她心里空落落的，也不知道该干什么，她就开始斜靠着床头发呆。待了一会儿，她起身打开了电脑。浏览了一下新闻和八卦，陈晨也就顺手打开了她的网店——“失恋刻录店”。

就在这一刻，陈晨的耳边，不知怎的，又响起了宋浩天临别时所说的话：“别你骗人哦，我走了你又不睡，偷偷地打开电脑，自个儿对着屏幕抽闷烟发呆。”

嗨，还真让他给说对了。陈晨不觉地对着电脑屏幕笑了，宋浩天还真了解自己。但陈晨刚刚咧开嘴巴，就又突然地收紧，她的视线，无端地被“失恋刻录店”里的一个新的失恋藏品所吸引。那是一个叫做白小彤的女孩子，写给自己的爱情回忆：

“第四个年头，我们的爱情，终究输给了时间和现实。长时间的两地分居，没有着落的工作和房子。

想不到理由不放手，想不到理由要我们都守候等待这样一个未知的将来。所以，这一次，我没有死死地抱着你，我没有哭到不能呼吸。我把眼泪都留给转身，留给我自己。在这一刻，我突然明白大学毕业的时候，有个同学给女友的留言：‘我只希望以后能住在你的隔壁，看着你结婚生子相夫教子。’

这是一份多么无奈而又真切的爱恋，就如同我对于你。我不敢祈求住在你的隔壁，那就让我远在天涯，默默地为你送上一份祝福，在这里永远地封存定格。”

看着看着，陈晨的眼睛，开始一阵阵地发潮。她的心里，也像俄罗斯方块就要垒到顶部似的，憋闷得要死。真没出息，看闲书掉泪，自己这是干吗呢，这么大的人了，怎么还像个无知少女似的幼稚。陈晨用力地眨了下酸涩的眼睛，拖动鼠标，开始看另外一份藏品：

“我是男人。对于爱情，请你不要认为男人会比较容易放得下。

错。我昨晚到现在，平均每睡五分钟，就因仿佛听到她在轻声叫我而惊醒，泪眼婆娑。这么说，请别认为我不够爷们。非也。可以说，我是个特别坚强的人，不管你相不相信。记忆里，自从我成年以后，也就为她流过眼泪。

我从来没想过结束这段感情会是如此的痛苦。但我不会放弃，我会争取和她重新在一起。如果我以前曾经伤害过她，我改。如果我以前对她不够好，我改。我可以为她改掉我的所有不好和毛病，只要她能重新给我希望和机会，我就努力争取，决不放弃。

我不会再给自己任何借口，真正地爱一个人，是不顾一切的。别人不懂，那是因为他没有真正地爱过。”

陈晨正自看着这些藏品，心绪翻腾，她的小店里突然来了一位特殊的客人。这位客人，名叫宁若繁，她要珍存的爱情故事，典型特别，令人呆愣。她先是加了陈晨的 QQ，很客气地对陈晨说：“店主姐姐，你好，还没睡啊？”

陈晨对着深夜的空气微笑，废话，睡了你还能和我得瑟神侃？

宁若繁接着说：“这么晚了，还来打扰你，实在抱歉。可我就是不能释怀，我想找个人听听我的故事，希望这个人就是店主姐姐你。姐姐你不介意吧？”

不但不介意，相反，陈晨倒很乐意。她立刻来了精神，笑着对宁若繁说：“和我说话不用客气，失恋刻录店永远是失恋朋友的家。何况我们都是女人，从心理上，更容易沟通。”

仿佛溺水者狠命地抓住了一根救命的稻草，宁若繁感激涕零地不断点头。原来，3 年前，宁若繁的男朋友，因为打架造成对方重伤触犯法律锒铛入狱，被判 8 年有期徒刑。男友怕拖累她，刚入狱就提出和她分手。

若繁说什么都不同意，决意要等他出狱。

父母朋友们都说若繁她太傻太天真，等他简直就是浪费青春，可她却坚持一傻到底，非他不嫁。但是最近，宁若繁的妈妈竟给她下了最后通牒，如果她再这样傻等下去，就和她断绝母女关系，只当没生养她这个女儿。宁若繁想了又想，最终，她决定在此小店刻录下自己的爱情。

宁若繁说："店主姐姐，我实在是矛盾纠结。我刻录下这段感情，并不是想放弃，而是希望更多的人能够通过我的爱情藏品，了解我的故事，支持我坚定不移地等下去。你说，大家会支持我不？我这样坚持，是否真的很傻很天真？"

宁若繁一边通过耳麦和陈晨倾诉，一边抽抽搭搭地哭。大颗大颗的眼泪，从她的眼睛里滚落下来，大半夜的，搞得陈晨的心里，也跟着酸酸的不是味儿。

终于，听完宁若繁的一番哭诉，陈晨昏呼呼的酒劲，也一下全无。她在心里不住地感叹：现如今，还真有这样的情种。为你哭，为你累，为你熬得人憔悴。这是一个多么美好而感人的爱情故事，美好得简直像是小说和电影里的桥段。

点燃了一根香烟，陈晨侧脸看着窗外黑漆漆的夜空，思绪翻腾。她想，在物欲横流的当今，竟然还真有这么个真性情的女孩子。多么难得，怎么说，她都应该支持她，坚定不移地等下去，来见证这份美好的感情。

于是，陈晨就对宁若繁说："若繁，我实在羡慕你的男友，能拥有你这么一份真挚浓烈的爱情。姐姐支持你，而且，我相信有许许多多的朋友，看到你的失恋藏品后，也都会支持你的。但是，姐姐必须提醒你，你一定要和妈妈多多沟通交流。交流多了，她们自然会理解你坚守的这份感情。不是吗？"

宁若繁一边抹泪，一边点头："店主姐姐，你真是个热心肠的好姐姐，谢谢你听我唠叨了这么大半天。哦，不对，是大半夜。我一定和父母好好沟通。其实，我找你还有个请求，不知道该不该开口？"

陈晨笑了："有什么你尽管说，只要我能做得到。"

宁若繁迟疑了一下，说："姐姐，是这样的。你能否把我在这里的珍藏回忆，以信件的方式，寄给我的男友？此外，如果男友给我信件，也让他转寄在你这里可以吗？你不知道，这些天来，我父母把我和男友的所有信件都截留了。她切断了我和男友的所有联系。如果可以的话，这个费用，我一定另外付给你，行不？"

宁若繁的父母竟然这样？陈晨心里一惊，说："不就是帮你转下信件吗，没有问题。你留下男友的地址，我一定把你的刻录藏品，邮寄给他。至于费用，根本就没多少钱，这个你就不用管了，我给你全部免费。"听陈晨这么说，宁若繁对陈晨更是感激涕零。

人生最大的快感之一，就是得到别人的认可，或者，被别人肯定。送走这位客人，陈晨更加坚定了自己的信心。她要好好把这个"失恋刻录店"经营下去，不只为赚钱盈利。这是一件多么美好而又有意义的事情啊，陈晨甚至感觉到了自己的某种崇高和伟大。

第十四章 ● 谁是谁的那个谁

1

郭伊然一觉醒来，已近中午。她躺在床上，把自己蜷在棉被里，如一只畏寒的猫，不吃不喝也不说话。一双大眼睛，空洞无神地盯着房顶的天花板。

于北北第 N 次拉她起来：“我说伊然，你别一句话不说地吓唬我好不好？想哭你就放声地哭，你这个样子，比哭还让我难受。哭吧，哭吧，我给你肩膀蹭鼻涕，哭出来你就会好受点儿。”

可是，郭伊然安安静静地瞪着一双眼睛，傻了似的就是不哭，不闹，也不说话。

被于北北问急了，郭伊然终于开口，但她语出惊人：“我哭什么啊哭？有病啊！男人在外劈腿出轨欺骗女人，女人就一定要一哭二闹三上吊？没劲，我偏不哭。我从不为一件事痛苦太久，太不划算，特别是为一个不值得的破男人。何况痛哭有用不？只能助长小三的气焰，加速自己的衰老，我郭伊然才不会如此愚蠢。我现在正在积极思考，回去见宋浩天我要以什么新形象出现。我要在气势上先打败他，在准备和他进行离婚谈判之前。至于不吃东西，那是因为我感冒，没有一点食欲罢了。对了北北，你说我是打扮得淑女点呢，还是另类招摇点？”

天，看来，郭伊然这丫真的被宋浩天气晕菜了。听郭伊然这么说，于北北呆愣了半天，这才想起探过身去，她夸张地摸了摸郭伊然的额头，盯着她问：“乖，你确定自己没有发烧？也没有伤心过度什么的被气糊涂？”

“你才发烧。”郭伊然拿眼睛横她。

于北北说：“没有发烧，我怎么感觉你好像不对啊，怎么胡话连篇？我不已经告诉过你，宋浩天和那女人，真没啥关系，更没有瞎闹胡搞出轨和劈腿。他只是借了她的钱，约她还钱而已，你根本没必要神经过敏，疑神疑鬼。如果你不相信，我可以帮你找下那个女人，给你问问清楚。或者，帮你暗中来个彻底调查都成。要不，我现在给宋浩天打个电话，让他过来负荆请罪，亲自和你说说清楚，省得你再神魂颠倒，胡话连篇……”

还没等于北北说完，郭伊然突然“阿嚏”一声，打了个大大的喷嚏。然后，她揉了揉自己的鼻子，说：“他说和那女人没有关系，你就相信真的没有关系？我看你才发烧说胡话。北北，我老实告诉你，我只是感冒了，可绝对没有发烧。你要真担心我会闷出病来，待会儿牺牲你点儿宝贵时间，陪我去和宋浩天离婚谈判。别天真了，去问那女人，你还是省省心吧，你能问出真实的状况？你还真指望偷窃者承认自己是窃贼？卖淫者承认自己是妓女？简直笑话。”

于北北无可奈何地苦笑了一下，说：“伊然，你听我说。无论如何，你现在可要分清楚主次。这件事的核心问题是，宋浩天背着你去借钱，而不是什么在外面拈花惹草。你要相信，他的出发点是好的，只是做事儿的方式有点儿欠妥。他背着你借钱是不对，但他还不是想有个房子，给你一个安稳的家？何况，情况也许并不像你想的那么复杂和龌龊。你想啊，如果宋浩天和那女人真的不清不白地有那么一腿，宋浩天也没必要这么急巴巴地还她的钱吧？从这个角度我们接着分析下去，宋浩天和那女人之间，应该是一片清白。伊然，婚姻不是玩过家家游戏，说离就离。你要相信我的判断。冲动是魔鬼，你可千万不能冲动。”

郭伊然一脸决绝：“我冲动？你让我怎么冷静？平白无故借那么一大笔钱给他，鬼才相信他们之间真的一清二白。你说现在我安稳吗？我安稳个鸟啊。跟他过穷日子还贷也就罢了，还凭空弄出这么个不清不白的女人。不清不白的女人也就罢了，还凭空给我弄出这么一大笔债。他还真能耐啊，不但每月还房贷，还背地里偷偷摸摸地还那女人的钱。这钱到底要还到什么时候啊？我最讨厌别人欺骗我，这么大一笔钱，他都敢欺骗我说是他爸妈给的，你说他还有什么不敢骗我？你说说看，我和他这样的人生活在一起，到底还有什么意思？”

几句话，说得于北北哑口无言。于北北想想也是，无亲无故，凭什么那女人就肯借宋浩天那么多钱？他和这女人的关系，真像他说的这么简单吗？还有，还有，这件事情，从头到尾，宋浩天做得也的确太过分、太不靠谱。再怎么着，也不该背地里借钱冒充父母所给，何况这么大一笔。

于北北在大学的时候，就不看好郭伊然和宋浩天的婚姻，这么想着，于北北就催郭伊然赶紧起来吃饭，等把肚子吃得饱饱的恢复了元气和精力，再去和宋浩天算账也不迟。

此刻，郭伊然心里正伤心愤恨，乱七八糟。她无论如何都吃不进东西。看于北北催她起来吃饭，只好强打精神从床上爬起来，洗脸梳头，和于北北胡乱地扒拉了几口饭，就去找宋浩天谈判。

2

冬日的午后，阳光惨白，没有一丝温度，晴冷晴冷的。大街上行人匆匆，满目萧条。

郭伊然有气无力地被于北北拖着，缩着脖子和于北北走在大街上。她脸色惨白，有气无力地靠在于北北的身上，单薄的身子，在宽大的暗绿色羊毛外套里，滑稽地晃荡着。她的脖子上，是条红绿相间的绒线围巾。只有郭伊然敢自信地这样装扮，她总能天才地随意把很艳很俗，甚至乱七八糟的东西，穿得别出一格。

街道一角的音像店里，传来一首不知名的爱情歌曲。磁性低迷的声线，像沙子滑过玻璃，穿过冬日的落寞和寒流，在大街小巷，散发着爱情的味道。

时光，好像一下轮回到从前，使郭伊然情不自禁地想起她和宋浩天的过去。

那还是郭伊然在念大学的时候，貌似也是这样的冬天，也是这样的午后，大街上同样飘荡着这勾人魂魄的爱情歌曲。所不同的是，宋浩天的大手，紧紧地攥着她纤细的小手，满大街疯跑着喊："郭伊然，我爱你。郭伊然，你是我的。宋浩天今生今世，永远和伊然在一起。"这情景，多浪漫刺激，多电影或者小说啊。

郭伊然还清楚地记得，那个时候，由于郑子健追求自己，宋浩天曾经三天三夜不吃东西。三天三夜啊，谁都懂得，人都能虚脱成个鬼。只吓得宋浩天同宿舍的哥们何琨，苦苦哀求郭伊然说："郭伊然啊，你个没心没肺的玩意儿，你快去看看宋浩天啊，他三天三夜没吃东西了，再这样下去，他还不挂了？"

郭伊然起初还不很情愿。心说，是郑子健一厢情愿地胡搅蛮缠，卑鄙无耻地漫天制造绯闻，又不是自己的错，宋浩天他凭什么那么小气，竟然和她赌气，有意思没？但郭伊然禁不住何琨的一番软磨硬泡，更害怕浩天一直不吃东西会饿死，最终，她还是去了。令郭伊然没有料到的是，宋浩天还真没事找抽地死脑子，铁了心地和伊然赌气，连宿舍门都不给郭伊然开。不开拉倒，郭伊然站在门前愣了会儿神，就愤然离去。

那段时间，宋浩天作为一班之长，完全不管不顾自己往日的高大形象，他一副失魂落魄的鬼样子，一回到宿舍，就开始喝闷酒，只喝得天昏地暗，烂醉如泥。烟头、空酒瓶，乱七八糟扔了宿舍一地。

郭伊然原想，宋浩天闹闹小情绪也就罢了。没想到，他还真动了真格不理自己。看宋浩天那世界末日的痛苦样儿，郭伊然的心里，其实比宋浩天还疼。可宋浩天死不理她，她也没有办法，她就找于北北哭啊哭。整个儿把于北北哭急了，于北北就当同学的面，把郑子健那混蛋痛骂了一顿。

然后，宋浩天那冰封般的面孔，才有点儿解冻。他对郭伊然，看上去也不那么冷淡了。郭伊然就哭着对宋浩天说："浩天，你不要那么傻气，自己为难自己，也最没有出息。你能不能冷静一下？你明明知道我有多爱你，你明明知道郑子健是在胡说八道。可你为什么不相信我，为什么不理我？我本身也一受害者，这一切，能怪我吗？你难道不知道郑子健有多花心，多无耻？谁都知道，他的爱，永远不会为任何一个女孩子而停留。他自私到只爱他自己。我郭伊然除非傻了，或者脑子进水，才会喜欢他这样的无耻加流氓。"

也许酒精作用，一向宽容温顺的宋浩天，那次，却突然暴怒了。他狠狠地咬着牙齿，满面凶狠地对郭伊然说："郭伊然，满学院都是你和郑子健的绯闻，你让我怎么冷静？我真不能听同学们的那些议论，你知道我听到他们说郑子健那混蛋当众吻了你，我有多难受多受伤吗？你知道同学们在背后是怎么议论你的吗？好吧，既然你不珍惜自己，那我就和你一起毁灭算了。"

3

宋浩天从没对郭伊然发过这么的火，一下把郭伊然搞愣……还没等郭伊然反应过来，他就一下把伊然压到了自己的身下，粗暴地把她的衣服撕开。当郭伊然的身体，展现在宋浩天的面前时，宋浩天的手，却颓然间停顿。

他抱住郭伊然，哭了。他说："伊然，你知道吗？我之所以不理你，是一个男人的虚荣心在作怪。其实，我外表的那点儿骄傲自信，都是装出来的。我是真的害怕你会被郑子健那混蛋抢走。他会讨女孩子欢心，他一表人才，他更有一个有钱有势的老爸，可以使他在学院里呼风唤雨，为所欲为。还有，我对你不可把握的感觉，都让我害怕。伊然，我也真搞不明白，自己到底迷恋你什么？你的刁蛮？霸道？还是你偶尔的小不讲理？伊然，我曾看过一个小笑话。小狗对小猫说：‘你猜猜我的口袋里有几块糖？’小猫说：‘猜对了你给我吃吗？’小狗点点头：‘嗯，猜对了两块都给你！’小猫咽了咽口水说：‘我猜五块！’然后，小狗笑着把糖放到了小猫手里，说：‘我还欠你三块’。伊然，其实，这不是一个低智商的笑话儿，而是，因为爱你，所以允许了你的小贪心。”

郭伊然的眼泪，就是在那一刻，突然地流了一脸。点点滴滴，打在了宋浩天的心上。

他说：“伊然，我错了，请你原谅。可是，我真不知道上辈子欠你什么，爱情就是这么的疯狂和犯贱。伊然，你根本不知道我内心的无助和痛苦。我曾那么热切地梦想，我们虽然没有很多的钱，但我们有足够的爱。我会每天陪你胡搅蛮缠，逗你开心。等毕业后，我们一起努力奋斗，买房结婚，生儿育女。然后，等孩子长大，我们在阳光下晒着太阳，慢慢老去。直到郑子健的出现，我才真正地感到害怕，害怕我的一切梦想，都被他夺去。如果没有你，我活着还有什么乐趣……”

宋浩天的泪，和着郭伊然的，晶莹剔透，一颗一颗地砸在郭伊然的脸上，使郭伊然有种恍然隔世的恍惚。在这种恍惚中，她仿佛回到了她们刚毕业的那段时光。那时候，宋浩天抱着郭伊然，满眼热切地说：“伊然，你就是我身上的一根肋骨。你要好好上班，在家里等我。我要考研，去为我们的将来打天下，等我读完研，找个好工作，就一定风风光光地娶你。我要让我们两个过上幸福的日子。让我们这一生，永远在一起，永远不要分开。”

那晚，宋浩天在学院外面的小森林中，笨拙慌乱地解开了郭伊然的衣裙。那时，他们正处于如花似玉的青春花季。宋浩天21岁，郭伊然才刚满20周岁。

想着这些，郭伊然的心口猛然一缩，她两腿一阵发软，突然就想坐在当街，和着这凄楚的歌声，来一场声嘶力竭的大哭。什么面子，什么尊严，什么前尘今生，什么不离不弃，都去见鬼吧。她这一刻，就想大哭，哭个昏天地暗，哭到天荒地老。

当然，郭伊然终究没有这样哭，她只是拼命地绷直了软绵绵得无法移动的双腿，努力地挺了挺缩进衣服里的脖子。她今天，必须回去和宋浩天算账。

4

宋浩天就那么在冬夜的大街上，失魂落魄，跌跌撞撞地游荡了一夜。

来自身心的痛楚和疲惫，加上酒精的作用，连同一夜没睡和饱受的严重风寒。躺下后，他就开始发烧寒战，意识混乱，身体也开始不断地抽搐。渐渐地，他也就失去了意识，昏了过去。

郭伊然和于北北回来的时候，宋浩天还在昏睡，以至郭伊然和于北北开门进屋，他都浑然不觉。

郭伊然一进到屋子，就开始翻箱倒柜。她把自己换洗的衣物，简单利索地装进一个大拉杆箱里。那个拉杆箱，还是郭伊然和宋浩天旅游结婚时，手牵着手走过丽江的一条条长街后买来的。

想起买这个箱子时，宋浩天一脸严肃地问她："老婆，你看这箱子怎么样？大不？"

郭伊然满脸狐疑："大。可要这么大干吗？笨重，还呆头呆脑，和你一个德性。"

宋浩天一脸傻乐："哈哈，我要的就是这个艺术效果。大吧？你看，足可以把你折叠后装进去。伊然，信不信，我以后真要把你装进去，永远地走哪儿，带哪儿。以前咱们寻寻觅觅天各一方，浪费掉那么大把光阴也就算了，咱从此以后一定夫唱妇随，分分秒秒，一刻也不分开。怎么样？够创意吧？"

看着宋浩天那一脸陶醉的傻样儿，郭伊然甜蜜蜜地撒娇："小样儿，还创意，我活这么大，还没听说把人折叠装箱。”没想到这才几个月，竟然闹到了离婚。

生活，可真是搞笑和讽刺。此一时，彼一时，变化莫测，不可把控。郭伊然的心，猛然一阵揪疼。她这才蓦然想起，自己翻箱倒柜闹这么大动静，宋浩天怎么还在卧房里赖着不出来？什么玩意儿啊，难道他没在家，又跑去找那个死女人不成？

这样想着，郭伊然就怒气冲冲地来到卧室门前，她狠劲地一把推开卧室的门。卧室里面一片狼藉，鞋子在床前东倒西歪，宋浩天正和衣裹着床棉被昏睡。

郭伊然心里一惊，赶忙走了过去。她站在床前，看宋浩天死猪一般一动不动，就上前推了他一把。宋浩天仍然紧闭着眼睛，没有一点儿反应。

奇怪！郭伊然这才仔细打量昏睡中的宋浩天。这个曾经把自己当做心肝宝贝儿，曾经和他同甘共苦、朝夕相处的男人，此刻，眼睛深陷，脸色惨白。仿佛一夜之间，完全脱了人形。

这下，郭伊然可真吓坏了。她连忙把手放在宋浩天的鼻孔上，嘴里不自觉地轻声喊：“浩天，宋浩天……”但郭伊然刚喊出口，就接着一声惊叫，“妈呀，这么烫，足有41°C半。”

于北北正坐在客厅的沙发里愣神儿，突然听到郭伊然惊叫，赶忙过来。

郭伊然冲于北北喊：“北北，浩天发烧昏迷。你赶紧下楼一趟，去外面的药店买点儿退烧药回来，我先弄湿毛巾给他敷下。”

于北北也吓了不小的一跳，她站在那儿愣了一下，就一溜烟地往楼下跑。

5

于北北刚买了退烧药走出药店，她就接到郑子健的电话。

郑子健在电话里温文尔雅，慢条斯理地说：“于大美女可好？一日不见，如隔三秋。”

于北北拿着刚买好的药，心里正急，就没好气地说："什么一日不见如隔三秋，有什么事儿你直说，我正烦着呢。"

郑子健在电话那边儿轻轻一笑，说："那好吧，我也不和你绕弯子了。你知道伊然现在的状况不？她受了那么大的刺激，昨晚又喝那么多的酒。我真有点儿担心她。我想知道，她现在的情绪，到底好点儿没有？"

于北北一边急急忙忙往郭伊然那儿赶，一边不耐烦地说："原来，你是转着弯儿向我打听郭伊然啊。好什么啊好，简直糟糕透了。她的酒是醒了，但我劝不住，她正要和宋浩天离婚。"

听到这话，郑子健在电话那边的笑意，更浓了。他强压住心里的一阵得意和狂喜，说："你真狗咬耗子，多管闲事儿哦。劝什么啊劝，自古以来，缘分天定。离就离吧，我郑子健就不看好他们的婚姻，更看不惯宋浩天那丫。依我看，他们早离早安心。"

于北北在心里轻哼一声，说："郑同学，你能不能低调含蓄点儿，说句人话你就会死啊？就算积点口德好吧，你别再趁火打劫，满嘴跑火车咒人好不？"

郑子健说："我这不关心老同学吗，现在，又不是受苦受难的旧社会，提倡什么女人三从四德，嫁鸡随鸡，嫁狗随狗。现在正流行闪婚闪离不是？过不下去，就趁早散伙儿。死守着没爱的婚姻，有什么劲儿。这是潮流，也是与时俱进，我怎么就趁火打劫了？"

于北北满脸的不耐烦："我现在没空儿和你穷扯。宋浩天发烧还在昏迷不醒，我刚在药店弄了点药，伊然还在家里等着我呢，救人要紧。"

听于北北这么说，郑子健一时也颇感意外，但他却阴阳怪气地说："不会吧？宋浩天昏迷？怎么搞的？他丫昨天晚上，不还挺威武硬朗的？怎么一夜之间，就弱不禁风地歇菜？要不要我过去看看？好在咱也同学一场，见上一面也是情理。"

于北北听他满嘴不说人话，气更不打一处来，因此她也就嘴不饶人："郑子健，你丫的到底还有点人性没？这话听起来，怎么像是和谁告别？

放心吧，宋浩天他只是感冒发烧而已，死不了的。你就省省心吧，别猫哭耗子假慈悲。我还不知道你的那点儿小心思？巴不得人家出点什么状况，你好有机会，趁火打劫。没事儿我可挂了，拜托你，别再添乱就成。”

郑子健并不气恼，他仍然眯着一双桃花眼，在电话那边奸笑：“于大姑娘，你今天莫非吃了火药，怎么如此大的火气？咱昨晚不还谈得淋漓尽致，眉飞色舞的？还说什么你那位是做建材生意，我做房地产开发，嘿嘿，肥水不流外人田，咱们要好好合作一把。于姑娘，就拿这态度和我合作？难不成你不是真心合作，只是拿我开涮不成？”

于北北听郑子健说起合作生意这茬儿，她马上心领神会，口气也就马上软了下来：“谁拿你开涮不真心合作？我眼前不正急郭伊然所急吗。人命关天，救人要紧对吧？合作这是大事儿，咱回头再好好商计，还请郑同学大人大量。”

郑子健听后，又是一阵奸笑。他在电话那边顿了一下，说：“没拿我开涮就好。我想于大美女，也不至于鼠目寸光，目光短浅。好了，我不再唠叨了，代我向伊然姑娘问好。如果昨天晚上多有得罪，还请伊然她多多原谅。不过，我还真有事儿要找你。如果有空儿，我想见下你，可否？”

于北北暗自把大眼睛，滴溜溜地那么一转，笑了。她说：“好啊。我等会儿看下情况，再给你电话联系。OK？”

郑子健爽朗一笑，说：“好，那咱就这么说定了。”

郭伊然喂宋浩天吃过药，兀自坐在床边儿发呆。于北北看了一眼仍在昏睡中的宋浩天，悄悄示意郭伊然出来。

来到客厅，于北北拉郭伊然在沙发上坐下，说：“伊然，刚才我去买药的时候，郑子健打来电话，他问你好点儿没有。”

郭伊然低垂着脑袋，默不作声。

看郭伊然不吭声，于北北不满地白了她一眼：“伊然，我和你说正经事儿呢，怎么不吭声？难为郑子健对你一片关心，一直缠着我打听你的状况。”

郭伊然凄然一笑，说："你怎么和他说的？"

于北北说："我还能怎么说，如实相告呗。结果，你猜怎么着？郑子健说找我有事儿，约我去他那儿一趟。不知他找我干什么，会不会是对你贼心不死？你快帮我分析分析，我到底见他，还是不见？"

郭伊然仍然一脸凄楚，低头不语。

于北北急了："伊然，你又傻了？我在问你呢？你倒是说话啊？我到底去还是不去？"

郭伊然愣愣地盯着于北北，她轻轻地叹了口气："宋浩天的烧好像退了，我在这里看着就成。至于见不见他，你自己决定，想去你就去吧。"

于北北说："成，那我就去会会，看他究竟在搞什么鬼。对了伊然，你一定记住，如果宋浩天醒来，千万不要和他吵闹。有什么新的情况，你马上给我打电话啊。"

第十五章 ● 分　　居

1

于北北站在镜子前面，翘首弄姿。

她正在试穿刚在网上淘到的一条泛白的ESEY长裤，长裤的上面，是一款江南布衣的浅咖啡色休闲短款羽绒衣。

于北北对着镜子左看右瞧，自我感觉比较狗血。但想想这身打扮可以冒充一下淑女和知性，给郑子健一个美好的形象，于北北也就咬咬牙，冲着镜子里的自己，龇牙咧嘴地做鬼脸。

这是郑子健第一次单独约会于北北，并不像以往那样，只是给郭伊然这朵红花当绿叶，怎么说，于北北也得精心装扮一番，给郑子健一个惊艳。虽然，于北北对郑子健那趾高气扬的样子，并不怎么感冒和来电。但既然郑子健单独约会她，情况当然也就大不相同。她甚至感觉，被这么一位富二代的成功人士约见，是一种极大的面子和荣耀。

于北北暗自寻思，以前见郑子健的时候，怎么没这种怪怪的感觉？难道自己一直在潜意识里嫉妒伊然？这可真是一个惊奇的发现。

正自想着，于北北就听见郑子健在楼下按车子的喇叭。不敢怠慢，她飘飘然来到窗前，冲楼下的郑子健一个甜笑。然后，才匆忙下楼。

果然，于北北一跨上车，郑子健就拿自己的桃花眼盯着她看，直看到于北北全身发毛，手足无措，冲郑子健大喊：“看什么看，没见过美女还是吃了蓝色药丸？”郑子健这才收回了视线，缓缓地发动车子。

车子七扭八拐地穿过拥挤不堪，闹哄哄的解放东路，一直向新开发区开去。奇怪的是，一向油嘴滑舌的郑子健，今天却哑巴了似的，一路闷声不响地如同一枚哑炮。更为奇怪的是，车子在新开发区飞驰一段儿之后，竟然开到一处高档的住宅小区里。并且，在一栋楼前莫名其妙地停了下来。

不是有事要找我谈吗？乖乖，怎么带我到这种鬼地方？难道要谈到床上不成？郑子健不会是要强暴我吧？这可是光天化日之下。望着郑子健戛然而止的车子，一时间，于北北感到晕头转向的，摸不着北。

“你还愣着干吗啊？到了，还不下车？”看于北北一脸白痴似的迷茫，郑子健饶有兴趣地笑着调侃她，“怎么？于美人，害怕我会强暴你啊？”

于北北这才如梦初醒地回过神儿，她一脸不屑地说：“可不？日日防贼，夜夜防盗，时时刻刻提防男人，我警惕性可高。”

郑子健扬杨眉毛坏笑：“切。在你的印象里，我就那么的恶俗没劲？”

于北北反唇相讥：“可不。你才知道啊？在学校里，你就是出了名的少女杀手，外加花花恶少。何况几年不见，谁知道你坏没坏到骨头缝里。好了，少啰唆，这是哪里？你找我到底有何贵干，竟搞得如此神秘兮兮？”

郑子健仍然一脸坏笑：“江山易改，禀性难移。我算彻底服了，于美人仍然嘴不饶人，一副当年的伶牙俐齿。”

于北北把柳眉一横：“你少来，快老实交代什么事儿，干吗搞得神秘兮兮的？”

郑子健一边拖于北北下车，一边说：“神秘吗？楼上只不过有我一套房子，闲着。你电话里说郭伊然要和宋浩天离婚，这空着的房子，也许对她会有用处，反正房子闲着也是闲着。我知道你是她的死党，所以嘛，我就先带你来替郭伊然看看。回头告诉她一声，如果需要，可以随时电话我，来取房门的钥匙。”

于北北吃惊地一下瞪大了一双眼睛：“天，原来这样。我呸，人家还没离呢，你就准备金屋藏娇。你这招也太损了点儿吧？怎么老盼着人家离婚呢？如真这样，我也就不上去了，我可不干拆散鸳鸯的缺德事儿。”

郑子健眯起一双桃花眼睛反驳：“鸳鸯？你看他们都闹腾成什么样子了？还鸳鸯！我看已经离冤家不远了。作为同学闺蜜，你就忍心她一直这样地水深火热？何况，只是说也许对她有用。什么叫也许，主动权仍在她那边儿，咱并没有强迫她的意思对不？狗咬吕洞宾，难为老同学我一片好心。”

世间最大的遗憾，往往是愿望和现实不能够同步。正所谓理想很丰满，现实很骨感。

于北北想想，也是这个理儿。就目前的状况来说，郭伊然和宋浩天是很难和好如初了，如果真闹到离婚的话，有个房子安身当然是件好事儿。因此她也就闭上了嘴巴，跟着郑子健一起上楼。

2

宋浩天从昏睡中醒来，已是次日一大早上。

迷迷糊糊之中，他似乎感到枕边有温热细碎的呼吸。暖暖的气息，熟悉而亲切，断断续续，若有若无。

宋浩天努力而艰涩地慢慢睁开眼睛。一阵天旋地转之间，他看到郭伊然竟然斜趴在自己的床前，孩子似的睡熟了。宋浩天一个激灵，一把拉过郭伊然的手，紧紧地攥住。郭伊然的手，似乎轻轻地颤动了一下。大颗的泪水从她微闭着的双眼里滚落下来，点点滴滴，一颗颗砸落在宋浩天紧紧攥着她的手上。

宋浩天心里一酸，喃喃地说道：“伊然，你回来了，你终于肯回来了。我知道你会回来的，我知道你还是爱我的，知道你肯原谅我，是不是？乖，我们别闹了好吗？没有你，我一切的努力，还有什么意思？”

这次，郭伊然完全醒了。她一下睁开了泪眼蒙眬的大眼睛，似乎呆愣了一下，像被蛇咬了一般，郭伊然猛然抽回了自己的手。

宋浩天心里一惊，慌忙再次去拉郭伊然。他挣扎着，企图把伊然抱进自己的怀里，像以往一样疼惜地，亲她爱她。但郭伊然甩开了他的拥抱，她蓦然起身，来到在床边的沙发上坐定，眼睛冷冷地盯住他，说："少拿你那肮脏的手碰我，我们，离婚吧！"

郭伊然的话和她的眼神一样冰冷，锐利，像是一把锋利无比的剑，一下把宋浩天的心刺破，戳穿，千疮百孔。他感觉自己的脑袋又开始强烈地刺痛，发晕。仿佛有无数只活泼乱跳的兔子，在用脚猛烈地蹬踢他的脑袋。一下，一下，杂乱的，无规律的，使他眩晕，崩溃。他无力地向兔子祈求，别踢我，好吗？兔子嘲弄地冲他撇撇嘴。

慢慢地，无数只兔子在宋浩天的眼前聚拢，重叠，幻化成郭伊然那冷艳的面孔。

宋浩天冲着那张冷艳的面孔说："一定要离婚吗？没有挽回的余地？"那张冷艳的面孔回答："没有。"他说："不听听我的解释？"那张面孔说："于北北和我说过。"他说："我要亲自给你解释清楚，你必须听。"那张面孔说："够了，没用。我不相信一个女人，会无端借给一个男人那么多钱。我也不允许别人背着我借那么多钱，冒充他父母所给来欺骗我。我更不会在被欺骗后，还傻瓜透顶地和他一起乐滋滋地数钱，去还这笔来历不明的孽债。"他说："不要你还，我自己来还不行？"那张面孔说："不要我还就必须离婚。不离，你的钱就是我的，我的钱就是你的，我们的钱永远都搅和在一起。"他说："既然这样，离就离吧。房子虽然在我名下，但我们前段儿进行过房产公证，各有一半。离过后，那一半永远都是你的，你可以永远住下去。"

听到这话，郭伊然的心，立刻碎成了千片万片。她眼睛一热，强装出来的一副冰冷面孔，就在那么一瞬间，崩溃瓦解。但她不想让宋浩天看出自己的心痛和难过，以至暴露出自己潜藏在心底的脆弱。郭伊然就是这么任性，她就要这么决绝。于是，郭伊然急忙转身，去了客厅。

见郭伊然默不作声地出去，宋浩天以为她又要走，一个激灵，宋浩天眼前的幻觉消失，脑袋也在一瞬间清醒过来。他在心里说："不能让她走，说什么也不能。我还有话没和她说完，我还有许许多多的心愿，没有和她一起实现。她说过无论发生什么，我们都永远在一起。可现在……"

宋浩天急忙起身，他要拦住她。无奈，宋浩天高烧刚退，全身绵软，一不小心，咚的一声，重重地摔倒在了地板上。

听到响声，郭伊然急忙折回身子。看见人高马大的宋浩天突然摔倒在地，她心里一疼，一直强忍的泪水，瞬间决堤。她哭着埋怨："烧还没完全退，你就老老实实躺着啊，你起来干吗？"

宋浩天趁机抱住郭伊然："老婆，你要去哪儿？我不让你走，你不能走。"

尽管宋浩天在心里告诉自己，一个男人，说什么都不能在心爱的女人面前流泪。但是，这个要强倔犟的男人，此时此刻，还是控制不住自己，让无声的泪水流了自己一脸。

3

于北北一边用涂了浅粉色指甲油的小脚挑逗着她的小狗钞票，一边乐滋滋地给她的小眼睛准老公苏大鹏打电话："嗨，老公，咱们的新房我已经选好了，是新城区锦绣美居的一套三居室房子。知道不？那可是一所贼漂亮的高档住宅小区，并且三楼，朝阳的，楼层不高不低，还一年四季阳光充沛。你赶紧回来，看满不满意。"

小眼睛刚陪一客户喝完酒回到酒店，听到这一消息，心里不禁一阵狂喜，他说："老婆，你可真能干啊。看什么看，我不早说过吗，你看上了就成。只要你喜欢，老公我当然就乐意。"

于北北嘿嘿一笑，说："那是，我于北北多聪明能干啊。不过，这次也真算天助。你说咱正买房子结婚吧，郭伊然和宋浩天却偏偏闹腾着离婚。离就离吧，郑子健知道后，却偏偏急着把自己闲着的一套空房子借花献佛，让郭伊然先住。我看那小区的设施绿化实在诱惑，就忍不住问郑子健能否再帮咱物色一套。嘿嘿，他还真能耐呢，几个电话下来，就帮咱给搞定了，而且，还比市场价整整低了3万。真乃踏破铁鞋无觅处，得来全不费工夫。事情也就这么凑巧赶趟。你说逗不？”

小眼睛听得一头雾水：“什么逗不逗的？你有没有搞错？你说郭伊然和宋浩天闹腾离婚？他们到底怎么搞的？”

于北北心里不觉一沉：“是啊，我也没有想到。他们那套婚房的首付，竟然是宋浩天背着郭伊然，偷偷向一个款姐女人借的。而且，伊然一口咬定，宋浩天和那女人不清不白地有染。这都什么事儿，你说郁闷纠结不？”

怎么会这样？小眼睛也感觉纳闷，随问道：“你说宋浩天和那女人有染？宋浩天不像那样的人吧？他们已经离了？这么快？”

郭伊然说：“谁知道，我又不是私家侦探，怎么会知道。反正，我也搞不清楚。正闹呢，还没离。”

小眼睛一脸惊诧地说：“北北啊，常言道，宁拆十座庙，不毁一桩亲。这还没离呢，郑子健急着给郭伊然找哪门子房子啊？他这不纯粹给人家添乱添堵？我说北北，你也真够可以的，在这非常时期，不去好好安慰伊然，反倒跟着郑子健瞎起哄，趁火打劫似的，专门搭人家的顺风船。亏你还和郭伊然同学闺蜜这么多年，办事情怎么一点都不考虑下人家的感受？”

于北北的脸，一下红了。她忙辩解撒娇：“小眼睛，你怎么知道我没劝啊，我心里也特憋闷，很为伊然难过叫屈。谁让你屁颠屁颠地急着结婚来着，我不是急你所急吗。机不可失，时不再来，我于北北最懂得这个理儿，当然要在机会来临的时候，狠命地抓住。”

小眼睛笑：“你不用和我理论，和你开玩笑呢，你还当真。不过，你可真要好好劝下他们两个。什么是朋友兄弟，什么是同学情谊情同手足。朋友就是在他最需要的时候，能够肝胆相照，能够挺身而出，能够两肋插刀，能够……”

于北北打断了他的话：“得了得了，你还有完没完？少和我冒充那啥。

你什么时候也变得文绉绉的，这么文化和健谈？”

小眼睛笑着调戏：“还不是和你们这些文化人长时间耳鬓厮磨，长期污染的结果。”

于北北不禁笑抽，她说：“晕死，什么叫长期污染？你看你用的什么破词儿，那叫长期熏陶好不好。对了老公，我不和你穷啰嗦了，我还有个特大的好事儿要告诉你。你听我说哈，西城美苑不是马上就要动土开工吗，我已经帮你和郑子健那小子谈妥，他那里需要的建筑玻璃，统统由咱给他供货。哈哈，这可是足足的一大单生意。怎么样？老婆我能干吧？”

小眼睛狂喜：“啊？真的吗？能干，能干。你简直就是我的偶像，我的女神，我的福星，我的活宝贝儿。老婆大人，你就等着我回去好好犒劳你吧，回去后，我，我一定要亲死你。”

于北北莞尔一笑，说：“去去去，看你那副凶悍贪婪的小样儿。”

小眼睛却一脸认真严肃：“我说真的啊。北北，虽然我文化不高，不够浪漫。什么情调啊，风情啥的那套风花雪月我不会，但是，我就会把你当成心肝宝贝儿去疼爱。来，宝贝儿，让老公我在电话里先亲下，啵！”

4

于北北这边儿正和她的小眼睛老公唧唧歪歪，春色烂漫，郭伊然那边却是撕心裂肺，一片地冻天寒。

当郭伊然收拾好自己的东西，愤然地准备出门时，她这才想起，怎么能这样任性和感情用事？

是的，自己的东西是收拾好了，离婚手续，也可以马上去办。可怎么能不和妈妈商量一下，就这样贸然地拖着东西，如一只丧家之犬，无家可归的猫咪，伤痕累累地突然出现在妈妈的眼前？为了她的婚事，老妈曾经呕心沥血，事无巨细，操碎了心。这才结婚几天，却突然离婚，她该如何向妈妈解释交代？妈妈还不被气晕过去？

可是，无论如何，她是不能再和宋浩天一起生活下去。哪怕宋浩天真的和那个女人清白，她也无法容忍他的欺骗行为。何况，不明不白地给他那么多钱，鬼才相信他们之间清白。

最初的震惊和撕心裂肺之后，接下来的，却是漫漫无边的疲惫和厌倦。仿佛一枚巨大的石头，突然跌进了宁静无比的水里，“咚”的一声，让人揪心的响声之后，终于归于一片死寂。可死寂，却在勾画圈圈的涟漪。并且，慢慢地不断扩散蔓延。看去波澜不惊，却绵绵不绝地让人厌倦钝疼。郭伊然望着脚边装满衣服的拉杆箱子，心绪翻腾。

看郭伊然盯着收拾好的东西发愣，宋浩天知道，这将是一场没有时限的角力战，谁在乎谁越多，谁就输得越惨。但无论如何，宋浩天做不到不在乎郭伊然。郭伊然曾经是宋浩天的一切和全部。自己拼了命地工作赚钱，放弃男人的尊严向陈晨借钱，不都是为了给眼前这个女人幸福？不都是为了这个家？

可眼下，郭伊然听不进任何规劝地坚持离婚，她不再相信宋浩天，也不再爱他，不再把宋浩天当做她心目中的靠谱男人，不再想听他哪怕一句话的解释。在郭伊然的世界里，已经完完全全地没有了宋浩天的位置。

可悲催的是，在宋浩天的世界里，却仍然全是郭伊然的影子。爱情就是这个熊样子，世界上的任何东西，也都是这个鬼模样儿。从来就没有绝对的对等，从来就没有绝对的公平。大男人就应该顶天立地，真正地爱一个人，就应该让她感到快乐，就应该给她幸福。

宋浩天想，既然自己让郭伊然这般痛苦，既然自己拼死也给不了她幸福，那就应该放手了吧，只要她感觉离婚是一种最好的解脱。

尽管，宋浩天现在还不敢想象，离婚以后，自己该如何面对突然间没有了郭伊然的生活。但是，只要郭伊然愿意，只要她感到幸福快乐，他，就答应她离婚。

想明白这些之后，宋浩天也就感觉轻松了一些。他的心里，多多少少，有了那么一点儿释怀之后的坦然。坦然之后，宋浩天就重新来到郭伊然的跟前，强压住自己的受伤和难过，装出一脸的轻松，他尽量用平静的语气，对郭伊然说："伊然，我终于想通了，我答应你离婚。"

郭伊然一脸冰霜地说："答应就好，咱好聚好散，我也不想和你闹。"

宋浩天说："只是，离婚手续我们缓些时候再去办，可以不？我希望你考虑一下我的建议，我们先分居半年。如果半年之后，你仍然坚持离婚的话，我们就办手续。你看成不？"

郭伊然仍然一脸冰霜冷艳，她说："宋浩天，既然你答应我离婚，那咱就抓紧去办。你这样拖着究竟什么意思？你感觉这样有意思吗？你知道我最讨厌拖泥带水，我喜欢干脆。"

没意思，真的没有意思。听郭伊然这样说，刚刚平静下来的宋浩天，心绪重新大乱。但他强压住伤痛、恼火，甚至羞辱，狠劲儿咬了下厚厚的嘴唇，看着郭伊然，尽力把声音变得柔和："伊然，反正我们已经决定离了，也不急这几天是不是？你给我和自己还有父母，一个缓冲的时间行不？你放心，我宋浩天向来说话算话，反正是个离，让我们都先冷静冷静好吧？"

想到离婚之后，马上就要面对老妈的责难，先缓缓劲儿，给老妈一个心理过渡，也不是个啥坏事儿。郭伊然因此也就嘲讽地撇了撇嘴，终于似笑非笑地点了头。

她说："好，那我们就好合好散。我也不想和你闹腾，就按你说的吧，我们先分居。我郭伊然离婚都不怕，难道还怕分居不成。说好了，期限半年。半年之后，必须去办手续。不过，我可跟你说清楚了宋浩天，在这半年里，我们各吃各的饭，各睡各的觉，相互井水不犯河水，谁也不许干涉谁的生活。"

郭伊然和宋浩天这边儿刚刚谈判完毕，于北北那边儿就打来电话，让郭伊然赶紧过去一趟，说有非常重要的事儿，要找她。

可是，于北北找自己究竟干吗？郭伊然在心里不免犯了嘀咕。

第十六章 ● 阵　痛

1

陈晨怎么都没有想到，自己只是帮宁若繁给坐牢的男友，发了封信件，举手之劳而已，竟然会引起这么大的反应和轰动。

她先是接到江城监狱四监区刘庄分监区打来的感谢电话，说什么她的行为，感动了很多现行服役的小青年。为此，刘庄分监区特意对服役犯人组织了一次教育学习，气氛热烈感动。而且，很多犯人听到她帮宁若繁寄来的爱情刻录信之后，都感动得流下了泪水，发誓好好接受劳动改造，一定要洗心革面，重新做人。还说什么生活是美好的，爱情是超越物质的，前途是阳光灿烂的。宁若繁的爱情故事很典型，对教育现今的小青年，很具有教育意义。

接着，是江城晚报、江城电视台等新闻媒体，纷纷联系陈晨，预约对此事件做专门的新闻专题报道。

让陈晨更没想到的是，她的“失恋刻录店”，竟然也一夜之间，奇迹般地爆红，一天点击数百万，而且，还在不断刷新纪录。一时间，回帖，留言，称颂，议论纷纷，掀起一股不小的、让陈晨振奋不已的小浪潮。来陈晨店里刻录爱情回忆的朋友更是络绎不绝，把陈晨忙得不亦乐乎。

尽管，陈晨不是一个特别虚荣的女人，她比较低调，崇尚自由散漫。但是，这股小小的浪潮，还是让陈晨有点儿得意忘形地飘飘然。

此刻，陈晨用一只手支撑着脑袋，一只手拖动鼠标。她心情格外地灿烂，不断翻看着这些留言和刻录藏品。不知不觉间，一个更为宏大的计划，从模糊到清晰，在陈晨的脑海里渐渐地有了雏形：她如果把这些失恋藏品精选汇编，印刷成册出版，做个全国巡展，献给普天之下那些曾经为爱心碎过的朋友，一定特受欢迎。或者，她还可以根据这些失恋藏品，选出其中最为典型的爱情故事，重新提炼塑造，把它写成一部畅销的爱情小说，那该是多么美妙的事儿。

要知道，随心所欲、畅所欲言，自古以来，一直是玩文字的人们最大的梦想和爱好。当然，陈晨也是一标准的热血文青，理所当然，这也一直是陈晨的最大爱好和追求。

还记得刚做晚报记者的那阵儿，陈晨总是在完成任务的空当儿，心绪难平地看着某些拿腔拿调儿、装腔作势的文字，走神儿发呆。

她一心期盼着能有那么一天，能够扬眉吐气，个性张扬地彻底抛开这些让她头疼厌倦的花边新闻，做个真正意义上的自由撰稿人。自由，散漫，从容不迫，而且想写什么，就写什么，从此脱离傀儡和苦海。再也不用挖空心思，去琢磨什么领导的主题思想；再也不用为采到新闻头条，而起早贪黑地疯抢时间；再也不用顾忌那么多的框框条条，去违背自己的真实内心；再也不用吃被采的某些范儿大腕儿，或者什么鸟人的闭门羹、被白眼抢白；更别提被一些曝光的不法分子、黑暗势力的打击暗算。

现在，陈晨是无职一身轻。她终于可以坦然地摆脱写作的傀儡。而且，陈晨有大把的时间，用来消磨和挥霍。她更有足够的金钱，来支撑自己，认真地完成自己的这一美好心愿。她当然飘飘欲仙，当然想找个什么知音来凑兴侃侃。

陈晨越想越觉得这个计划伟大和美妙。越感觉美妙，陈晨的心里就越是亢奋和激动。此刻，她多想宋浩天就近在她的身边，她要把这个令她激动莫名的宏大想法告诉他，好让宋浩天和她一起分享自己的亢奋和激动。可是，只从那晚小别以后，就再也没有接到宋浩天的电话。

宋浩天现在还好吗？是不是被自己那晚的神经兮兮，甚至莫名其妙，给吓怕或者弄尴尬？嗯,极有可能。可是,那天晚上,自己怎么就鬼使神差、如此让人脸红地投怀送抱，而且，还去强行拥抱他。天，哪还有一点儿淑女的风范？简直就一色狼强盗，哦不，应该是水性杨花的女流氓，或者，一纯粹勾引男人的矫情妹妹。

想到此，陈晨不觉一阵儿脸红心跳，外加纠结和颓败。仿佛她正花枝招展、春风得意地行走在阳光灿烂的大街上，突然间一不小心，就那么当众扭了脚似的尴尬，或者，被当众扒掉了衣服似的不堪。她刚刚荡漾起来的翩翩然感觉，也顷刻之间，一扫而光。

酒，都是那天晚上的酒精在作怪，以至自己才会那么莫名其妙地为所欲为，兴风作浪。要不怎么古人有云：酒能乱性，一喝就乱。哎，就这么一不小心，我陈晨一贯的美好形象，让酒给彻底毁了。

但是，是谁说的来着，酒后吐真言。酒醉后，也最能彻底暴露一个人常常潜藏在内心的真实想法。难道自己一直在潜意识里，爱着宋浩天？

啊，上帝，不，不可能。陈晨狠狠地晃了晃脑袋，她简直不敢再想下去。

2

郭伊然被于北北电话叫走以后，一直没再回家。

几天了，她究竟住在了哪里？回她妈妈那儿，还是一直在于北北家里？有好几次，宋浩天都控制不住地想给郭伊然打个电话，问个究竟。但是，宋浩天不能那样冲动和莽撞。

他和郭伊然现在是离婚前的分居，郭伊然清清楚楚地说过分居期间，谁也别干涉谁的私生活。他用何种理由去追问？何况，郭伊然现在简直就是一只疯狂的母小狗，逮什么咬什么，什么话都听不进去。打电话问她，还不是自找没趣儿？

宋浩天就这样浑浑噩噩，沉溺在了没有郭伊然的世界，纠结，狂躁，煎熬。他神魂颠倒，目光飘忽，度日如年地自己和自己较劲儿过不去。

一个人的世界很安静，安静得简直可以听到他自己的心跳和呼吸。冷了，自己给自己加件外套；饿了，自己给自己整点吃的填饱肚子；病了，自己给自己一份坚强；郁闷了，自己给自己逗乐解闷儿；绝望了，自己给自己一个安慰的微笑。机械而单调地重复，以至公司里发生了很多微妙的变化，宋浩天都浑然不觉。

直到一声警笛，刺耳地划过公司的上空，宋浩天这才猛然发现，有几个全副武装的警察，蓦然间，闯进了董事长王博的办公室。

原来，吴森森的家人，一直认为森森死得蹊跷和冤枉。表面上按兵不动，私下他们仔仔细细地查遍了吴森森的所有遗物，没有发现任何的蛛丝马迹。但是，她的家人并没有因此而放弃努力。最后，吴森森的堂哥，终于通过网警，破解了吴森森邮箱和QQ的密码。QQ里，有王博那天晚上，去约会吴森森之前的聊天记录。

吴森森问王博什么时候到？王博说大概9点左右，让她自己先吃饭，不要等他了。

这下，警方终于在吴森森的QQ里，找到了在吴森森出事的当天晚上，曾经和王博在一起的这一重要线索和证据。这个证据简直太重要了，但是，让警方感到棘手的是，在吴森森的邮箱里，竟然还找到了一封，吴森森生前写下的遗书：

王博，你答应过我，和你老婆离婚娶我，直到现在我才彻底明白，这完完全全是个美好的谎言，完完全全是个美丽的空中楼阁，海市蜃楼。

你，不可能和她离婚；我，也永远等不到那一天。

还记得我曾经和你说过的话吗？如果哪天你辜负了我，不再爱我了，如果今生不能真正在一起，那我就去死，我会选择安安静静地离开。王博，不管你记不记得，我永远都不会忘记。既然没有那么一天，既然不能真正意义地拥有你，既然为了一个新欢，你都能够和我情断意绝，我活着还有什么意思，还不如一死了之。

其实，不就是一套房子吗？我并没有对她做过什么，是她自己知道你有妻有子后，认为你是在玩弄她，欺骗了她的感情，不想见你，自己找人让我把你给她那套房的钥匙转交给你。你怎么能把这一切，都怪罪到我的头上？

王博，在天愿作比翼鸟，在地愿作连理枝。问世间情为何物，直教人生死相许。你永远不懂你对我的真正意义，永远不懂我到底有多爱你。别了，王博。现在说什么都毫无意义，我们的相遇和开始，本就是一场灾难和错误，无论对谁来说。别了，我的爱。

今世活得太苦太累，如果能有来世，希望我们能够光明正大，名正言顺，快快乐乐地真正生活在一起。

对于我的死因，我知道一定会引起人们太多的猜疑和议论。如果真有那么一天，警方怀疑到王博身上，请相信我的死和他无关，更不是被他杀害，是我自己感觉活得太苦太累太没意思而选择自杀，以此遗书为据。

吴淼淼遗言

毫无疑问，这个线索的发现，一下推翻了吴淼淼忘记关掉煤气的意外身亡。虽然遗书上写得清清楚楚，吴淼淼是自杀而不是他杀，可人命关天，警方立刻成立了专案小组，立案调查。与死者关系最密切的关键人物王博，被作为最大的嫌疑犯，通缉候审。

3

真乃祸不单行，屋漏偏逢连夜雨，人倒霉了连喝口凉水都会塞牙。但是，一切也来得太过猛烈，太过突然了啊。也就仅仅这么几天的工夫，宋浩天却一下由天堂跌入地狱，接连经历了失去挚爱，连同遭遇失业的双重打击。

虽然董事长王博被抓去审讯后，终因吴淼淼他杀的可能不予成立，王博作案证据不足而被无罪释放。但是，经过这么一折腾，那个昔日里目光锐利，不可一世，多才多金的“海龟”钻石，却一夜苍老，瞬间成了一个霜打的茄子，完全丧失了往日的派头和光彩。他眼神混沌，目光涣散，垂头丧气而面带愧疚地关掉了自己辛辛苦苦一手打拼创建的博艺传媒营销公司，远走他乡，失魂落魄地漂洋过海，灰溜溜地回到了他的澳大利亚。

再坚强的汉子，也有被摧垮的时候，上帝有时候还会打个小小的瞌睡。王博是走了，他一走了之，离开了这个让他彻底栽了的伤心之地，走得决绝，走得灰头灰面，狼狈而仓促。宋浩天却身陷其间，纠结而无助。现在，宋浩天不但不知道自己痴心爱恋的老婆身在何处，而且，工作还一下没有了着落。更有每月必须偿还的按揭房贷，如同一梦魇似的，夜夜噩梦，日日紧逼。

宋浩天这才想起郭伊然的话：浩天，你这研究生也算是白念了，我少说也是个公务员身份。可你呢？你有读研那工夫去浪费青春和钞票，还不如走走关系，扯扯后门，混个小公务员啥的干干。更可恨的是那个时候，宋浩天对此还不屑一顾，不以为然。还说什么私企有私企的好处，比如凭能力不凭关系，注重人才，注重绩效，还有奖罚制度分明。最重要是，让人有种紧迫感，那紧迫感，让人充满无限的遐想和活力。

可是现在，自己的遐想呢？自己的活力呢？什么狗屁遐想活力，简直就是瞎想和一摊子烂泥。崩溃加悲催。你说，还有比这个更倒霉的没？

有那么一刻，宋浩天简直想和吴淼淼一样，白痴愚蠢地选择死掉拉到，一了百了。可是，他不能那么白痴加愚蠢地选择死掉，他是个大男人，是个纯爷们。大男人就不能有小女人见识，大男人就应该顶天立地，大男人就应该牙齿打落了往肚里吞，哪怕自己疼死。

何况，他还有太多太多的责任和义务。他连死都不怕，难道还怕什么活着。是啊，只要他自己不趴下，他就可以像汶川大地震里，幸存下来的那只“猪坚强”一样，顽强而风光地重新站立起来。难道自己还不如一头猪？简直笑话！怎么说，他也比猪坚强，他也要像“猪坚强”一样，坚强地活着！

4

让宋浩天更崩溃悲催的是，那个和他一起混大的混蛋徐涛，听说他失业以后，不但不安慰他，反而幸灾乐祸，竟然让宋浩天去他的什么婚庆公司先混着。

那丫听说宋浩天失业，先是一惊，再是一愣，接着就一阵儿哈哈大笑。笑过了，他才一本正经地说，自己的公司，虽然不是什么大庙，不能跻身同行业的名流前列，日进斗金，但至少也算是个庙吧。只要能请得动宋浩天这尊大佛，和自己强强联手，那一定是珠联璧合，前途辉煌。何况，宋浩天目前不是失业在家，闲着没事儿做吗。

亏那丫想得出来，自己现在还遭遇失去老婆之痛之苦，却要每天面带职业笑容，去面对一对对新人儿的挑战和刺激。这不纯粹在他的伤疤上撒盐吗？简直比拿刀子戳他的心脏都难受。何况，自己至少也算一毕业于名牌大学的研究生吧，怎么就研究到了失业在家，赔笑去给别人做婚庆策划？

伤，真叫一个伤。这伤千疮百孔，鲜血淋淋。一时间，就如同有千万张鬼魅的面孔一齐向宋浩天挤压过来。冷漠的，奸笑的，阴冷的，不屑的，狞笑的，嘲讽的，幸灾乐祸的，连同往事倒霉事，一股脑儿地一桩桩、一件件地历历在目，挤满了宋浩天的脑子，使他几乎喘不过气来。

现在，宋浩天才总算明白，人活着，还真能一口气儿上不来，给活活憋死。那种憋闷的感觉，只有身临其境的人们，才能真正地体会到。但是，宋浩天不能被活活地给憋死啊，父母辛辛苦苦把自己栽培这么大容易吗？他应该出去转转，换个环境透口气，兴许，心情会好那么一点儿。可是，满世界冷若冰霜，就如同郭伊然的那张脸，让宋浩天从头到脚，发冷和心寒。

好像是冥冥之中的牵引和召唤，宋浩天的脑海里，突然间就闪现出吴淼淼那张清秀端庄的面容来。他想起了吴淼淼曾经对他说过的话："浩天，如果我哪天真死了，希望你还能想起我这么个狐朋狗友。偶尔地心血来潮，也可以去我的墓前，和我秀秀你的柴米油盐，或者，絮叨絮叨你不愿告人的小心思。"

宋浩天不禁哑然失笑，笑得悲壮而苍凉。逝者灵安，生者心慰。现在，吴淼淼的死因终于真相大白，也终于解开了宋浩天心存的谜团。他是应该去看看吴淼淼，给她的墓前添捧新土，也算是告慰她在天之灵，好好上路。

从花店里精心挑选了一束素洁淡雅的白菊花。宋浩天想了想，又让鲜花店那漂亮的小妞儿，给他拿了几支浅蓝色的天堂鸟。

拿着这束花儿，宋浩天的思绪再度飘忽。天堂鸟，是一种代表苦恋的花儿，据说，它来自遥远的天国。

早在上大学的时候，郭伊然就曾经让他看过一篇关于天堂鸟的爱情小说：有一对痴心相爱的恋人，因男人的变心背叛，女人伤痛欲绝地投河自尽。可是，在女人将要落入水中的关键时刻，奇迹发生了，有一群不知名的鸟儿，不知从什么地方飞来，生生把女人托起。女人就此变成了一只鸟儿，整日在天上，啼哭盘旋。它从天空滴落到地上的眼泪，慢慢地就变成了花穗极像鸟喙的天堂鸟花儿。

宋浩天清楚地记得，那个时候，郭伊然曾经和他一起，被感动得七荤八素，稀里哗啦。郭伊然紧紧地搂着他哭，鼻涕和泪水蹭了他一脸。她说："浩天，如果你哪天变心了，不再爱我，或者，你爱上了别的女孩子，我就变成一只天堂鸟，天天在你们的头顶盘旋哭叫，让你心情大坏特坏，坏到心惊肉跳，坏到你们甜蜜不成。直到，把你也变成一只鸟儿，和我在天堂里，比翼双飞。"

那时，宋浩天嘴上笑她看闲书掉泪，泪水却也跟着流了一脸。可是，那时的泪水，是醉心的，是甜蜜蜜的，是发自彼此内心的真爱的告白。

转眼之间，物是人非。郭伊然大概早已经忘记了她曾经对宋浩天说过的话。而宋浩天，却还傻瓜似的身陷其间，死死抱着她当初的痴话誓言，满腔的疼痛和伤感。

宋浩天想：原来，爱情的告白和誓言，是多么不靠谱的东西。完全是热恋中的小青年儿，头脑发晕和冲动的犯病表现。如果，你想靠着这个白头偕老，或者拴定对方，未免太傻太天真。

5

冬日的陵园，满目萧条，满眼悲凉。

天空，没有阳光，阴暗而低垂，好像在孕育着一场大雪。放眼四周，满是杂乱枯黄的蒿草。刺骨的寒风，从光秃秃的树梢间滑过，时而尖利，时而低泣，抽抽搭搭，浅吟低唱，像是谁在时断时续地绝望呜咽。又恍如走进了蒲松龄老前辈笔下的《聊斋志异》，阴冷，凄凉，诡异。

宋浩天呆呆地伫立在吴淼淼的墓前，他说："吴总，吴淼淼，你的狐朋狗友宋浩天来看你了。"说过，他把手里那束精心挑选的鲜花儿恭恭敬敬地放在了吴淼淼的墓碑前。而后，宋浩天神色凄然地在墓碑的旁边儿，坐了下来。

一阵儿寒风吹过，宋浩天向上拉了拉羽绒服的拉链。他自嘲而尴尬地笑了笑，说："淼淼，你在那边还好吗？你那边冷不？冷了，你就像我一样，学着自己给自己加衣。咱这边可真冷。天冷，心冷，人冷，什么都冷。你不是说让我心血来潮时，来墓前和你秀秀我的柴米油盐，或者絮叨絮叨我不愿告人的小心思吗？现在，我来了，我满腹心思。而你倒好，只管闷不作声儿。

"淼淼，你知道不？我特佩服你的干练和决绝，宁为玉碎，不为瓦全。可是，不是狐朋狗友我说你，你搞错了方向。宁为玉碎，不为瓦全的大前提是，选对方向。你的方向错了，终究，会把自己弄得遍体鳞伤，你知道吗？

"淼淼，你不要不喜欢听啊。除非狐朋狗友，没人会这样和你推心置腹。你是一个特聪明能干，特心思缜密，特值得男人用尽一生去疼爱的女人。甚至连自己死后，人们会怀疑到王博，你都能冰雪聪明地想到，而特意写下了遗书。就凭这点，我就对你佩服得五体投地。可是，可是，你怎么就不知道自己疼爱自己？说实在话，咱还在一个战壕滚爬的时候，我就想告诉你这些。什么都是浮云，爱别人，首先要学会爱自己。可是，你爱得那么决绝和痴迷，我不能也不忍说啊。现在，一切都成为过去和浮云，正如你死前所料，一切也都真相大白。我终于，可以和你口无遮拦。还望你在天之灵，多多包涵，千万不要怪罪。

“淼淼，王博走了，重新回到了他的澳大利亚。想必，你在天有灵，也早已经知道此事儿。你那么聪明，什么都逃不过你的火眼金睛。可是，本不属于自己的东西，就让他去吧，你也终于可以安安静静地睡大觉了。

“睡吧，人生本就赤条条地来，而又条条地去。溜达了那么一圈儿，终于从无到有，再到无，一切静好。你看，你现在是省心了。而我，却还身处水深火热之中。我没有了工作，郭伊然也不再爱我，更有每月要还的房贷，步步紧逼。淼淼，你终于卸下了爱的重负，安安静静地去了。我却还要背负着这一沉重的十字架，苟且偷生，度日如年。

“淼淼，这样说来，你是不是感觉我混得特惨，特不提劲儿？但我终于想明白了，怎么混都是一生。惨不惨，提不提劲儿，也只是自己的感觉和心境。正如幸福快乐一样，每个人都有每个人的不同，每个人都有每个人的标准和注解。想明白了这些，怎么活都是一个活，怎么活都是一种精彩，对不？”

天空，开始飘起了雪花。起初，零零碎碎的，像是漫天的飞尘。渐渐的，便一大朵一大朵地铺天盖地而来。漫山遍野，一片晶莹……

第十七章 ● 惊魂的鬼屋求爱

1

郭伊然心事重重的，从环保局下班回来的时候，于北北正在对着镜子，修剪自己的眉毛。

看到郭伊然回来，于北北一边用眉钳拔自己的眉毛，一边龇牙咧嘴地说："伊然回来啦。我前阵儿和你说那事儿，考虑得怎样？你倒是想好没有啊？"

郭伊然把手里的小包往沙发上一撂，瞟了她一眼，心不在焉地问："什么事儿？"

于北北一脸委屈地嚷嚷："你犯老年痴呆了，还是健忘？你说什么事儿，郑子健给你的房子呗，你到底要不要住？敢情我苦口婆心说那么多，到头来只是对牛弹琴，白费劲儿。你压根儿就没听进去是不？"

郭伊然无精打采地往沙发背上一歪，说："一进门就听你咋咋呼呼，我以为怎么了，原来又是房子。烦不烦啊你？我说北北，在局里被吵闹一天，我这才刚刚回来，让我的耳根子清净会儿，你就会死？我不早告诉过你，这很不适合。你说，我和宋浩天闹离婚，他郑大公子跟着凑哪门子热闹啊。这还真逗，你说这叫什么事儿？"

于北北不屑地说："这叫好事儿呗，多少人求之不得。这个，充分说明一个问题，你郭大美女，风采依旧，魅力依然不减当年。你看啊，你这边儿恩怨还没了结，那边儿就有人跟班排队，来给你讨好献媚。多拽多风采。我说女人混到你这个份上，也该知足啦，你别揣着清楚装糊涂。其实，你心里比谁都明白。何况人家现在的身价，少说也……"

郭伊然冲于北北不耐烦地摆了摆手，打断了她的话："得了吧北北，求你了，别跟着瞎开玩笑瞎起哄，成不？我总感觉吧，不是自己的房子，再好再漂亮也不是自己的，住着心里怎么也踏实不起来。我看，还是在自己的穷窝里待着舒坦。"

于北北把杏眼一瞪说："怎么就不踏实了？咱一没偷，二没抢，更不是被男人包养的小三。依我看呢，比住我这个破出租房，可踏实多了。"

郭伊然说："踏实个鬼，我看就这么不清不白地住进去，和小三也差不多远。"

于北北说："去去去，天地良心，人家可是名正言顺地追你，死心塌地地从大学一直追到现在。什么和小三也差不很远？你不领情也就罢了，可犯不着这么恶心自己吧。好好好，算你个性，放着白给的房子你不住。不住就不住吧，不过，我可说真的，小眼睛说元旦回来陪我辞旧迎新，我还以为你和郑子健有戏，会有单独的约会安排。得得得，既然你这么说，那我于北北也决不能见色忘友，我决定牺牲一回，不如元旦我们一起来个三人组合，一起欢乐得了。"

听于北北这么说，郭伊然一下从沙发上弹坐起来，她白了于北北一眼，说："三人组合，还3P呢！好啊于北北，原来，你这是在转着弯儿赶我走啊。好好好，我才不给你们做什么灯泡加点缀。你放心，元旦放假，我正好回去陪陪我老妈，给你们充分腾开场地，你俩就可着劲儿地颠鸾倒凤，翻云覆雨。"

于北北说："这是哪跟哪啊，你这样说话就太不够意思啦，我于北北是这样见色忘友的人吗？我还不是为你未来的幸福而考虑。你说上学那阵儿吧，我们都还年少无知，不知道柴米油盐的金贵，你错过了郑子健这颗小钻儿也就算了。可是现在，你至少也是进过围城的小妇人了，苦辣酸甜也尝了不少，也该彻底明白，爱情的真谛不只是风花雪月，更需要坚实的物质作为基础。你再错过了他这颗老钻儿，你就实在是脑子进水或者找抽。我说伊然，郑子健就真的那么让你提不起劲儿？真不知道你的心里究竟是怎么想的。”

于北北和郭伊然正说得热闹，突然听到有人敲门。郭伊然斜了于北北一眼，就懒洋洋地站起身来，前去开门。可当她把门打开时，却一下子呆愣。原来，门口站着的，竟然是他们正在议论的焦点人物郑子健，而且，在郑子健的手里，竟然如同电影或者小说里才经常出现的那样，特恶俗特搞笑地捧着两大束含苞待放的鲜花儿。

2

看到郭伊然愣在门边儿不吭声，郑子健嘿嘿一笑说：“怎么？不欢迎我这位不速之客？”

说着，郑子健晃了晃手里的花束：“我这是特意来给两位美女贺岁的。黄色炫目灿烂，黄色的康乃馨，我想应该和于大美女比较搭调儿。而蓝色冷艳神秘，这束罕见的蓝色妖姬呢，当然和伊然你最为般配。”

还没等郑子健说完，于北北就坚决不干了，她把柳眉一挑说：“我呸，能不能说好听点儿？什么黄色和我最搭调？你这不兜着圈儿损我吗？还什么炫目灿烂，你干脆说我黄色情不就得了。”一句话出口，险些把他们三个笑翻，就连一直绷着面孔的郭伊然，也一下被于北北的话逗乐。

没有哪个女人，不喜欢被当做宝贝儿似的宠着追着送花，何况是玫瑰中最为罕见的极品蓝色妖姬。如果说在这一刻，郭伊然没有一点点的心动感激，那纯属虚伪。但是，郭伊然就是郭伊然，她愣愣地盯着这束蓝色妖姬只一秒钟，就一脸淡然地把目光移开，自顾转身回屋，没有搭理正一脸坏笑的郑子健。

见郭伊然这样冷若冰霜地拒人于千里之外，于北北悄悄冲郑子健做了个鬼脸儿，赶忙走上前来接过花儿解围："原来是郑同学啊，嘿嘿，这花儿还真是漂亮，我替伊然先谢谢你。可是，你怎么就不先打个电话？竟然这样一声不响地搞突然袭击？"

郑子健说："不可以啊？我这不是想给你们一个特别的惊喜吗，"说着，他反客为主，从容而淡定地在沙发上坐下，然后，冲郭伊然和于北北诡秘地笑笑，说，"首先，祝贺我们大家又老了一岁。为了留住这青春的尾巴，我想明天请自己去欢乐谷游玩。"说过，郑子健拿眼睛，偷偷地看向郭伊然。

郭伊然低垂着头，自顾玩自己的手指甲，好像她的指甲上绘有千古未解的藏宝图似的专注。

见郭伊然装萌似的默不作声，郑子健也不介意，他不动声色地扬起唇角笑了笑，接着就口若悬河："似水花年，转瞬即逝。生活已经够愁闷的了，我们何苦还要自己宅在家里愁闷自己，自找烦恼地和自己过不去？我听说欢乐谷那里刚刚上了几个特别刺激好玩的东东，所以嘛，我就想在新一年的开端，大家凑一起玩个天翻地覆，玩个惊心刺激。"

听郑子健这么说，于北北问："什么好玩的东东？"

郑子健说："我也不特别清楚。据说，那里有恐怖的'鬼屋'，不仅诡异恐怖，而且音效一流。更让人惊魂的是，那些鬼还会突然从背后，或者你的侧边，出其不意地啪的一声，拍你一下，露出一口阴森森的白牙。怎么样？够惊魂刺激吧？准保把你们吓得魂不附体。当然，最刺激的还要数'太阳神车'，为了悬念，我这就卖下关子，先不给你们介绍。反正吧，准保让你们玩得开心过瘾，求生无望，求死不成。嘿嘿，你们要不要和我一起去玩？"

听郑子健说得如此刺激好玩，一时间，还真勾起了郭伊然和于北北的极大兴致。于北北突然大眼睛一转，说："我说郑同学，你这招也太阴险歹毒了吧？想追我们伊然，表现英雄救美你就直说，干吗绕着圈子让我们成全？你想吓死我们啊？”

一句话，说得郭伊然脸色绯红，郑子健却得意地哈哈大笑。

笑过，郑子健却一本正经地说：“如此说来，那我就只好牺牲下自己，陪你们玩适合小女人玩的得了。说真的，如果你们实在胆怯害怕，那里还真有特别适合女孩子们玩的，像什么雪域世界、水族公园、旋转小木马啊，多了去了。我连游园计划和线路都想好了：进谷后，我们先玩聚能飞船，然后，进入蚂蚁王国，体味丰收时刻飞蚁战队的精彩。而后，我们再乘坐‘过山车’，勇闯‘激流猛进’，再然后，到异域餐厅用餐。餐后，我们先观看4D大片稍作休息，再去探险鬼屋，体验魔鬼漂流，畅游水族公园，观看美人鱼表演，最后，我们再到玄幻谷用餐。怎么样？”

如果说，宋浩天曾经给予郭伊然的，是一份实实在在的温馨和深情，可以用“采菊东篱下，悠然见南山”的韵味意境来比喻形容。那么，郑子健带给郭伊然的，却完全是一种让人眼花缭乱的玄幻世界。在这个世界里，一切都是那么的光彩夺目和华丽，一切都充满了未知的悬念和刺激。可在现实面前，实实在在的温馨和深情又能怎样？到头来还不是竹篮打水的悲催？

那天晚上，郑子健走后，郭伊然陷入了前所未有的沉思。她破天荒地，第一次认认真真地重新思量郑子健这个冤家。从他大学时代的装B骄横，到现在的成熟风度翩翩。

前尘往事，回忆起来，竟然也有那么几分的天真可爱和好玩。以至于北北在旁边，也一直兴奋地手舞足蹈，睡不着觉，说什么郭伊然啊，你总算终于开窍了。你能这样想，就是朽木可雕，还有得救，就等同于幸福的生活，正在你的眼前闪耀。恨得郭伊然不住地连口骂她，你这么兴奋，是不是吃了春药？

于北北说：“切，什么人啊，我这不是为你高兴！”

3

这是郭伊然第一次和郑子健单独约会游玩。

虽然，凡事都要有那么个第一次，但让郭伊然没有料到的是，这个第一次，竟然让她像个小女生似的，感到生涩不安和忐忑。

郑子健含情脉脉地和郭伊然一起坐上了聚能飞船，郑子健的肩和郭伊然的挨在一起；他的腿，和她的并排；他的呼吸，就近在她的耳边，热乎乎地扰乱她的呼吸；他的手，明明规规矩矩地放在他的腿上，怎么像似放在了郭伊然身上似的，让她感觉分外地别扭和烦乱。而郭伊然自己的手，却错乱地不知道该放在哪儿。郭伊然这才真正咬牙切齿地后悔，真不应该心慈手软，听信于北北那套一切顺其自然的理论和谗言，放于北北甜蜜蜜地去接他的小眼睛老公苏大鹏。

郭伊然心说，怎么着，也应该拉于北北一起过来，缓和冲淡下她与郑子健独处的尴尬。而自己什么时候，竟然变得这么笨拙和晕菜，怎么连自己的手，都不知道该放在哪儿？也放在自己的腿上吗？试想，挨肩，并排，手放腿上，怎么像幼儿园的小朋友们排排坐，吃果果，或者，更像统一制造生产出来的机器人似的，傻瓜、规范，外加装 2B。

郭伊然开始在心里骂自己：郭伊然呀郭伊然，你曾经那么的嚣张和霸气，损他骂他简直就如喝水吃饭一样顺溜和自然。你的那股张牙舞爪的精神呢？怎么都一下子歇菜玩完？尽管，郑子健的表现大体上还算得上得体绅士，并没有流氓色狼到饥不择食，借机假装护花使者吃郭伊然的豆腐，他只是恰到好处地用一双含情脉脉的眼神，连同一双保养得极为细腻，细腻得简直不像一双男人似的大手，在最为惊险恐怖的关键时刻，给郭伊然恰到好处而又礼貌性的温暖呵护。可正是这含情脉脉和恰到好处才更加让郭伊然感到局促不安、心慌意乱。

就这样浑浑噩噩，他们两人好不容易下了聚能飞船，郑子健微微颔首，冲郭伊然微微一笑，说：“怎么样？感觉还好玩吧？”

郭伊然终于从紧挨着的郑子健的身体旁躲开，心情豁然间开朗，她发泄似的冲口而出：“好玩，太好玩了，好玩得不得了，好玩得简直使我神经错乱。”

这是在夸他呢，还是在损他？郑子健从没听过这样离谱夸张的比喻，他一时间搞不明白郭伊然的真正意图，而有点儿摸不着北。看郑子健那副迷迷茫茫的样子，郭伊然一下被他的傻相逗乐。

郭伊然这一乐，倒给郑子健突然间增添了无比的勇气。他说：“既然伊然你玩得如此开心，那我们就再接再厉，一起向激流猛进进军。”一句话，说得郭伊然恨不能把刚刚大笑的嘴巴给缝住。可一切已经为时过晚，郑子健正迈开一双健硕的长腿，向着激流勇进那边儿走去。没有办法，郭伊然只好跟着去呗。

奇怪的是，玩这个游戏的人，竟然不是特别的多。但是，站旁边围观的人，黑压压一片，倒是不少。郭伊然正自纳闷，上一拨的游戏刚好终止，从上面下来的人们，除了不断地尖声大笑和怪叫外，还被弄得满身湿淋淋的。原来，这个游戏除了惊心动魄，还会被搞得一身是水。我的天，在这天寒地冻的严冬，弄满身的水……

郭伊然正暗自出神，却突然发现自己的头上，蓦然间，开出了一朵艳丽的花朵儿。她侧脸一看，是郑子健怕游戏的时候弄湿自己，特意为自己撑起了一把小雨伞。郭伊然心里一惊，他对女人怎么可以如此的细心体贴？自己以前怎么没有发现，郑子健竟然还有这么个爱好和亮点？一时间，郭伊然瞪大眼睛，震惊到失语。

好在接下来的激流猛进，没让郭伊然感到刚才乘坐聚能飞船时的尴尬。因为安全带的绳捆索绑，几乎把他们两个绑在了一起，让郭伊然根本就没有了尴尬的余地和机会。紧接着，他们就开始在激流中横冲直撞。崎岖的水道，飞溅的水花，随水流一起向高空的冲刺，高空中蓦然间坠落而失去向心力的揪心窒息，以及郑子健紧紧贴着自己的身体，几乎让郭伊然欲生不能，欲死无门。

既然如此，郭伊然干脆把眼睛一闭，把心一横，让一切听天由命。啊，不，现在的郭伊然，是根本就没心可横。她的心，早已经随着飞溅的水花，飞出了胸膛。反正吧，就是那么一副视死如归，或者，死猪不怕开水烫的情形。虽然，这样形容有点烂俗，但当时的郭伊然，的确就是那么个样子。

4

就这样七荤八素地结束了激流猛进，郭伊然只感到头昏目眩，四肢瘫软。看郭伊然这么个样子，郑子健就体贴地建议，取消接下来的那些乱七八糟的什么传说可以让人提心吊胆，欲死欲仙，欲罢不能的“完美风暴”，连同“过山车”等等游戏。他们先去观看4D大片，稍作休息，再到异域餐厅用餐。

原以为异域餐厅，会是个超现实，或者，穿越灵界的一个什么特刺激新鲜的东东。原来，只是一个跨国界的异域风情餐厅而已。虽然在外观上，郭伊然一时很难界定，眼前的这个餐厅到底是一个什么风格的装修与设计，可那粗线条勾勒出的，不同于现代大都市的异域风光，连同带有浓浓热带雨林般质感的物品装饰，奇妙到你置身其间，虽不见绿色扑面，但却可以感受到来自大自然的神秘力量，以及超越生命力的野性。

但不妙的是，和郑子健一起乘坐聚能飞船的艰涩和慌乱感，卷土重来，再次沉重地袭击了郭伊然的心脏。特别是坐在她对面的郑子健，深情款款地给她递过一小盒韩国“狩猎”冰淇淋的时候。

郑子健就那样用手娴熟地把冰淇淋的盒子帮伊然打开后，才递给了郭伊然。郭伊然吃惊地盯着郑子健看，他的眼神好像突然之间有点儿古怪，像是刚才4D大片里的男主角一样地慌乱和迷离。那一刻，郭伊然看到他微微上扬的下巴上面，有一层刮得很干净的胡楂，在餐厅那梦幻般的灯光下茁壮。一丝细细软软的东西，在斜射过来的灯光下，颤颤地淌过郭伊然的心弦，细细碎碎地流遍了她的周身。

原来,郑子健竟然也有这么迷人的时候。郭伊然不好意思地低垂下头，郑子健却一脸坏笑地冲她挑挑眉毛，目不转睛地看着她艰难地，一小口一小口地，咽着那盒凉凉甜甜的东西。直到把郭伊然看得，实在不知道是该用舌头轻轻地舔，还是该用牙齿狠狠地咬那盒美味，而突然暴怒地叫嚣:“郑子健，你神经了，老看着我干吗？讨厌死了。”郑子健这才迅速地把目光移开。

也许是想象中太过恐怖，接下来的鬼屋，并没传说中的那么惊魂。也可能是因为人多的缘故，郭伊然也并没有觉得有多吓人，反倒有一种参观博物馆的快感。无非是把博物馆里的一些文物什么的，换成了黑漆漆的棺木，破败的阁楼，残损的吊桥，会动的墓碑……

唯一感到恐怖的是，来之前，郑子健曾经调侃似的告诉她，不要穿戴白色的衣帽，这样，容易招引到恶鬼。可偏巧在他们前面的两位，正好穿戴的是白色衣帽。在忽明忽暗的灯光音效下，倒更像是鬼。

郭伊然正冷眼打量着这些，忽听身边的郑子健说:“伊然，前面就是惊恐雪界和异度空间，如果害怕，你抓紧我的手。”说着，郑子健的手，悄悄地向郭伊然试探性地伸了过来。

郭伊然迟疑了一下，就想把郑子健悄然伸过来的手，甩开。可还没等郭伊然甩，她突然间感到，似乎有一丝细微的毛茸茸的东西，若有若无地划过了自己的脸颊。紧接着，她就感到有团冰凉的物件，轻轻地贴上了她的额头。郭伊然心里一惊，赶忙抬头察看。

这一看，差点没把郭伊然吓背过气儿。她吃惊地看到，一张因痛苦而扭曲的面孔，近在咫尺，正目不转睛地俯视着她。那面孔，因痛苦扭曲呈青紫色，而在那张青紫色的脸上，是一双眼白突出的眼睛，和一张大张着的嘴巴。嘴巴黑紫，一条长长的暗红色的舌头，正从他那大张着的嘴巴里，斜斜地伸了出来。让郭伊然更加触目惊心的是，自己额头上那团冰凉的物件，竟然是这个人的舌头。

“天啊,鬼,有鬼。不,是有人上吊或者被杀。”郭伊然失魂落魄地大叫。

可还没等她叫出声来，鬼屋，却突然间开始摇晃倾斜。一瞬间，里面的楼梯、扶手、魔墙通道、失魂桥，以及各种物件和幽灵干尸，都跟随着一起摇晃倾斜起来。郭伊然只感到自己重心偏移,站立不稳。她眼睛一黑，便倒了下去。

等郭伊然睁开眼睛，她正躺在郑子健暖暖的怀抱里。确切地说，是被郑子健紧紧地拥抱着。而那张青紫色的扭曲面孔，仍然近在咫尺，在她的头顶晃动。郭伊然一个寒战，她再度惊恐地闭上眼睛。但她的耳边，却蓦然响起一个温柔的声音:“傻瓜，别怕别怕，这只是鬼屋里倒吊的吊死鬼而已。刚才的摇晃倾斜，也只是鬼屋里的机关在操纵。”

原来这样，郭伊然不由得在心里轻轻地舒了口气。她想睁开眼睛，更想挣脱开郑子健的拥抱，但那个温柔的声音，却突然间在她的耳边再度响起:“别动，就这样乖乖地让我抱着你。我要在这鬼屋里，在这些林林总总的厉鬼面前，就这样紧紧地抱着你，郑重地向你求爱表白。伊然，我爱你。这么多年，我终于可以对你坦坦然然、明明白白地说出这三个字；终于可以如愿以偿地这样紧紧地拥抱你。多么的不容易，在这一刻，我感觉好幸福。伊然，你懂的，这么多年，只是在这一刻，我最幸福。”说着，郑子健那火热的双唇，猛然间紧紧地贴在了郭伊然的唇上。

郭伊然想努力挣脱开郑子健的拥抱和亲吻，但郑子健的双臂，是那样的强而有力。加上刚才的极度惊吓，郭伊然只感到全身绵软无力。她就这样全身绵软，傻了一般地被郑子健紧紧地抱着，任他的双唇，轻轻地启开了她的，思绪空白。

第十八章 ● 失魂欢乐谷

1

徐涛对着电话，对宋浩天一阵狂轰滥炸，死缠烂打，几乎快要把宋浩天的手机打爆。

原来，徐涛的婚庆公司来了一对新人，说什么想要一个既浪漫温馨，又大气不俗，既特别另类，还要创意得体的婚礼。婚期，就定在 2 月 14 日情人节，时间很赶。可是，公司里前前后后出了几十套方案，像什么豪华空降婚礼，另类行为艺术婚礼，复古花轿白马婚礼，浪漫篝火婚礼，甚至，连反传统叛逆的跑车、摩托车队婚礼，新新宠物大动员婚礼等等都想到了，那对新人愣是不满意。没有办法，徐涛只得打电话向宋浩天求救。

“救急如救火。那对儿新人趁元旦放假的空闲，约好了下午两点过来公司商谈。我料定一直跟单的刘小灿那妞儿，肯定招架不来。浩天，你是中文硕士，还做过什么创意总监，快过来给我充充门面，想想对策。”徐涛对着电话冲宋浩天告急。

宋浩天问：“新人是你亲戚？”

徐涛说：“不是。”

宋浩天再问："是你朋友？"

徐涛说："不是。"

宋浩天又问："那新娘子是你急于出手甩货的昔日情人或者小蜜？"

徐涛说："你这不成心损我吗？当然不是啦。"

宋浩天说："这不得了，既然都不是，你急什么急。出了几十套方案都不满意，依我看，这么大的神，就不要伺候。让他们自己回去折腾，或者，让他们另请高明。"

徐涛说："嗨，还真让你说对了。新郎官还真是位大神儿，身价不菲，出手阔绰。你说，这么大一单生意，可都是白花花的银子。怎么说，咱也不能让它飞了黄了对吧？还有，你就放心，搞定后，我徐涛绝不会亏待你，我要好好地犒劳犒劳你。"

宋浩天说："说得好听，不能让黄了，你就和刘小灿那妞儿接着伺候。你知道我正为离婚闹腾，却让我帮你策划什么创意婚礼，你这不成心拿我开涮，给我添堵找别扭吗？"

徐涛说："什么叫添堵找别扭？新娘子又不是你老婆对不？你少和我废话贫嘴，他们说好两点准时过来。我就问你，到底来，还是不来？"

宋浩天说："不去。"

徐涛恨得咬牙："你丫有种，算你个性。不过，不是我徐涛骂你，你看你那副世界末日样儿。你还算个爷们不？不就是个离婚吗？就把你离成这么副德性？你看我都离了 N 年，活得比从前还滋润，何况你丫还没有离。让你来听听他们的意见，帮忙想个可行的方案，对付一下那对儿难缠的新人，你就会死？"

宋浩天说："死倒不会。可是，我现在心情正糟，你又不是不知道，你就不怕我给你弄出的婚庆方案面目狰狞，直接把你的大神儿客户给吓飞？"

徐涛说："你丫忘记我曾练过跆拳道？如果真狰狞，还没吓飞客户之前，看我不先把你给踹飞。"

无奈，宋浩天只得答应徐涛，去会会那对儿纠结的新人。

2

宋浩天来到徐涛的公司，离客户约定的时间还有将近一个小时。

趁着那对新人还没有来，徐涛赶忙把他们的登记资料，以及曾经的一大堆策划方案，一股脑儿地推给宋浩天看，让他先作个详尽的了解。

宋浩天研究了半天，终于从一大堆文案中抬起头来，然后他问徐涛："新人的资历和爱好你知道不？"

徐涛唱歌似的回答："新郎是位从美国留学归来的富二代留学生。仪表堂堂，相貌还算出众，但却好像脑袋进水，还挺装，傲气嚣张得不成样儿。爱好也就三个字，摆谱儿。新娘子五官清丽，一脸纯净童真，虽说芳龄二十八岁有余，却像个十足的小萝莉。不过，比起那位新郎官儿，倒是显出几分难得的文气和可爱，疑难杂症问题不多，稍稍低调随和了那么一点儿。至于新娘子的爱好嘛，好像除了随声附和她的郎君，再没别的。站那儿，整个一输入了复读程序的芭比。总而言之，只要搞定这个挺装的新郎，一切也就 OK。"

宋浩天听过不禁乐了："哈哈，一般都女人难缠，不好搞定。这对新人倒挺囧挺新鲜。什么留学生，现在的留学生，云里雾里的，水分多了去。特别是一些富家公子和千金，很多都是在国内学业不成混不下去，依仗着父母那些钱儿，被送去国外镀金。甚至有的在国外瞎混几年，买个文凭回来冒充的大有人在。"

在旁边一直默不作声，低头把玩着签字笔的刘小灿，突然停止了转动手中的笔杆儿，接过话茬："依我看嘛，此郎就属于这么个主儿。家里用钱把他送出去了，他还真以为自己成神儿成仙儿了。去国外溜达厮混那么一阵儿镀镀金，自己就真超凡脱俗优越了？拿一个字形容，装。等着吧，待会儿，咱们可有得受。真顶不住，我就默然撤退，你们两个大男人，给顶住。"

刘小灿话音刚落，徐涛唰地把贼亮的眼睛一横，就像一把寒光闪闪的利剑，直直指向刘小灿：“撤？往哪撤？你敢！不想混了你吭声儿。你给我听好了，待会儿，你要仔仔细细地把他们说的，都给我一字不漏地记录下来。用你平时和我诡辩的刁蛮和智慧，密切配合宋浩天。哦不，密切配合我们宋总监，把他们给我搞定了。”

宋浩天大笑：“我什么时候升官儿了，一不小心从一失业青年，立刻摇身成为总监。”

正说着，那对新人儿迈着小方步儿，飘飘然很是招摇地来了。

宋浩天不动声色地偷眼看了下腕表，就差那么几秒整整两点。心里暗暗钦佩，就时间观念来说，这对儿新人还真是强悍。

徐涛那丫的脸色，变化得还真是快。那速度，甚至连变色龙见了，也会汗。刚才，他还满眼睛的寒光逼人，但一看到那对儿新人，转眼之间就变成了一汪春水。他说：“二位快快请坐。这大过节的新年头一天，还辛苦两位亲自跑来，实在抱歉。这位，是我们最最著名的创意总监宋浩天宋总，你们有什么新的想法，或者，有什么好的建议，不妨和他详细谈谈。”

恭候在一边儿的刘小灿，也不敢怠慢。她连忙起身，去给新人冲泡徐涛特意为他们准备的上等龙井。

新郎不屑地撇了宋浩天一眼，兀自拉了下他一脸童真的新娘子，在他身边坐定，这才慢条斯理地答话：“什么新的想法啊，徐总你有没有搞错？我一开始不就明确地告诉你们吗，很简单，既浪漫温馨，又大气不俗。既特别另类，又创意得体。你们到底怎么搞的？要我重复多少遍？”

宋浩天不由得在心里倒抽了一口凉气。这分明是在摆谱找茬儿，哪是诚心诚意商讨什么创意婚礼？这样的客户，宋浩天在以前的公司曾经见过，完全就一找抽欠扁的主儿。你如果只一味唯唯诺诺顺从他的话，不但搞不定他，还会让他顺着杆子往上爬，更助长他的嚣张气焰，使得他胡搅蛮缠得更加起劲儿。

于是，宋浩天灵机一动，他不卑不亢地笑道：“多有得罪，还请您多多包涵。不过，我想请教一下，先生您心目中的浪漫是什么样子？我好做个参考。”

新郎一愣，一时间语结。

宋浩天接着笑道：“没有关系，先生您慢慢想。我再请教一下，先生您心目中的另类和特别，是个什么概念？”

新郎又是一愣，再度语结。

宋浩天接着说：“如果先生您不介意，我斗胆冒昧一下，您能否讲下您和美女新娘的相识？或者，你们特别令对方动心的地方？”

3

新郎被宋浩天刚才那两个不卑不亢的问题，弄得尴尬异常，忽听宋浩天这么一说，终于找到了台阶，脸上马上恢复了一贯的骄横。

他说：“当然可以。我和囡囡的相识，简直天意。你懂的，像我这样的经历和身份，在国外待惯了，很少去游乐场那种地方消遣，太小儿科。可是，就有那么一天，好像天意，我就那么鬼使神差地去了欢乐谷。还特邪门地心血来潮，一个人去坐过山车。我的新娘子囡囡，也去玩过山车，并且和一大帮美女一起。当然，在众美女中，她最引人注目，最为养眼，也就一下触动了我一直沉睡的爱的神经。你说神不？”

说着，这位新郎，竟然脉脉含情地看向他身边的新娘。新娘子满面娇羞地向他回望，然后，她满眼童真地奶声奶气道：“我也一样，绝对相信天意。我从小就特纳闷，像我这样爱静不爱动的姑娘，怎么就特喜欢玩疯狂刺激的过山车？怎么说，都和我的性格不很搭调儿。可是，直到遇见了他，我才终于明白。原来，这一切都是天意哦，是上天特意给我这么安排，让我乖乖在那里等待我梦中的白马王子。”

宋浩天强忍住笑喷的冲动，说：“看来，你们两位可真是神配，让人羡慕到眼睛发潮和嫉妒。”偷眼看下徐涛和刘小灿，他们两个也强忍住笑，装做一脸夸张的羡慕表情。

新郎可能被大家的羡慕所感染，不等宋浩天再度开口，他就特有成就感地接着显摆：“至于囡囡特别让我动心的地方嘛，当然是她的温柔和漂亮。你们懂的，漂亮的女人很多很多，但大都刁蛮。漂亮同时而又温柔的女人，就是极品。”

听新郎这么说，新娘子也马上跟着复读：“他最让我感动的地方，就是他的才华和体贴。有才的男人不少，但大多数大男子主义严重。既有才华而又体贴的男人，灿若流星。”

宋浩天突然灵光一闪，马上将计就计。他说：“听你们自己这么一说，我倒有个想法。既然你们这么神配，上天做合，不妨我们就把婚礼庆典定于欢乐谷，你们初次相遇的那个奇妙的地方——过山车上举行？既浪漫温馨，又大气不俗，还另类创意。更重要的是，能体现你们自己的爱情高度。请问，自己感觉如何？”

新郎一听，是啊，这创意简直太妙太高。不过，只是那么一瞬，他的脸上，就立刻呈现出一丝细微的犹豫。他说：“这样的婚礼，当然浪漫特别。但是，我还从来没听说过，在过山车上举行婚礼。能行吗？不知道靠不靠谱？你们可否有足够的把握？”

宋浩天听后，粲然一笑，说：“所谓创意，就是在没有路的地方开路。只要自己满意，这事儿就全权交给我们来操办，就请你们放心。”

新娘子看到他的郎君高兴，当然也满脸欢喜。

为彻底搞定这对儿新人，以防夜长梦多，宋浩天乘胜追击：“如果你们方便，不妨我们现在就去欢乐谷实地考察，商谈一下具体的实施方案和细节。”

为了彻底打动这位新郎，宋浩天狠了狠心，对新郎说：“如果去后，你们对这套方案不很满意，这趟的所有费用，都由我们自己扛，一分不让你们白费。”

新郎正暗自亢奋，听宋浩天这么说，他少有地爽朗一笑，而后，不屑地把大手一挥，说：“我就喜欢你这风格，速度。成，我们现在就去。

至于你说的，这趟费用由你们来扛，这就有点儿见外，把费用算进策划费里，不就得了。”

4

冬天的白天极短，天说黑就黑，干净利索不带一点儿商量。

虽然北京时间也才刚刚4点来钟，但离暮色苍茫已经为时不远。而且大冬天的，天寒地冻，满目苍凉，但是，荡漾在欢乐谷里游玩的人们，仍然满脸春天，兴趣盎然。

特别是在过山车旁，虽然不能算是人山人海，但也绝对称得上人头攒动。只是等待买票的队伍，就长长地排成了一条壮观的巨龙。而沿着盘旋轨道呼啸而过的过山车上，不时传来的欢声笑语，夹杂着阵阵的尖叫，几乎要以划破长空的势头，融化震落树梢上的冰凌。

宋浩天徐涛刘小灿他们3个，一起陪同新郎新娘一行5人，好像也都被这欢乐喜庆的气氛所感染，一个赛一个地精神倍振，像吃了春药似的亢奋。

当然，他们各自亢奋的G点，却大不相同。宋浩天是为自己轻轻松松搞定了对方而得意莫名；徐涛和刘小灿是为即将到手的钞票而笑颊如花；新郎新娘呢，则是为自己这个浪漫而特别的伟大婚礼，而憧憬期待。

“从这个入口，铺一条长长的红地毯，一直铺到过山车的入口。在两个入口处，分别用七种不同颜色的花藤，排列编结，架起两座美丽的七彩虹桥。在浪漫的背景音乐的烘托下，新郎官儿甜蜜蜜地挽着新娘子，由伴郎伴娘陪伴着，缓缓地踩着红地毯，穿过花藤编结的七彩虹桥，乘坐上由玫瑰花精心装饰好的过山车。乘上车后，乐队奏乐，宣读爱情宣言，互换戒指、定情之物。随后，新郎新娘乘坐过山车，就此展开只属于你们自己的，童话般的梦幻之旅。亲朋好友们，则在下面喜气洋洋地目睹新郎新娘在过山车上以每小时80公里的速度，冲刺高度。当过山车抵达最高点时，新郎新娘在空中接吻，伴郎伴娘向空中抛撒彩丝彩带和玫瑰花瓣儿。同时，礼花齐放，背景音乐响起喜庆醉人的婚礼曲。一时间，高速飞转的过山车，新郎新娘的激情拥吻，醉人勾魂的婚礼曲，满天飘落，玫瑰花瓣雨。下面的亲朋好友，不由得一起鼓掌喝彩，爆发出雷鸣般的掌声欢笑声。先生，这样的婚礼，您感觉如何？”宋浩天一边忙不迭地看着正在轨道上飞速呼啸的过山车，一边和新郎新娘口若悬河地描述。

“好，好，简直太好了。我的小娘子就喜欢这样的婚礼，我完全满意，哦不，我们，完全满意。”大半天，新郎官儿才从宋浩天所描述的遐想之中，回过神来。激动的他，语无伦次，甚至忘记了自己的一贯摆谱措辞，赶忙一连声地说好。他的新娘子，则一脸童真地盯着她的白马郎君，满眼睛的憧憬，满脸的甜蜜和迷醉。

徐涛和刘小灿，一时间也被眼前的一派大好景象所陶醉。即将到手的钞票，使他们兴奋得眉飞色舞，不断地在旁边煽情，以及添油加醋：“是啊是啊，简直太童话浪漫了，而且大气不俗，别出心裁。”“嗯嗯，说得极对。说真的，我看只有这样的婚礼，才配得上你们的爱情高度。”

但是，物极必反，乐极生悲。正所谓人无千日好，花无百日红。欢乐之后，总会出其不意地被痛苦追随和接替。这是谁说的来着？还真是真理和这么回事儿。

令宋浩天感到悲催的是，就在他们大功告成，一行5人说说笑笑，要凯旋的时候，他却突然间，在欢乐谷出口处的人流之中，看到了一个极其熟悉的身影。

5

这身影太熟悉了，熟悉到宋浩天几乎不用眼睛，只凭感觉嗅觉就能分辨和认定。

这不是郭伊然吗？奇怪，她怎么会在这里？更令宋浩天吃惊纳闷的是，郭伊然怎么没有和她的死党闺蜜于北北一起，而是被一个貌似气度不凡，护花使者模样的男人，轻轻地拥着。

出鬼，不会是真的吧？自己有没有因为刚才的得意忘形，以至兴奋过度后，备受刺激，而老眼昏花地在潜意识里出现幻觉？嗯，极有可能。宋浩天极力屏住呼吸，他努力地睁大眼睛，目光艰涩地穿过无数的人流，再度看了过去。恰恰此时，那个熟悉的身影，侧转过了脸。

天，没错，正是郭伊然。而那个轻轻拥着郭伊然的男人，竟然是自己一直恨得咬牙切齿的混蛋郑子健。尽管，郭伊然和郑子健好像正在说着什么，只是给了宋浩天一个极小极小的侧面。尽管，他们俩离宋浩天还隔着那么一段儿距离，以至在暮色苍茫里，显得不很清楚，有点儿模糊。但是，宋浩天还是看清楚了。这两个人，对宋浩天来说，可谓刻骨铭心，化了灰他也会认得。

一时间，天旋地转，好像蓦然间夜色突然降临。宋浩天只感到双眼发黑，心口一阵强烈的刺疼。紧接着，就有一股无可名状的火焰，直冲宋浩天的脑门。他甚至想立刻冲将过去，一脚踹飞那个正拥着郭伊然的混蛋郑子健。但他只感到四肢绵软，怎么也挪动不了脚步。

宋浩天的脑袋耳朵，也开始不断地轰鸣。极宏大的，又是极细微的，极遥远的，又像是极近的。仿佛是千百个鬼怪在叫在笑，又像是千万只虫子在尖鸣。有那么一刻，那种轰鸣，仿佛突然之间，凝聚成一个空洞的声音，清晰，模糊，沉闷，而又空灵，在空空荡荡的天地之间，回响：杀了郑子健那个乘人之危的混蛋。立刻，又有个声音在说：玩笑，现在的伊然，已经不再爱你。何况，你的身边，还有你的客户。宋浩天就这么突然间一激灵，他从恍恍惚惚的状态之中，猛然间惊醒。

是啊，宋浩天，你是个男人，你还是个失业在家的无业小游民。你有什么资格，因自己一时的冲动之快，把客户吓跑，把一切搞砸，把朋友甚至自己的饭碗儿踢翻？你甚至连自己最痴心疼爱的女人都圈不住，都把不牢，你还有什么脸面去为难她？你更不能为了一个不再爱你的女人，去做什么傻事儿。尽管这个女人，曾经让你疼爱到就像疼爱自己身上的肋骨。一个人疼痛也就够了，何必还要拉上你痴爱的女人，一起疼痛难过。宋浩天，你如果还是个男人，就算自己疼死，也要自己死死扛住，并且，装做满面的不以为然和欢颜。

想着这些，宋浩天不禁微微地翘起厚厚的唇角，他自嘲地笑了。原来，爱情也只不过是过眼云烟。什么山盟海誓，什么海枯石烂，什么山无棱，什么天地合，也只不过是热恋的时候，冲动之中的一句病话，疯话，傻话。罢了，罢了，罢了……

少量的痛苦，使人喋喋不休和暴怒。真正的痛苦，使人沉默石化。

徐涛正陶醉在成功搞定客户的喜悦之中，突然看到宋浩天的脸色不怎么对劲儿。他神情转眼之间，由晴转阴再转苍白，不由得顺着宋浩天的目光，看将过去。

这一看，徐涛才明白了怎么回事儿。徐涛的心里，也不禁一惊，接着一片冰凉。他迅速地瞄了一眼旁边的那对新人儿以及刘小灿。还好，刘小灿正喜滋滋地陪同客户，眉飞色舞地乱侃瞎吹，并没有发现宋浩天突然之间的失态和变化。

徐涛也就不动声色地用手拍了拍宋浩天的肩，而后，伏在宋浩天的耳边，悄声说道："兄弟，什么都不说了，送走这对儿新人，我请你喝酒，咱一醉方休。"

第十九章 ● 换种生活方式，看上去很美

1

欢乐谷里人来人往，繁闹异常，又因为隔着那么一段儿距离，郭伊然并没有发现，宋浩天就在她的不远处。

她仍然稀里糊涂，昏昏沉沉地沉浸在鬼屋里的惊险和刺激。她怎么也没有想到，鬼屋会如此的触目惊心，令人胆战。她更没想到，郑子健会如此别出心裁，好玩到在恐怖的鬼屋子里，向自己示爱表白。

说真的，今天的这一切，已经完全出乎了郭伊然的想象和把控。一切简直就像一场惊险刺激的神游，又像身临其境地观看了一部恐怖的悬疑大片，让郭伊然思维短路，跌宕起伏，一阵阵地虚脱和眩晕。

这种眩晕的感觉，是那么的真切和新鲜，以至郑子健再次问她："要不要和我一起去看下房子？"郭伊然仍然目光飘忽，思绪空白，白痴似的满脸迷茫。她还没能从刚才的惊魂中，回过神来。

看郭伊然依在自己身上，迷迷糊糊地微闭着眼睛不吭声，郑子健就悄悄把自己的嘴，贴近了郭伊然的眼睛，轻轻地在她的眼睛上，蜻蜓点水似的轻吻了一下，这才重新把嘴巴移向她的耳边，无比温柔地说："伊然，是不是被刚才的惊心动魄，吓傻了还没回过神来？要不要和我一起去看

下房子？伊然，你倒是说话啊，我在问你话呢？”

郭伊然这才抬起了头，她娇蛮地白了郑子健一眼，说：“还说呢，我还真以为有人被杀或者闹鬼，幸好我匪女天不怕地不怕。要不，今天非把我吓死过去，等你收尸。”

郑子健嘿嘿一乐，说：“原来，你也就这么个胆量，还敢称自己是匪女，也不脸红。你先别打岔，我在和你说正事儿呢。匪女，到底要不要和我一起去看下房子？”

郭伊然没有好气地说：“看什么看，不去。去了还不知道你再搞出什么新的花样来，我才不上你的贼船和大当。”

听郭伊然这样说，郑子健不禁在心里一阵得意，他用力拥了下郭伊然的腰，说：“还能有什么花样？你看我们都这样了，充其量把你花样上床。真真正正做了那件我在学校就一直想做的事儿。”

一句话，把时间撤回到了从前，使得郭伊然的心里，蓦然间一惊。那些恍若隔世的青葱往事，一幕幕，过电影似的，在她的眼前重现。郭伊然就这么被郑子健拥着，愣愣地，想起了宋浩天。

几天不见，宋浩天现在在哪里？他还好不？他是不是也正和那个女人……生活还真是好玩和讽刺。郭伊然甚至突然萌生一种报复后的快感。

看郭伊然的脸色，突然间阴晴不定，郑子健知道自己得意忘形地说错了话，就赶忙闭上了嘴巴。一刹那，时间仿佛凝固了一般，让他们彼此感到难堪和尴尬。

直到两人闷闷地走出了欢乐谷，来到郑子健那辆黑色的奔驰车前，郑子健才打破僵局说：“伊然，和我去看看房子吧。反正房子闲着也是闲着，你感觉适合就住，不适合，那就先空着，就当我们闲逛散心，无所谓的。”

2

郑子健说得轻松，郭伊然的心里，却直犯嘀咕。

今天的一切，已经让她彻底放弃了对郑子健的成见和抵抗。她不知道接下来，郑子健还会玩出什么新的花样来，让她无语和就范。怎么说，自己才痛定思痛，刚刚下定决心和宋浩天离婚，不能马上再上了郑子健的贼船。她想好好地梳理下自己的头绪，独自静一静。

想着这些，郭伊然就很难得地冲郑子健羞怯地笑了笑，说："不去了吧，你先送我回我妈那儿。子健，你别逼我哦，给我一点儿时间，让我好好想想。好吗？现在，我满脑子乱糟糟的，没个头绪。"

郑子健看郭伊然的态度暧昧含糊，拒绝得不是那么坚决果断，眼珠一转，就说："不就是套房子吗，这有什么好考虑的。我就是害怕你离婚后没地方住。我又不是以房子为借口，要你马上嫁我。伊然，这么简单的问题，别想那么复杂成不？我听你的，我不逼你，我也没有逼你啊。其实，这么多年都过去了，我也不在乎再等这么几天。就像今天一样，让我们顺其自然好不？我相信缘分，也相信滴水能够穿石。但是，我都已经让你跑掉了一次，这次，我决不能再让你跟别人跑掉。精诚所至，金石为开。我相信我对你的真心，终究会感动你。走吧，我这就送你回妈妈那儿。"

说着，郑子健冲郭伊然笑了笑，就细心而体贴地帮郭伊然打开了车门，扶她上车。看郭伊然坐好，郑子健这才绕回身子，上了车子。

但是，在车上坐定后，郑子健还是从身边取出了那套房门的钥匙。然后，他侧过身子，拉起了郭伊然的手，在唇边吻了一下。他满眼深情，用手轻轻地拨开郭伊然纤细的手指，郑重地把那串钥匙，放在了郭伊然的掌心。说："伊然，听话。这房门的钥匙，你就先拿着，等你考虑搬进去住，你就给我电话，我等你。"说过，不等郭伊然推脱，他就发动了车子。

郭芙蓉见郭伊然这么晚了，竟然独自一人回来。她先是愣了一下，接着，她审视了女儿大半天，感觉女儿的脸色尚好，这才问道："这么晚了，你怎么一个人回来？"

郭伊然笑笑，故意轻描淡写地说："妈妈你可真是，我回家还必须和你打个报告？还必须你给我规定时间，我才可以回来？老妈你什么时候变这么专政？”

郭芙蓉说：“你这丫头，尖牙利齿的。看你说的，妈这不是担心你啊。宋浩天呢？元旦放假啦，怎么没和你一起来？”

郭伊然刚刚荡漾起来的美好心情，一下又被妈妈打落进了低谷。她本想缓缓，再和妈妈细说和宋浩天离婚的事儿，但架不住妈妈一进门就狂轰滥炸地一连串追问。心想，反正生米已经做成了熟饭，迟早都要开诚布公，她就把心一横，说：“妈，你不要提他了，我已经决定和他离婚。”

郭芙蓉说：“什么？你要离婚？你又开什么玩笑？你以为结婚是玩过家家，好了就一起玩，不好了，就要小孩子脾气分开？你什么时候才能让妈妈省心啊？你就穷折腾吧。我说这几天，我怎么老是感觉心烦意乱，右眼皮一直跳个不停，原来，是你们又在这里瞎折腾。”

郭伊然说：“妈,你先别生气。你听我说,你知道吗,我们房子首付的钱，根本不是宋浩天父母给的，是宋浩天他背着我们，偷偷借来的。这么大的事情，他都敢骗我瞒着我，你说这日子，以后还怎么过下去？”

郭伊然的话，无异于一枚核弹，直接把郭芙蓉给核晕过去。

晕了半天，郭芙蓉才说：“啊，借的？这个天杀的宋浩天，怎么能做出这样伤天害理的事情啊？造孽啊，简直造孽。伊然，不是妈说你，我当初就看他不靠谱。你想想，追你的同学，哪个不比他的条件好，你却哭着闹着要嫁他。现在，你总算明白妈的一片苦心了吧。”

3

终于送走了那对宝贝儿新人，暮色已然四沉。

天空，罩着一层厚厚的铅云，一轮挣扎照耀的月光，透不过云层，只勉勉强强地照到地面，立刻，就被街边华灯初上的霓虹灯，给瓦解消灭。但它仍以一种混合的光照，刺疼着宋浩天的双眼。大街上人来人往，人声嘈杂，让人分外心烦。宋浩天一边心烦意乱地听徐涛那小子口若悬河，一边来到了路边的一家酒店。

酒店装饰得相当考究气派，干净整洁，正播放着一首旋律优美动听的曲子。曲子很纯净美好，但店里的服务小姐，却一律地浓妆艳抹。她们夸张的职业微笑，犹如一群随时都可以勾走食客魂魄的狐狸精，甚至是野鸡。这样的气氛，一下让徐涛亢奋起来，他把菜单豪爽地向宋浩天一推，说:“今天，你小子随便点，就是点到天边，我照旧一律买单。”

宋浩天看了徐涛一眼，说:“怎么？搞成一个单子，就这么牛叉的口气。是不是猜到我今天特没胃口，才这样牛气？”

徐涛拿眼睛狠狠地横了宋浩天一眼，说:“我呸。不是看你小子今天被郭伊然给气着，为安抚你那颗受伤的小心灵，我才懒得理你。你看你这熊样，还是个男人不？难为你活了这么大把年纪，还跟一刚谈恋爱的小青年似的，没有长进和出息。女人还不是那么回事儿，谁有钱了，就跟谁眉来眼去。当初，我那么爱着捧着我的老婆，她还不照样跟人跑了？你再看看现在，天天围在我身边的女人，哪个不是整天盯着我的钱包儿。什么爱啊、情啊的，都TMD是骗鬼。”

宋浩天一脸伤痛地白了徐涛一眼，不吭声。

徐涛继续说:“小样，你要是还算个男人，等会儿就跟我一起出去见识见识，什么才叫女人，什么才叫五彩斑斓的生活。”

宋浩天说:“每个人有每个人的生活方式，别混好了就看不起自家兄弟。我有我自己的生活方式和原则。”

徐涛没有和宋浩天争论下去，他知道宋浩天的臭脾气，不容他和他争。徐涛突然就想起了自己这两年来的生活。

他算混好了的那一类吗？自从老婆和别人跑了以后，他好像很少考虑过这个严肃的问题。确切地说，他也根本不屑于考虑这个问题。好与不好，其实也仅仅存在于个人的狗屁感受，连同别人的某些看法。他只要一切跟着感觉走就成。何况，这个问题也太伤脑细胞了，好像还有点儿哲学的范畴，高深，沉重。

他可不想整什么高深和沉重，那是一种洞察生命后的极致与荒凉。

他只想每天像一架不停旋转的机器，奔忙于他的婚庆公司。然后，再去花天酒地和找女人开心。

一种简单的忙碌和快乐，甚至还有点小小的阴暗和卑微。但它却是一种真实，真实得如同疯长在阴暗处的苔藓类植物，没有阳光，却生机盎然。这一切，看似并没有什么特别的好或者不好，至少，他徐涛这样认为。

甘醇的五粮液酒，几乎是顺着宋浩天和徐涛的脖子向下灌。而后，再升腾成酒气，从他们的眼睛里喷薄而出，特哥们儿地豪爽淋漓。直到他们都满面通红，眼神飘忽。直到郭伊然在宋浩天的眼里，也变成了那瓶渐渐见底的五粮液，并随着升腾的酒气，在他的眼前由浓转淡，再化为模糊和乌有。

那夜，宋浩天像喝醉了酒的十足混蛋，晕晕乎乎地跟着徐涛，来到了一个迪厅。当他被徐涛带进那个迪厅时，他真的一时间适应不了那里的光线和嘈杂。但只一会儿工夫，他就被那里热烈的气氛所感染。

宋浩天借着酒气盖脸，和他们一起拍手，尖叫，扭臀摆胯，摇头晃脑。从没有过的刺激和淋漓，顺着他额角的汗水，一起欢快地流淌。而在他身边疯狂扭动着身体的徐涛，不时地冲宋浩天吹声尖利的口哨，还冲他点头和数起拇指。

宋浩天想，自己是疯了。就是没疯，至少也是处于高度癫狂的临界状态。所以，当有个女孩子，全身缀满亮片地出现在领舞台上的时候，宋浩天的脚步开始凌乱。徐涛冲宋浩天挑了挑眉毛，就大神儿似的飘上了领舞台。不知道徐涛在那个女孩子的耳边，究竟说了什么鬼话，一曲散后，那女孩子就和他一起，冲宋浩天走来。接着，徐涛就带着宋浩天和那女孩子，一起走出了迪厅，来到了一家酒吧的包房。

暧昧地调笑，大口地喝酒，醉眼蒙眬地吼不成调儿的歌，放浪刺激的肢体挑逗……后来的后来，宋浩天是真的彻底记不起来了。

他记不起来，他们究竟喝了多少酒，究竟唱了哪门子的歌。更记不起来，那个女孩子是什么时候走的，又是怎么走的。

宋浩天只模糊地记得，他口干舌燥，头痛欲裂地被徐涛放倒在那间包房的床上，而后，帮他掖好了被子。

4

从那天起，宋浩天开始喜欢上了迪厅和酒吧。

确切地说，是他迷恋上了那种酒后忘掉一切的麻醉和快感。尽管酒醒以后，使一种更刻骨铭心的孤独和疼痛。但正是这种刻骨铭心的孤独和疼痛，使宋浩天突然间，有时间静下心来，重新回味他这些年来走过的点点滴滴。

上学，恋爱，考研，为公司卖命，为婚房犯愁惆怅，为还房贷而拼命，以及不知疲倦地加班加点，等等。整天地忙忙碌碌，像个不停旋转的陀螺，却还是不成器地把老婆给忙丢了。

宋浩天还吃惊地发现，干婚庆这行，也蛮有趣儿，并且还蛮具挑战意味。根本不像自己以前想象的那么没有文化内涵。宋浩天感到，要想成功干好这一行当，不但要有独到的创意，还要多多少少懂那么点儿心理学，以便察言观色，随机应变，和不同的客户周旋。

现在的年轻人，越来越讲求品位和个性，还傻爱与人攀比和摆谱儿。不但结婚讲求个性和创意，就连求婚也追求新鲜和刺激。

当然，要想在这个行业，做出自己的真正品牌和特色，就要有不同于别家公司的业务细分，以及自己的专业特色策划营销团队，用以吸引满足不同的客户需求。徐涛那丫不是想让自己和他一起干吗？自己为何不给他建议一下，在他婚庆公司的基础上，再成立一个什么“创意求婚、个性婚礼策划中心”，招兵买马，大干一场。

真没想到，宋浩天把这个提议和徐涛一说，竟然和徐涛那小子的想法不谋而合。徐涛高兴地在宋浩天的肩膀上，重重地擂了一拳，两眼贼亮地说：“KAO，咱兄弟可真是心有灵犀，谁说我不是这么想的来着。你以为我让你来，真不拿你当根葱似的，只用你中文研究生的学历，充充门面而已？你未免也太小看侮辱我徐涛的智商了，我就是冲着你这鬼马神策的名头和实力。其实，我早就和你说过，只要咱兄弟俩强强联手，那一定是珠联璧合，前途那是相当的光明和辉煌。”

听徐涛这么说，宋浩天得意地大笑。

看宋浩天笑得阳光爽朗，完全没有了这段时间以来的唧唧歪歪，徐涛就赶忙乘胜追击：“那咱就初步这么定了哈。你就抛弃所有顾虑，放开手脚，轰轰烈烈，大胆而勇往直前地干吧。至于策划中心的所有事务，这不是我徐涛的强项，就交你全权管理，我徐涛概不干涉。包括招兵买马，需要什么样的人才鬼才，你都比我在行，都你说了算。”

5

就这样，宋浩天终于在弄丢老婆，连同失业之后，决定彻底放下自己那可怜的面子和尊严，以及那一纸研究生文凭，一切从零开始。

说实在的，搞求婚、婚礼策划，对宋浩天来说，也算是轻车熟路。这和他以前在博艺传媒营销公司所干的活儿，并没有特别大的跨界和差别。无非就是行业不同，所要面对的客户对象，也就不同。

宋浩天之前之所以不屑于混进这个队伍，除了自己正在和郭伊然闹腾，没有心情外，还有就是，他对这个行业的不甚了解，连同面子问题。

在宋浩天的心里，没把自己这一纸研究生文凭看得多么神圣，因为他还有那么点儿自知之明，知道现今的大学生、研究生已经不是什么洛阳纸贵，可谓一抓一大把。

新闻媒体不是一直在说，什么什么大学的研究生，毕业后找不到工作，去卖糖葫芦；什么什么大学的研究生，去乡下养猪；就连著名的北大学子，人家还操刀卖猪肉呢。而且，人家还真卖成了气候，卖成了“猪肉大王”，卖成了千万富翁。这些都充分说明一个问题，职业本来不分高低贵贱，关键在自己的心态。

想是这么想，可真具体到自己身上，宋浩天还真是有点儿顾及自己的脸皮儿。比如，让自己去养猪，或者，去卖什么冰糖葫芦。我的神啊，这还真需要莫大的勇气。好在，眼下和徐涛混婚庆公司，还算可以。至少还和自己以前所学的专业不太风马牛不相及。既然这样，那就埋下头来大干一场。就是输了，也输得心甘情愿，也不枉自己年轻一回。

何况，就自己目前这狼狈不堪的日子，他还有什么脸面和理由挑肥拣瘦？他要吃饭，还要交房贷还钱。宋浩天不能不向现实生活低下他曾经高傲的头来，义无反顾，破釜沉舟。

当然，徐涛并不知道宋浩天这一系列的想法。他对宋浩天一时的表现，很是满意。他双眼贼亮地盯住宋浩天调侃："哈哈，咋样，听我的没错吧？我就说嘛，男人要先立业，再立身，而后再泡女人。女人还不就那么回事儿，现在的美女，满大街都是。纵然不是，也八成给各大美容机构，制造成了人工美女。失去玫瑰一朵儿，赢得满目春色。多赚啊。"

宋浩天大笑："鸟，什么男人要先立业再立身而后泡女人，你小子怎么就三句话不离女人？不说女人你就会死？而且我发现，无论什么话，只要从你的狗嘴里哧溜出来，怎么就特流氓特恶俗。真乃，狗嘴里吐不出那个啥。"

徐涛也笑："就你高雅，可怎么说出的话来都鸟啊狗啊的动物？人不流氓枉少年，你敢说你不喜欢美女？除了郭伊然，你就再没喜欢过别的女人？对了，就借给你钱的那位御姐，你敢说，你对她没有一点点的喜欢，或者，心猿意马？敢不？不敢吧？哈哈，你小子少给我装虚伪。"

一时间，宋浩天语结。这倒不是说宋浩天虚伪和装 B，而是他从来就没有认认真真地想过这个复杂的问题。

说实在话，这些年来，触动宋浩天身心的女性，当然不只郭伊然一个。但对于这些女人，也都是过眼云烟。宋浩天也只是像欣赏一朵美丽的花儿一样，用一种欣赏的眼光，去欣赏她们。充其量，也就偶尔地开个混账的玩笑，来个小小的、无关痛痒的幽默和调侃。很少让宋浩天真正地动邪念，或者放在心里。只有郭伊然的一颦一笑，哪怕只是一个小小的无理取闹，都分外地牵动着宋浩天的神经。

正所谓一物降一物，感情这事儿，还真 TMD 是出鬼和犯贱。但是，对于陈晨，宋浩天却感觉分外地艰涩和困惑。他除了欣赏陈晨之外，似乎对她还夹杂着一丝莫名其妙的疼爱和敬重。尽管，这种敬重，是那么的细微和不易察觉，但却足以让宋浩天在陈晨面前，很多时候都显得莫名其妙地慌乱。

宋浩天想，他是该去看看陈晨了。尽管，他每次约见陈晨，都会感到有点儿说不清楚的小紧张。但是，他必须见她，他要告诉陈晨，他正自谋职业，他借她的钱，可能要迟些时间再还。

第二十章 ● 爱就爱了，世俗是个什么东西

1

的士司机，偷眼看了下宋浩天，眼神像只充满好奇的泰迪犬。

宋浩天现在想起来了，他刚才走出婚庆公司办公室的时候，徐涛那小子看他的眼神儿，也是这样的，像只想要一眼看穿他的狗。

徐涛为什么这样看自己？难道他也在怀疑自己和陈晨之间不清不白？尽管，徐涛并没有像以往一样，和自己调侃玩笑，说些流氓混账话。但是，他那好奇而又充满淫邪的破眼神儿，都在集中说明一个核心问题：徐涛这个混蛋，一定想歪了。他一定以为自己和陈晨不清不白地有染。

想到这里，宋浩天就不免有点儿郁闷和丧气。这个世界，还真TMD污浊混沌。怎么就没有人相信，他和陈晨之间的清白？但他转念一想，罢罢罢，去它的大头鬼。相信了怎样？不相信又怎么样？反正，他宋浩天现在已经是有口难辩，倒霉到家，坏到了不能再坏的程度，那自己也只有闭口不言。要知道，世间的很多事情，都是越描越黑。他也正好省得解释，自己给自己省口气儿。

在此之前，宋浩天曾电话陈晨，问她是否有空。如果有空的话，他去看她，顺便有件事情要和她说。

听说宋浩天找她有事儿，陈晨竟然满脸惊讶，她说：“真的啊？这可真是巧了，我也正准备打电话找你。”

宋浩天问：“找我？”

陈晨说：“是啊。哈哈，因为，我也有非常非常重要的事情，想要跟你说。”

宋浩天心里一惊，不会是陈晨有什么急事儿，等着用钱吧？如果真是这样，他该如何是好？因此，宋浩天连忙问陈晨道：“什么事情？”

陈晨却在电话里轻轻一笑，卖起了关子：“你就别再和我啰嗦，我们马上就可以见面，等见面后，我再告诉你也不迟。”

这个陈晨，会有什么事情呢？非要见面再说？并且还非常非常的重要？无奈宋浩天越是追问，陈晨就越是神秘兮兮地不告诉他。

宋浩天只好在电话里求饶：“陈姐，你就先告诉我吧？”

宋浩天想，如果真是陈晨需要用钱，他虽然拿不出来，但至少有个心理上的准备。可是，陈晨却一脸赖皮：“不说。等你来后，就知道了。”

没有办法，宋浩天只好挂掉电话，他整理了一下文案，就出门叫车。

2

宋浩天就这样满怀心思地来到了世纪花和园。

一见到陈晨，宋浩天首先察言观色。还好，陈晨一脸掩饰不住的兴奋，神情并不像是有什么特急的事情等着用钱。他这才放下一颗心来，问道：“陈姐，你找我到底有什么重要的事情？你不说，弄得我一路上都忐忐忑忑的。”

陈晨莞尔一笑，拉宋浩天在沙发上坐下，这才说道：“有什么好忐忑的，我就那么凶神恶煞，让你提心吊胆成这个样子？其实，也不是什么特别大的事儿。也就是我在网上开了个失恋刻录店，前阵儿，不知怎的，竟然引起多家媒体的关注报道。结果，小店突然就遭遇很多点击和拍砖，哈哈，生意一下火爆。我就琢磨着，把店里的藏品精选汇编成书，做个全国巡展什么的，献给普天之下那些曾经为爱情而心碎的朋友。利人利己，一定特受欢迎。嘿嘿，连书名我都想好了，就叫《失恋刻录店》吧，通俗易懂，还蛮特别。你感觉如何？”

太好了，原来是这个。宋浩天不禁兴奋得双眼放光，一时间，他很为陈晨的奇思妙想感到由衷的高兴。

他高兴地对陈晨说：“陈姐，你真是冰雪聪明啊，简直天才。依我看，这主意好，书名也好。你以后没事儿，就上网逛逛小店，再汇编汇编《失恋刻录店》，宅在家里，就可以干自己喜欢干的事情，多爽。更重要的是，你有事儿可做，我就再也不用担心你会在家宅出什么毛病来了。对了，关于这个，别的忙我可能帮不上你。但是，比如说做巡展，或者什么粗活、体力活，如果有需要我效劳的地方，你说话，我一定赴汤蹈火，两肋插刀。”

陈晨的眼睛，笑成了一勾弯弯的月亮：“那我就先谢谢你。我高兴的就是这个，浩天，我终于找到了自己的兴奋点，终于可以不再满眼迷离，惶惶终日，无所事事。就为这个，我也要大干一番。你呢？你有什么事儿要和我说？”

宋浩天心里一惊，说：“陈姐，我有两件事情要告诉你。不过，首先我得说明，一件好的，一件坏的。陈姐，你想先听哪个？”

陈晨轻轻皱了一下柳眉，而后，她故作轻松地笑：“那就先说好的吧。人生在世不称意，能行乐时且行乐。咱们就先乐下再说。”

宋浩天说：“和你一样，我也找到了自己的兴奋点。我正自谋职业，加盟一哥们的婚庆公司，搞了个求婚、婚礼策划中心。”

陈晨说：“哈哈，那敢情好啊。这还真是件好事儿。嘿嘿，一下子我们两个都找到了自己的坐标和方向，真该好好庆祝一下。不过，如果有用到我的地方，你也尽管说哈。”

说过，陈晨用一双水水的大眼睛，盯住宋浩天问：“那么，坏的呢？你也说来听听。”

“坏的就是，我失业同时，又失去了郭伊然。所以陈姐，借你的钱，我想，可能要迟些时间才能还你。”宋浩天几乎不敢直视陈晨的眼睛。

陈晨不由得一愣，说：“钱倒无妨，可怎么会这样？才这么几天，到底发生了什么事情？浩天，你快告诉我啊。”

宋浩天说：“其实，这一切，都是我的错。我当初就不该背着她向你借钱。我也不知道怎么搞的，那天，我们在酒吧喝酒，竟然被郭伊然发现。无论我如何向她解释，她都不听，她就是坚持要和我离婚。强扭的瓜不甜，离就离吧，也没什么大不了的。这些天来，我已经彻底地想明白了。”

说过，宋浩天看了一眼一直呆愣着的陈晨，他歉意地冲陈晨笑了笑，才说：“陈姐，一切都是我的过错，这谁都不能怪，你真的别想太多。”

看陈晨低头不语地呆愣，宋浩天尴尬地笑了笑，就自我解嘲：“陈姐，其实，我真有点儿后悔，我好像不该和你说这些破事儿。我主要是害怕你急着用钱，还不了你，才贸然告诉你这一切。其实，我真的不想让你误解我。我真害怕你把我当成一赖皮，我想让你相信并且明白，我宋浩天，向来说到做到，不是一个不讲信用的男人。我一直都知道你对我的好，我唯一能做的就是，把钱赶紧还你。可是，上天弄人，让我失业……”

陈晨的脸，一下由震惊变为苍白。过了好一会儿，陈晨才有气无力地问宋浩天：“浩天，你告诉我，如果不是还钱，你就不告诉我这些了吗？”

3

宋浩天低头不语。

陈晨的眼睛直直地盯住宋浩天，继续追问：“浩天，你回答我。如果不是还钱，你就不告诉我这些了，对不？”

宋浩天说：“告诉你这些干吗？让你看看，世上还有一个这么失败和不提劲儿的男人？或者，让你陪我一起伤心和难过？我宋浩天向来不会如此无聊。”

陈晨吃惊地瞪大了眼睛，她的声音，由于吃惊和伤心过度，竟然有点儿发颤，她说："宋浩天，钱对于你来说，真的比什么都重要吗？你怎么如此无趣？你其实就是个十足的笨蛋。"

简直莫名其妙。这下，轮到宋浩天震惊了。他不明白，眼前的这个女人，刚才还好好的，怎么突然之间，说变脸就变脸。但无论如何，他不能容忍陈晨这样地侮辱他。钱对于他宋浩天来说，是很重要，但决不会重要到，有人可以用它来侮辱自己的人格。特别是，由一直在宋浩天的内心深处，默默疼爱并敬重的女人的嘴里说出来。

宋浩天终于震怒，他说："陈晨，钱对我来说，是挺重要。但我决不允许你拿这个来看轻我，侮辱我。好了，我这就回去。我想想办法，哪怕我把房子卖掉，也要把你的钱凑齐了，还给你。"说着，宋浩天猛然间站起了身。

看宋浩天真的要走，陈晨一下慌乱，她一把抓住了宋浩天。她的眼泪，就那样顷刻之间，流了一脸。她就那样流着眼泪，紧紧地抓住了宋浩天的胳膊，说："宋浩天，我只问你一句，你回答我后，就可以走。以后，你无论怎么做，想怎么做，都与我陈晨无关了。浩天，你回答我，在你的心里，钱真的比我还重要吗？"

这是哪跟哪啊？宋浩天简直如坠梦里。他怎么也没有想到，陈晨会这样问自己。一时间，宋浩天不真知道该如何回答陈晨的问题。

看宋浩天呆愣着不吭声，陈晨接着说："浩天，你就是个十足的笨蛋。你笨到无趣，笨到自以为是，笨到你以为你不和我说这一切，我就不会难过。可是浩天，你知道我为什么一直不敢轻易给你打电话吗？你知道我为什么不想参加你和郭伊然的婚礼吗？"

宋浩天的手，开始微微地颤抖，他问："为什么？"

"就是因为，我害怕引起郭伊然的误会，给你们平添麻烦和矛盾。可是，你知道吗浩天，在你救我那天，陪我度过了那样一个撕心裂肺到绝望的夜晚，我就被你的善良坦然所深深地吸引和打动。说真的，没有哪个男人，在那样的夜里，在那样的情况下，能够做到心无杂念。至少，我从来没有遇到过。但是，你，做到了，你是一个真正值得女人去爱的男人。我想，如果你没有女朋友，或者，我如果能比你小上那么几岁，我就可以坦然地告诉你，宋浩天，我爱你。可是，你已经有了女朋友，而且，我比你整整大了6岁。所以，我只能远远地躲开你，我只能远远地看着你，也只能把你当做自己的弟弟，去爱，去看待……”

“陈晨……”宋浩天轻轻地为陈晨擦去脸上的泪水。他紧紧地抓住了陈晨的手，梦呓般地说。

陈晨的眼泪，又无声地落了下来。

她说：“浩天，经历了失败的婚姻以后，我以为今生再也不会为哪个男人心动。可是，我错了。你的热心，纯善，幽默，以及傻乎乎的固执，是那样不经意地，却深深地刻进了我的内心。浩天，我本来已经把这些话，作为我一生的秘密，封存于心。但是，老天偏偏又给我一次机会，让你和郭伊然离婚，让我可以坦坦然然，明明白白地把这些深深埋在我心里的话说出来。浩天，我知道自己这样做很自私，但是，爱情本来就是一种占有和自私，我当然不能免俗。浩天，你不会因为我说了这些话，就看轻我了吧？如果真的那样，那我们之间，终于扯平。浩天，我的话说完了。现在，你可以走了。”说着，陈晨挣脱了宋浩天紧紧抓着她的手。

宋浩天只感到自己的心口，一阵强烈的疼痛。接着，他的眼睛，就开始发潮。

好半天，宋浩天才听到，自己从心底深处发出的声音：“陈晨，原来，一切竟然是这样！你什么都不告诉我。原来，上帝在为一个人关闭一扇门时，真的会为他打开另一扇窗。陈晨，你不说我怎么会知道，你一直什么都不告诉我。陈晨，你真傻，比我大6岁有什么关系，世俗又是个什么东西。你知道吗？我一直把你看得那么高，那么高，高到我们融不进一个世界，高到我今生今世，都不敢奢望的高度。”

说着，宋浩天不顾陈晨的拼命挣扎，一把抱过陈晨，紧紧地把她拥进了自己宽大的怀里。

4

于北北和他的小眼睛老公苏大鹏，转悠了好几天，也没有找到一家让他们眼睛一亮的婚庆公司。

总之，不是这家形式过于俗套陈旧，就是那家的司仪很不给力。看着于北北的脸色比外面的天气还要阴寒，苏大鹏就一脸讨好地说：“老婆啊，你可千万别急。你要知道，急火攻心。火一攻心，脸上就特容易出痘痘。我们眼看着就要新婚大喜，我可不希望抱着个满脸都是小痘痘的新娘子。”

于北北斜了他一眼，说：“德性，你才一脸痘痘。你看你那双睡不醒似的小眼睛，我就是长一脸痘痘，也比你的小眼睛漂亮数百倍。你就少哄我开心，不是我急，说不准公司什么时候一个电话，就会把你遥控招去。你到底会不会管理啊？真不知道你这个老板，到底是怎么当的。怎么混得比员工，还要凄惨，还员工。员工呢，至少还有个星期日连带节假日吧？可你呢，一年到头，老黄牛似的，全埋头在公司里面。”

小眼睛嘿嘿一笑，说：“看你说的，什么叫事必亲为，什么是以身作则？这才是领导者的典范。我就是这个典范知道不？让你去帮我管理吧，你还不去。到头来，还尽埋怨我泡公司里而冷落了你。”

于北北满脸不屑：“谁去管理你那些破建筑材料啊，没有一点文化品位。还说什么事必亲为，以身作则，这才是领导者的典范。我告诉你，早 OUT 了，你也不为自己落伍于时代感到害臊脸红。知道吗？现在流行刘邦式的领导人才。你看人家刘邦，什么都不会，就会管理也就行了。得得得，不和你说了，我和你说不清楚。回头我去给你买本《刘邦最会当老板》，你好好读读。学学人家刘邦，是怎么从一个混混白手起家，赤手空拳打天下，到最后统一大汉江山的。”

小眼睛求饶：“老婆，你说说就算了，可千万别给我真的买什么书啊。

你不知道，老公我没有文化，最害怕看书，我看见书本就头疼。”

于北北瞥他一眼，说：“你就这点儿出息。”

小眼睛做委屈状：“这也不能怪我啊，都怪小时候读书落下的后遗症。求求你赶紧饶了我吧，我也不想统一什么江山。老公我现在就陪着你，一家家地逛，哪怕把整个江城的婚庆公司都逛遍，我也不嫌烦，直到你满意为止。怎么样？”正说着，小眼睛的手机突然响了。

原来，小眼睛的公司给通州发的一批货物出了点问题，对方要求退货，让他火速前往。这下，终于让于北北逮住了发火的机会。她立刻圆睁着一双杏眼，说：“怎么样？又该开溜了吧？我就知道，还说陪我逛遍整个江城，好意思说你。”

小眼睛满脸赔笑：“真对不起啊老婆。这样吧，我就把陪你选婚庆公司这个光荣而艰巨的任务，交给郭伊然好了，让她来陪你一起挑选。”

5

郭伊然刚搬到郑子健送她住的那套新房不久，此刻，她正无所顾忌地在新房里和郑子健打情骂俏。她这人有点儿轴，但凡事想明白了，就会勇往直前，轰轰烈烈。

因此，当郭伊然接到于北北的电话，让她陪着逛街看婚庆公司，自然满脸满心的不乐意。但她禁不住于北北的软磨硬泡死缠烂打，只好答应。哎，谁让她摊上这么个八卦的闺蜜。

一见到于北北，郭伊然就豪不留情面地冲于北北破口大骂：“小样儿，你丫摆什么谱啊。不就是个结婚仪式吗，过得去也就成了，闹腾个啥？跑了那么几天，愣是没有一家公司让你相中？不就是嫁个破有钱人儿，一下从灰姑娘变成白雪公主吗，整得跟名闺秀似的，你就忘记自己曾经是柴火妞了？你于北北还真是拽哎。”

于北北反唇相讥：“说什么呢你？你才忘本。我还不知道你的那点儿小阴暗？我不就是骚扰了你和郑子健那混蛋的春梦，结果，你把怨气全撒我这里。你到底还有点儿良心没？你忘记了，当初是谁帮你度过的难关？是谁给你搭桥牵线？又是谁帮你擦干眼泪苦口婆心，帮你分析给你指明的阳光大道？你还死爱面子活受罪地硬撑着，说什么都不要人家的那串钥匙。德性，你就给我装吧你。”

郭伊然白她一眼，没有搭理。

于北北却偏偏不吃那套，继续损郭伊然说：“怎么不说话了？没词儿、黔驴技穷了吧？别装没有听见哦。我再问你，你丫听我的话没有错吧？人往高处走，水往低处流。以前是流行郎才女貌，现在可是流行‘郎财女貌’。别看只一个字儿之差，差之一生。识时务者，永远为俊杰。人就要跟得上潮流时尚，你现在是深有体会了吧？嘿嘿，郑子健比宋浩天给力多了吧？”

郭伊然拉了于北北一把，说：“于北北你絮絮叨叨的，到底还有完没完？我可不是来和你斗嘴吵架的，你还要不要看婚庆公司？”

于北北得意地冲郭伊然嘻嘻一笑，说：“当然要看啦。不看我揪你来做什么，吃饱闲的？喏，前面就有一家，我们这就进去看看怎样。”

郭伊然说：“我正想和你说呢，前面那家金帝婚庆公司，是宋浩天的一哥们开的。我以前和浩天曾经来过这儿，感觉还算不错。兴许，遇见那哥们儿，在价钱上还可以给你打折优惠。走吧。”

当郭伊然和于北北两人一起来到金帝婚庆公司的近前时，郭伊然这才发现，这段儿时间不见，徐涛那小子竟然扩大了公司的规模，还专门成立了策划中心。看来，经营得蛮不错嘛。想着这些，郭伊然就拉着于北北，一起走了进去。

进了策划中心，郭伊然迅速环视了一眼四周。嘿，还真是不赖，整个装饰创意品位，透着股专业味儿。接待她们的那个小妞儿，说话也格外地甜。趁于北北和那小妞儿说话的空当儿，郭伊然就问旁边的一位帅哥：“你们徐总不在啊？”

帅哥客气而礼貌地回答：“请问您找徐总有事儿？还是？他在庆典部

那边。我们这是策划中心，由我们宋总来管。如果您找徐总有事儿，我这就给您电话问他在不在那里。如果是谈婚礼等等的业务问题，那找我们宋总就行。”

正说着，宋浩天拿着一份文案，不紧不慢地从办公室推门而入。一时间，宋浩天和郭伊然四目相对，一下子呆愣。

第二十一章 ● 桃色的圈套儿

1

还是于北北聪明，她首先打破了尴尬的僵局，说：“啊，哦……原来是浩天啊。几天不见，你竟然跳槽高就。伊然正帮我参谋婚礼的事情呢。哈哈哈，这下可好，有老同学你在这儿高就，那我就有高参啦，你就帮我参谋策划好了。”

正和于北北说话那妞儿一听，马上说：“哦，原来您是宋总的老同学啊。有眼不识泰山，失敬失敬。”

宋浩天偷眼看了一下郭伊然，她正低垂着头一脸的尴尬，就赶忙说：“老同学吩咐，哪敢不听。走，我们到里面办公室聊。”

没有办法，于北北和郭伊然只得硬着头皮，跟着宋浩天来到了他的办公室。一进办公室，于北北就夸张地大喘一口气，一屁股坐在了沙发上，她用手抚着胸口说：“浩天，听说你公司出了问题，还没来得及电话安慰你。没有想到，你竟然跳槽来了这里。刚才，差点没把我吓死，我还以为遇到了鬼。多日不见，怎么样？你现在，还好吧？”

宋浩天本来就烦于北北，听她说得别扭，就不无讥讽地说：“见到我就像见到了鬼？有这么夸张吗？托你的福，我现在还好，至少还活泼乱跳地活着。”

“看你说的，你知道我不是这个意思。我的意思是，是刚才的场面，实在有那么点儿，有那么点儿意外和囧。反正你懂的，也就这么个意思。对不对？”于北北一脸尴尬地急忙解释。

看于北北说话都不成了调，郭伊然终于冷静下来。她瞥了一眼宋浩天，说：“于北北，你这是怎么了，真是活见鬼。算我们今天倒霉，我们走。”

郭伊然的话，一下把宋浩天激怒。联想起那天在欢乐谷里，看到郭伊然和郑子健的点点滴滴，宋浩天的心里很不是滋味儿。他微微地翘起厚厚的嘴唇，邪恶地笑了。

他说：“郭伊然，你怎么如此说话？同学新婚大喜，我宋浩天顺职业之便，帮同学张罗张罗，理所当然。就算我们不再是夫妻，也没必要恶语相对，冷言相伤吧？对了，你和郑大公子什么时候完婚？那天在欢乐谷里，我不经意间看到你和郑大公子，一副郎情妾意、甜甜蜜蜜的样子。你们发展得还蛮速度，蛮快的哈。如此的速度，我看离大喜之日，也为时不远。要不要我也帮你们策划张罗一下？”

郭伊然做梦也没想到，宋浩天会看到她和郑子健在欢乐谷的那一幕。她更没有想到，宋浩天竟然会以这样的语气，这样的神情，来和自己说话。以前，他说话可从来不会这样地尖酸刻薄。本来仅存的那么一点情谊，在顷刻之间，也就烟消云散。

郭伊然强压住自己的一腔怒火和怨气，冲宋浩天轻蔑地一笑，说：“看来，宋浩天你现在生活得还蛮有趣儿。我这不急你所急，赶快给你腾腾地儿，好让你们早点儿修成正果，明媒正娶吗，省得你和那位见不得阳光的款姐儿，整天地躲来躲去，偷着在阴暗地里憋屈。不过，你如果很急的话，随时可以给我电话，去办正式离婚手续。还有，等你们大喜的时候，可别忘记通知我一声，好让我给你们备份贺礼。”

宋浩天在心里恨得咬牙，表面却装做满不在乎，他冲郭伊然微微一笑，说：“谢谢。你也一样。”

郭伊然在心里轻轻地哼了一声，说：“那你保重。”说过，拉了于北北，一阵风似的，夺门而逃。

2

郭伊然被宋浩天搞得心烦意乱，回家一见到郑子健，就开始冲郑子健撒娇：“子健，你猜我今天和于北北一起，遇到了谁？”

郑子健正窝在沙发里，有一搭没一搭地翻看一本杂志。他一边看着杂志，一边漫不经心地问她：“看到了谁，值得你如此的大惊小怪？不会是遇到宋浩天了吧？”

郑子健也就那么随口一说，没想到还真让他给说对了。弄得郭伊然一脸错愕地问：“子健，你还真是天才，怎么一下就猜到是宋浩天？”

听郭伊然这么说，郑子健立刻放下了手中的杂志。他用一双探究的眼睛，紧紧地盯牢郭伊然，问：“你说什么？你还真的遇到宋浩天了？他没有对你说什么吧？”

郭伊然大笑：“是啊，遇到他了。怎么了？你看你那一副紧张兮兮的样子。我还没紧张呢，你紧张什么？他还能说什么，不就是不咸不淡，言不由衷地瞎扯几句。哦，对了，他现在跳槽去做婚礼策划。他曾经在欢乐谷看到过我们。还说，看我们亲密的样子，就知道我们已经离举行大婚不远，还说帮我们策划婚礼来着。你看，这不纯粹不咸不淡，言不由衷地瞎扯。”

郑子健满脸狐疑，他仍然紧紧地盯着郭伊然，问：“真的吗？宋浩天真这么说的？他真的曾经在欢乐谷遇到过我们？他去那里干吗啊？”

郭伊然说：“你怎么一下冒出这么多的问题？我怎么知道他去欢乐谷干吗。如果他没有遇到我们，怎么会知道我们曾经去过欢乐谷？你这人还真是毛病。”

郑子健依然不依不饶：“你确定没有骗我？他真的没对你做过什么？”

郭伊然吃惊地拿眼睛瞪他：“郑子健，你今天到底是怎么了？他堂堂一个策划中心老总，当着于北北和婚庆公司那么多下属的面，你想他能对我做什么？还能做什么？你看你那一副紧张兮兮的样子，好像他非要对我怎么了，你才高兴，才满意似的。”

郑子健看郭伊然小脸一沉，冲他发火，就赶忙抱过她，说：“算我错了，你看你激动的，我也就随便这么一问。我这不是关心你啊，别生气了，气大伤身，我的傻瓜。”

郭伊然这才莞尔一笑，她轻轻地拧了一下郑子健的耳朵。

然后，她贴着他的耳朵，甜甜蜜蜜地撒娇：“你才傻瓜，我们这是半斤八两。”

郑子健就去吻她，郭伊然却把小脸一偏，问：“哎，你想没想过，我们什么时候结婚？”

郑子健问：“怎么突然问起这个？”

郭伊然说：“子健，虽然我们相处不是很久，可我们是老同学啊，几乎连彼此长几根毛发，心里都一清二楚。你听我说，我妈妈最近好像心脏出了点儿毛病，老是和我说心口闷气，隐隐作痛。我看，八成是被我给气的。她嘴上不说什么，但我知道她是怕我伤心，故意什么都不说。我明白，我这一天安定不下来，我妈就一天不会安宁。我爸爸去世早，是我老妈一手把我带大的。如果我妈妈真被我气出什么毛病来，我怎么对得起我那早早去世的老爸。”

说着，郭伊然竟然心里一酸，难过地流下了眼泪。

看郭伊然好端端的，突然落泪，郑子健心里一慌，赶忙在郭伊然的脸上轻轻一吻。然后，他一边给她擦眼泪，一边说：“可怜天下父母心。伊然，结婚的问题，我们再好好商量下。但是，请你放心，我会永远对你好的。快别想那么多了，你妈妈她也会好的。”

郭伊然冲郑子健甜甜一笑，然后，她对郑子健说：“对了子健，我们一起去看下妈妈吧？”

郑子健问：“什么时候？”

郭伊然说："现在。"

"现在？"郑子健立刻一脸的惊诧。

郭伊然说："怎么了？现在不可以吗？"

郑子健微微沉吟了片刻，说："也不是不可以。我是在想，你现在还没有和宋浩天离婚，我们这就去见妈妈，是不是有点儿……有点儿不很适合和唐突啊？"

郭伊然一愣，说："不就是没办离婚手续吗。你又不是不知道，我和宋浩天早已经分居，我们的婚姻，早已经名存实亡。我什么都告诉我老妈了，关于咱俩的事儿，妈妈她也什么都知道。这有什么唐突的？"

郑子健沉默不语。看郑子健不吭声，郭伊然也不再说话。

时间，好像凝固了一般，让人尴尬。

许久，郭伊然才想起什么似的，突然一脸郑重地说："子健，你是不是有什么想法？你是不是根本就没想过要我？"

郑子健仍然只是抱着郭伊然，沉默不语。

郭伊然一下挣开了郑子健的拥抱，她盯住他问："郑子健，你回答我，是不是只是拿我开心，根本就没有想过要我？"

郑子健说："伊然，看你都说些什么啊。"

郭伊然问："如果不是，那你怎么不回答我？"

郑子健冲郭伊然粲然一笑，说："我的傻瓜，看你都想哪儿去了。你不是说妈妈身体不好吗，我没回答你，是在努力思考一个问题。这初次见面的，给你妈妈买点儿什么好呢？你还别说，人活在世，这还真什么都得学习。我郑子健长这么大，还真没经历过这样骇人的场面。你说纠结不？"

原以为郑子健有什么想法，原来是为这个。再看看郑子健那满脸忧郁的样子，郭伊然不禁乐了："说你傻，你还真傻啊。去看看老妈就成，还带什么东西啊你。"

郑子健说："那可不行，我真得好好想一想。"

郭伊然说：“走吧，想什么想。听我的没错，什么都不用带。路上顺便买点儿水果，也就行了。”

郑子健说：“要不这样吧，我那里还有几盒东阿阿胶，要不我借花献佛得了。不过，咱先说好了啊，如果你妈妈给我脸色看，你可要替我挡着哦。”

听郑子健说什么东阿阿胶，郭伊然不禁问道：“你又不是女人，怎么还放有这些东西？”

郑子健说：“你紧张什么？东阿阿胶又不是女性特定的补品，男人怎么就不能放这东西？不过，我可以告诉你。这个是前段时间，一项目部经理送的。我一个身强力壮的大老爷们，当然用不着这个，也就一直放着。”

郭伊然说：“那好吧，我们现在就一起去取吧。然后，我们就去看妈妈。”

郑子健说：“我去也就行了，你自己正好梳洗打扮一下，漂漂亮亮地去见妈妈。”

郭伊然一脸甜笑地说：“成，你快去快回。”

3

郑子健在郊外有一栋白色的两层小洋楼。这是郑子健的老爸早些年就给儿子置办下的风水宝地，留着郑子健结婚的时候，作为礼物送给儿子儿媳。

无奈，郑子健风流成性。从他上高中那阵儿，就开始偷偷摸摸，不断地把女孩子往此小楼里领。如今，十几年过去了，郑子健不但没给他的老爸领回一个漂亮贤惠的儿媳，反而成了他和女人翻云覆雨，一起花天酒地的风花雪月楼。

小楼的外观典雅漂亮，屋子里布置得富丽堂皇。靠书房的一角儿，站着一架瘦瘦的钢琴。钢琴的上面，铺着一层淡淡的尘埃。很显然，它的主人，很久都没有碰过它。

看到钢琴，郑子健不觉露出一丝邪恶的笑。这架钢琴，是他送给嫣然的特别礼物。这个叫做嫣然的女人，在郑子健那国色天香的众多美女之中，是和郑子健保持关系最长的一个尤物。他们的相识，也颇有戏剧性。

那时候，郑子健刚刚大学毕业，跟他老爸混房地产不久。因郑子健天生骄横，目中无人，结果，竟然一不小心，弄砸一个工程项目，被他老爸一阵猛批。一气之下，郑子健就飙车来到东湖边上。他僵尸一般地横躺在一片沙滩上，闭了眼，任江水一浪一浪地舔着他疲倦的身体，在沉闷的空气里，想着自己的老爸，简直太不给自己面子了。不就是个项目吗，弄砸就砸了呗，有什么大不了的，还和儿子上纲上线。别人怕他听他，郑子健才不怕他。

嫣然就是在这个时候，悄无声息地靠近郑子健的。郑子健感觉有人在轻轻地碰他，但他闭着眼就不想理睬。可不一会儿，那人又碰他。

郑子健睁开眼，没好气地在心里骂道：人倒霉真是连喝口凉水都会塞牙，KAO，我在这地儿躺着碍你什么鸟事，真TM怪了。可他在睁开眼的瞬间，却愣住了。他的眼前，竟然站着一个妩媚的女人。确切地说，是个女孩子，她顶多22岁，正满脸天真无邪地笑着，青春霸道。她穿着水晶凉鞋的小脚，正踢着郑子健健硕的小腿，她鞋上镶的钻，光忙四射地刺着郑子健的眼。

她蹲下身来，用兰花般的手指，碰碰郑子健的胳膊，说："嘿，我还以为你死了，原来还活着。没看到要下雨吗，还不回去？找刺激吗？我观察你好半天了。"

郑子健突然心生一计，想逗逗这个仿佛从天而降的尤物。于是，他装出一副可怜的口吻，说："我回哪儿？我被老板炒了，又没钱交房租。"

"那你打算怎么办？"她用天真无邪的眼睛，盯牢郑子健问。

"随便呗。要不就让这沙土埋掉，让江水淹没，就此结束一切倒也痛快。"郑子健仍装做一副可怜样说。

她在郑子健的身边坐了下来，沉默了好久，她告诉郑子健，她独自住着一所大房子，郑子健可以去她那里先借住一段时间。而且，她在这里认识很多人，可以帮他。郑子健瞪着眼睛，像看怪物般看她好半天后，在心里一乐，表面却不动声色，一本正经地冲她点头。

那晚，郑子健和她来到了她的住处。

郑子健才知道，她叫嫣然，原来是个音乐系的学生，在一次大型庆典演出时，她认识了一个叫郑亿的男人。那次学校一共派出三个代表，嫣然是其中之一。郑亿在演出结束后，在外面叫住了她。他说："你只要跟我走，我就可以给你足够花的钱。"嫣然不爱他，但她答应了他。因为，她想过上一种富足的生活。她害怕贫穷，不想看到一件名贵的衣服，因没钱买而感辛酸。郑亿是个房地产开发商，儿子都上大学了。

那夜，在一家宾馆的大床上，嫣然第一次清晰地看懂了一个男人的本性和身体。郑亿脱去了她的衣裤，把她按到了床上，用嘴疯狂地亲吻她的每一寸肌肤。嫣然感到了从没有过的羞涩和恐惧。

这种感觉，痛苦而新鲜地刺激着嫣然，使她的身体，连同自己苍白的生活，突然间绚烂生动起来。渐渐地，嫣然僵直的身体开始湿润，舒展，绽放，如一朵鲜艳欲滴的玫瑰。郑亿的脸，笑成一朵阳光下灿烂开放的野菊花。他贴近嫣然的耳朵说："喜欢吗？来，像我这样，亲我这里……"郑亿把自己赤裸的身体，完全展示在嫣然的面前。在柔和的灯光下，嫣然感到自己由最初的羞涩害怕，变成了一个美艳邪恶的女妖。

就这样，嫣然把自己的第一次，给了郑亿。慢慢地，嫣然就开始离不开郑亿了。郑亿的钱，使她为所欲为。毕业后，嫣然就住到了郑亿送她的这套房子里。嫣然不知道爱情是什么东西，只知道人离不开欲望，包括物质和身体。

郑子健坐在嫣然宽大的沙发里，听得一愣一愣的。看郑子健发愣，嫣然走过来靠近郑子健，用手环过他的腰。她说："走，我给你弹首曲子。我很久没有碰过它了，你勾起我弹琴的愿望，你长得很有味道，你知道吗？"

郑子健抱紧嫣然，满脸古怪地笑。他说："你没发现，我不但长得有味道，还很像一个人？"

嫣然问：“谁？”

郑子健一字一顿地说：“郑亿，他是我的老爸。”

说不清楚是为了报复老爸对老妈的不忠，也说不清楚是郑子健兽性大发，更说不清楚是嫣然这个女人，实在是魅惑诱人。郑子健在说过此话之后，就开始呼吸急促地撕扯嫣然的衣裙。那天，就在那张宽大的沙发上，郑子健满眼邪恶，疯狂地拥有了这个女人。

过后，郑子健也曾有那么一点尴尬和后悔。但他想到老妈对老爸的忠心耿耿，从无怨言地为他们家里操劳，却换来老爸这样对待她，心里也就有了一种报复的快感。但郑子健讨厌去嫣然那里，他在嫣然那里，总想着嫣然被老爸压在身下，不断变换着姿势，以及娇声喘息的情景。

这情景，使郑子健多多少少，感到有点儿恶心。恶心使他想把嫣然偷偷地搞进自己的这栋小楼。这种邪恶的冲动，几乎使郑子健不顾一切，尽量满足嫣然的一切。他鬼使神差，偷偷带嫣然去外地游玩，给她买她喜欢的东西，还特意给她买了这架价值不菲的钢琴。直到，庄蓝的出现。这几盒没有来得及吃的东阿阿胶，当然，也是嫣然留下来的。

庄蓝是个柔弱的女孩子，刚上大二。她浅褐色的头发，自然而随意地垂在她纤细的腰际。她会在郑子健直视的目光下，垂下菊似的长睫毛，用手不安地摆弄自己的裙角儿。她洁净的脸上，会飞起两朵羞涩的红晕。郑子健会在周末的时候，抽空儿约庄蓝出来，一起和她在花前月下散步。郑子健甚至感觉，娶妻，是否就要娶这样的女孩子？

这一切，郑子健当然不能让郭伊然知道。想到此，郑子健不禁又是一阵淫笑。眼前的郭伊然，只不过是他为了报复郭伊然当年对他的羞辱，以及为了彻底打败当年的情敌宋浩天，而处心积虑地设下的一个桃色的圈套儿。

4

郭芙蓉看到女儿，领着一个气度不凡的男人回来，眼睛立刻笑成了一条缝儿。

当她看到郑子健手里，提着东阿阿胶，连同一大堆花红柳绿的水果时，心想，这肯定是女儿和自己说的郑子健没错。于是，郭芙蓉就赶忙热情洋溢地给郑子健让座沏茶，说："你就是伊然常常和我提起的郑子健吧？来就来吧，还这么见外地提什么东西啊，快坐下说话。"

郑子健看郭妈妈忙来忙去，给自己沏茶倒水，就蛮绅士礼貌地连忙站起身来，说："阿姨，你先歇着，我自己来。"

郭芙蓉一边让郑子健在沙发上重新坐下，一边说："你坐你坐，还是我来。阿姨这一生啊，操劳惯了。好不容易把伊然养大了，她却像永远长不大的孩子一般，天真烂漫，脾气死扭，还不听话。"

听妈妈这么说，郭伊然就在一边打断了妈妈的话。她说："妈，你可真是。哪有做妈妈的，和别人这么说自己的女儿的。"

郭芙蓉笑着看看女儿，又把脸转向郑子健，说："你看你看，她又来了。她就这么个改不掉的臭脾气。和你说啊子健，伊然上学那阵儿，就曾经和我说起过你。"

郑子健笑着点了点头，说："是吗？我和伊然是大学的校友。"

郭芙蓉说："真没想到，你这么出息和才气。哎，也不知道伊然这丫头，究竟怎么鬼迷心窍，偏偏哭着闹着要嫁那个宋浩天。这不，结婚才几天，就闹腾着离婚。离就离吧，反正我当初就不看好他们，就一直反对他们结婚，是伊然偏偏不听话，和我哭啊闹啊的，整天没个安静。子健啊，多亏你这段时间照顾伊然。有你这么护着宠着她，阿姨这下也就彻底放心了。"

郑子健在心里，轻蔑地冷笑，但却装出一脸的微笑。他说："照顾伊然，应该的。"

郭芙蓉听得满心欢喜，就说："子健啊，你初次来家也甭客气。以后，知道了家门，就常过来玩儿，阿姨给你做好吃的。对了，你和伊然先聊，我去外面转悠转悠，顺便买点儿菜回来。"说着，她就站起身来。

郑子健看郭芙蓉要出去，忙说："阿姨，你就别忙来忙去的，我待会儿还有点儿事情，需要处理。再坐一会儿，我就走。”

听郑子健这样说，郭伊然也赶忙说：“妈，家里有什么东西，随便吃点儿也就行了。子健也不是什么外人，你就别出去了。”

郭芙蓉拿眼睛偷偷地瞪了一眼郭伊然，说：“你看你这丫头，陪子健好好聊聊。妈去去就来。”然后，郭芙蓉去厨房转悠了一圈，就提溜个小菜篮子，走出了家门。

5

宋浩天看郭伊然拉着于北北，气急败坏地夺门而出。他一直紧紧绷着的神经，终于松弛下来。

回想起刚刚和郭伊然那尴尬的一幕，宋浩天还心有余悸。他完全被这突然间从天而降的意外事件给彻底搞晕菜了。此刻，他特别想见陈晨，哪怕是和她在电话里说说话儿。

可是，那天偏偏业务特别繁忙，不容宋浩天有半点儿懈怠。郭伊然和于北北这才刚走，还没等宋浩天回过神来，前几天刚定了单子的一对儿新人，就飘然而至。他们说突然有了新的想法和建议，挑兵点将地要和宋总宋浩天谈。谈就谈呗，可关键是，等好不容易谈妥送走这对儿新人，结果，走马灯似的，又来了那么几对儿。

等终于有了空闲，宋浩天急忙抽身回到自己的办公室里，他必须给陈晨打个电话。宋浩天说不清楚，为什么要急于给陈晨打这个电话。反正，此时此刻，他特想陈晨在他身边，他特想念陈晨。直到电话接通，宋浩天这才感到，大脑乱乱糟糟的一片混沌。一时间，他不知道究竟该说什么才好。宋浩天就那么拿着通了的电话，傻愣着。

陈晨心里一惊，忙问：“浩天，你怎么不说话啊？发生了什么事情？”

宋浩天不想把刚才遇到郭伊然的烦乱说给陈晨，凭空给她添烦，于是也就故作轻松地调侃：“没有没有。地球仍然不停地转动，太阳仍然东起西沉，天气依然晴朗寒冷，客户仍然闹闹哄哄。一切安好，涛声依旧，真真的什么都没有发生。可我就是，就是特别特别地想你，就是，就是有点儿特不提劲。乖，我想听听你的声音，提提精神。”

听宋浩天在电话里唱歌似的一派胡言乱语，陈晨在电话那边差点没笑抽，她说：“是吗，敢情我还有这功效啊，相当于那啥的伟哥兴奋剂。你酸不酸啊。”

宋浩天也笑：“宝贝儿，你就是我的那啥兴奋剂。”

陈晨拿着手机，一脸的甜蜜，她和宋浩天玩笑撒娇：“什么人啊，还说呢，都什么乱七八糟的。打通电话也不说话，害我心惊胆战，还以为发生了什么空袭，或者突发事件？怎么？想我都得说不出话了啊？有那么严重和夸张吗？”

宋浩天说：“可不，是想得厉害，就那么严重，一点儿都不夸张。要是不信，你现在过来看看。”

陈晨说：“想一个人还可以看见？还真稀罕。哪里想啊？看你得瑟的样儿，肯定现在不忙了吧？”

宋浩天调笑说：“不忙了，随时恭候你的大驾光临。想一个人当然可以看见，比如说心跳加速，咚咚地加速到飞出胸膛，看见没？再比如说呼吸急促，呼呼得像是抽风，看见没？再比如说身体某些部位的特殊物理化学反应，口干舌燥显山显水，看见没？至于那什么部位，像我这么纯洁的男人，我也就不好意思再往下说了，在此省略掉N多个字，留给你自己思考。总而言之，言而总之，我全身都想。只不过嘛，有个地方，特别地想。”

一席话，说得陈晨脸色绯红，心跳加速。她佯装生气地对宋浩天说：“得得得，真看不出，在你那醇厚的外表下，藏的净是些黄色黑色的冷幽默。”

宋浩天说：“好了乖，不和你闹了。说正经的，你到底来不来啊？”

陈晨说：“去，我一会儿就到，你在办公室等我哦。”

第二十二章 ● 山雨欲来风满楼

1

那天晚上，宋浩天叫上了徐涛，和他们一起吃饭。

三个人相谈甚欢，一起海吃海喝，痛快淋漓。以至喝到最后，他们都眼神飘忽，有点儿喝高。

直到曲尽人散，徐涛还在眨巴着迷迷糊糊的眼睛，语无伦次地对陈晨说："哈哈，我们，还真有点儿相见恨晚。浩天，你丫也真不够意思和兄弟，竟然金屋藏娇，留着陈晨这么个知性美女，不让我早点认识认识。你说，叫哥们我情何以堪，怎么说你好呢？"

徐涛走后，夜色里，就只剩下了宋浩天和陈晨。宋浩天满身酒气地轻拥着同样满身酒气的陈晨，醉意蒙眬地走在深夜的大街上。

大街上，一片空旷，宁静。夜空中，散落着几点稀稀落落的星星。路灯昏黄，道路弯弯曲曲地在他们的脚下无限地延伸拉长，仿佛永远走不到尽头似的。这让陈晨突然间产生了一种做梦似的恍惚。

这种恍惚，是那么的真切和美好。仿佛时光一下倒流，使她回到了青葱少年。陈晨就这样醉眼蒙眬，恍恍惚惚地对宋浩天说："浩天，真希望这路永远没有尽头，我们就这样相互拥着，一直一直地走啊走啊，一直走不到头。直到海枯石烂，直到地老天荒。”

宋浩天笑了，他用满是酒气的嘴巴，轻轻地亲吻了一下陈晨的脸颊，说：“你看这天寒地冻的，就这样一直走啊？简直疯话，你怎么像个孩子似的淘气？”

陈晨借着酒气，冲宋浩天耍赖撒娇：“你才疯。什么天寒地冻的，和你在一起就是春天。哈哈哈，其实，被你这样抱着，我一点儿也不冷。我特喜欢和你这个样子，一直地走啊走，一直地走啊走。不可以吗？”

宋浩天看她似乎真有点儿醉了，就故意逗她：“当然可以。不过，就这样一直走啊？也不睡觉吃饭和休息？”

陈晨微闭着眼睛，甜蜜蜜地“嗯”。

宋浩天说：“那还不把咱们给累死饿死？我是个男人，我可不要你累，我要让你从此和我快快乐乐地生活在一起。我还要努力赚钱养家，把你养得白白胖胖。然后，我还要和你一起生个可爱的宝宝。女宝宝就和你一样的聪明亮丽。男宝宝嘛，当然就像我一样的智慧和帅气。”

听宋浩天这么说，陈晨突然从他的怀抱里抬起头来，她说：“浩天，差点儿给忘记了，我有件事情要和你说。今天吃饭的时候，我突然有个想法。我感觉徐涛那人，虽然说有点儿油嘴滑舌，但人真的还算不错。我想，不如我也加盟他的公司？我们三个一起，大干一番？”

宋浩天一愣，酒，也就突然醒了大半儿。

2

宋浩天问陈晨：“你不做你的失恋刻录店了？”

陈晨说：“当然做啊，怎么会不做。我一般认准的事情，很少会轻易地放弃。而且，店里的藏品，我也整理汇编得差不多了，只需再作略微的修改调整，就可以联系我在出版界的朋友杜飞，交付他们出版印刷。我宏伟计划的前期工程，也就完全OK。”

“那你还开什么玩笑？说什么要加盟徐涛的公司？”宋浩天满脸狐疑。

陈晨冲宋浩天神神秘秘地一笑，说：“我说加盟徐涛的公司，其实，也只是给徐涛的公司投入一笔资金而已。至于管理经营什么的，那就是你们两个的事情啦，我做个甩手掌柜，你看怎样？”

宋浩天突然间明白，闹了半天，陈晨这是在想办法暗中帮助自己渡过难关。她之所以用这样的方式加盟徐涛的公司，根本不是为了一起大干一番，而是完全出于想帮自己，而又对自己死爱面子的顾忌和考虑。冰雪聪明的她，一定知道自己正资金紧张，也知道自己特爱面子。直接说资助钱，会让自己感到羞辱和难堪。因此，她才想方设法地，想以这样的方式，来巧妙地支持自己创业。

宋浩天的心里，不禁微微地一疼。陈晨她怎么可以如此地善解人意，怎么可以如此地体谅理解自己？想着这些，宋浩天就强忍住心中的温暖和感动，故意冷冷地把脸一沉，说：“不怎么样。”

陈晨一愣，问他：“为什么？”

宋浩天说：“我是个男人，就要有个男人的样子。我既然爱你娶你，就要给你幸福。我已经借了你那么多钱，我决不能容忍自己再依附你的钱来创业。那样，我宋浩天也就太不男人了。”

事实上，正如宋浩天所料，陈晨也正是这样考虑的。其实，她早在宋浩天说加盟徐涛公司的时候，就有资助他的念头。她就是担心宋浩天会碍于面子，断然拒绝。这才思来想去，一直没敢和宋浩天说。所以，陈晨才利用今天这个机会，说出自己的心思和想法。

陈晨原以为，宋浩天会答应自己，顺了自己给他的台阶。可是，还是被宋浩天一眼看穿，断然拒绝。因此，陈晨也没再说什么。

虽然被宋浩天拒绝，但陈晨的心里，还是暖呼呼的。她紧紧地把自己的脸，贴向宋浩天的胸前。

她在心里说，宋浩天啊宋浩天，你可真是一个既可爱可恨，又固执倔犟的男人。我陈晨今生能遇到这样一个男人，被她疼着爱着，也该知足了。

我就是和他一起吃苦受累，也认了。

3

人和人，就是这么的不同。同样身为女人，郭伊然则为自己终于能和宋浩天离婚而暗自庆幸和得意。

此刻，郭伊然正陶醉在郑子健的温柔乡里。她感觉，妈妈以前说的简直是太对了。坚持裸婚的男人，真的都不靠谱。她甚至恨自己以前，怎么就会如此地可笑和幼稚，竟然认为有了爱情，就有了一切。

直到自己跌跌撞撞，在现实的面前，撞得头破血流。她这才明白，妈妈以前的所作所为，真的是用心良苦，真的都是为了自己好。她这才彻底相信了于北北的那套物质爱情论。

原来，爱情真的不可以拿来当饭吃。再美好的爱情，都必须落实到柴米油盐酱醋茶。尽管,爱情以及婚姻生活,不能纯粹用物质来代替;尽管，没有面包并不意味着就完全没有爱情。但是，任何的爱情婚姻，都必须有一定的物质基础来作为保障。因为,生活离不开衣食住行的琐碎,爱情，也根本不可能不食人间烟火，真正地和生活脱节。

当郭伊然把这些想法，告诉于北北的时候，于北北一脸的得意扬扬。

她大言不惭地说:“我就说嘛，没有面包为基础的爱情，纯属忽悠，根本就不靠谱。毕竟爱情首先要解决的一个问题，就是有个能够遮挡风雨的房子。哈哈，我说伊然，你总算开窍。以前说你不听，非要自己撞得头破血流，才肯回头。现在,你终于明白我为什么冒着被你臭骂的风险，还要给你忠言逆耳了吧？”

郭伊然笑而不答。

看郭伊然貌似很乖地不再和自己争论顶牛，于北北突然想起什么似的，问郭伊然:“对了伊然，我正想问你呢，我和小眼睛结婚的请帖，是分别给你和郑子健各送一份呢，还是把你们两个的请帖，搞到一起，合二为一？我什么时候，才能吃到你和郑子健的喜糖？郑子健有没有和你商量过结婚的问题？”

郭伊然骂她：“死北北，我看你是忙结婚，忙晕头了吧？你这不纯粹的捣蛋吗？想知道什么时候吃我们的喜糖，你就明说，少给我绕这么多道弯弯。宋浩天你必须请的对吧？有他在，怎么能把我和郑子健的请帖搞到一起？要不这样吧，你就给郑子健送一份得了。至于我的，你就免了。你看，我对你多么的体贴，还特给你省心。不是吗？”

于北北笑：“是，谁让我们同学闺蜜。不过，我还真是纠结郁闷。”

郭伊然问她：“你纠结郁闷个鬼啊？好好的马上就要携手红毯，洞房花烛，有什么可纠结郁闷的？别和我冒充2B文艺青年，无病呻吟，故作深沉。我没空理你。”

于北北说：“谁无病呻吟？你真没良心，我不是纠结这个，我是在为你们几个担心。你想吧，我们昔日的老同学，好不容易聚到一起，肯定会非常非常地娱乐和八卦。万一酒席间一不小心喝多，嘴巴或者情绪失控，我真担心郑子健和宋浩天，会闹出什么不愉快来。”

郭伊然一想，说：“可不吗，你这么一说，我还真有点儿担心了。可我们也没有办法啊，貌似他们两个冤家，哪个你不请都不成。要不，我就不参加了吧？就算他们喝醉瞎扯，就让他们两个可劲儿闹去，我眼不见为净。”

于北北说：“你敢，我一生也就这么一次风光的机会，你可是我唯一的一个闺蜜死党，哪有不参加之理？何况，我还想让你见机行事，控制局面给我好好看管住他们两个。如果真发现有什么不妙的前兆，你一定要把这个不妙的前兆，消灭在萌芽状态。特别是郑子健，目中无人，狂傲霸气，最容易剑走偏锋。”

郭伊然说：“好吧，还是你想得周全。”

4

同样为这个纠结郁闷的，当然还有宋浩天。

他拿着于北北送他的那张大红烫金的结婚喜帖，进退维艰，无异于拿着一枚烫手的山药蛋。

不去参加于北北的婚礼吧，自己和于北北同班同学的，不近情理，实在说不过去。不仅会被老同学们从此沦为笑谈，而且，那也绝不是他宋浩天的一贯风格。去参加吧，那简直就是自取其辱，自己给自己难堪。你看上次遇到郭伊然的样子，现在回忆起来，还令宋浩天心寒。

何况，宋浩天是真不想看到郑子健那张傲慢嚣张的嘴脸。就郑子健那自以为是、不可一世的样子，当着那么多老同学的面，不给自己点儿难堪，那简直就不是他郑子健。真不知到那个时候，郑子健会做出什么离谱的事情来。更何况，郑子健他现在正小人得志，终于从自己身边，夺走了郭伊然。他胜券在握，甚至当场搂着郭伊然，狂秀恩爱给老同学们看都极有可能。如果真是这样，他当年这个一班之长，岂不是脸面丢尽……

宋浩天正自纠结郁闷，徐涛一推门走了进来。他一屁股在宋浩天的对面坐下，中间隔着一张大大的老板桌。

坐下后，徐涛就歪着脑袋，盯着宋浩天研究了半天，看宋浩天还在为参加婚礼的事情一筹莫展，就一脸淫笑地说："浩天，我真被你打败了。你看你那副蔫不拉几的不提劲样儿，不就是参加个同学的婚礼吗，看把你愁的。"他边说，边从香烟盒里弹出一根烟，扔给了宋浩天。而后，他又弹出一根，给自己点上。

宋浩天狠狠地瞪了徐涛一眼，拿起了他给自己的烟，点上，顺便向椅背上那么一靠。宋浩天开始一口接一口地抽着烟,就当徐涛是空气透明。

徐涛说:"嗨,你哑巴啦？你倒是说话啊。就这么个事儿,犯得着吗你。换了是我，非借这个机会，狠狠地整下郑子健那个混蛋不可。我要新仇旧恨一起报，让他丫的当众出丑，吃不了兜着走，外加自己抽自己的脸。看他以后再敢目中无人，不择手段，明目张胆地抢别人的老婆。”宋浩天说：“你就别给我瞎吹添乱了。”

徐涛说：“谁和你瞎吹？上次在欢乐谷，算他丫的走了狗运。如果不是顾忌我们的客户，不等你出面，我早飞将过去，一脚把他丫的踹死，给你出这口闷气。”

宋浩天说：“我说你能不能用用脑子？这可是同学的婚礼，像你这样劲爆武力，不纯粹砸同学的场子啊。”

徐涛说：“谁说我这次还和他动用武力？那未免也太低估了我徐涛的智商。我虽然粗人一名，但我还是分得清楚，什么场合下动用武力，什么场合下动用智力。像这样的场合，我当然要选择智力游戏，我要摧毁敌人于无形之中，不动一枪一棒。”

听徐涛这么能扯，宋浩天不禁哈哈大笑。

“笑什么笑？难道你不相信我的能力？”徐涛一脸的认真。

宋浩天说：“真看不出，你还真是阎王爷开布店——鬼扯。”

徐涛说：“不是我鬼扯，而是这事情本身就很好搞定。我告诉你啊，咱不是已经摆脱了苦海吗？咱不是人不犯我，我不犯人地想找回面子吗？带陈晨一起去啊，多么简单。”

听徐涛怎么一说，宋浩天突然眼睛一亮。看宋浩天有了兴趣，徐涛那家伙就更加一脸的得意。

他说：“浩天，陈晨本身就是一道亮丽的风景。就陈晨鹤立鸡群地往你身边那么一站，根本不用你说话，看他郑子健还怎么得瑟起来。还有，郑子健还极有可能拿郭伊然说事儿，大秀恩爱要你难堪？其实，说得不很好听，带陈晨去不用你秀，就是对他强而有力的回击。他完全是在吃你宋浩天吃剩的饭。哈哈，气死他个鸟人。”

宋浩天也大笑起来，笑过后，他说：“徐涛，你小子还真是歹毒。不过，带陈晨去，会不会很不适合？”

徐涛说:“怎么不适合?郑子健能把郭伊然抢走,能在同学面前给你大秀恩爱。你怎么就不能带陈晨去?何况,陈晨和你那么恩爱缠绵,她也不忍心让你白白被别人当众羞辱对吧?而且这个当众,还是你们彼此当年的一帮铁杆老同学。”

第二十三章 ● 来自婚礼上的角斗

1

古人云：宁可得罪君子，切莫得罪小人。特别是，自命不凡，有着深厚背景的小人。

果不出所料，在于北北婚礼那天，郑子健一见到宋浩天，就一脸掩饰不住的得意和成就。

他意味深长地看了一眼身边的郭伊然，然后，就隔着那么多闹闹哄哄说笑的同学，和宋浩天招呼："宋同学，好久不见，现在可好？"

说过，郑子健就趾高气扬地穿过人群，向宋浩天款款而来。可是，当郑子健看到宋浩天身边的陈晨，不觉一愣。他刚要伸出和宋浩天握的手，在顷刻间，僵住。

郑子健做梦都没想到，宋浩天会带一女人前来参加婚礼。他更没有想到，这个女人，竟还如此地出色和漂亮。他原本想借此机会，当着同学的面儿和郭伊然大秀恩爱，狠狠地羞辱宋浩天一番，彻底报了自己当年被他打败的心头之恨。看来，自己蓄谋已久的复仇计划，全盘皆输。

宋浩天看到郑子健瞬间的表情变化，以及他一时间僵住的手，不觉粲然一笑。他大大方方地向郑子健伸出了手，而后不亢不卑地说："托您郑大公子的福，现在还好。”

他这话什么意思？这不明显是对自己的藐视和挑衅吗？想起旧仇未报，又添新怨。郑子健一时间尽管恨得咬牙切齿，但却不好发作。他强压住心头的愤恨，在心里骂道：宋浩天，我郑子健与你不共戴天。你敢当众要我难堪是不？哼哼，你小子别得意太早，那咱就等会儿瞧。我郑子健决不会再咽下这个羞辱和闷气。我要让你当众出丑，死得很难看。一个更为歹毒的想法，瞬间，在郑子健的脑海里闪现。

人就是这么的复杂和犯贱。和郑子健一样，心情波涛汹涌得如同大浪淘沙的，当然还有郭伊然。当她看到宋浩天身边的陈晨，不觉双眼喷火，乱了方寸。尽管，郭伊然现在已经有了新的情感寄托——郑子健，但当她看到这个女人，落落大方，风情万种地陪着宋浩天谈笑风生，一时间，她还是心潮起伏，气愤难平。好啊，就是这个狐狸精，打破了自己的生活和宁静。这让郭伊然对宋浩天本来还有的那么点儿的小愧疚，瞬间，全转化成了满腔的恼火和仇恨。

宋浩天并不知道郭伊然内心的这些急剧的变化。他更不知道，郑子健的这些歹毒想法。他只是沉醉在昔日同学相聚一堂的欢乐，以及他和陈晨重拾的甜蜜里。他恰到好处地协同陈晨，低调地和老同学们叙旧言欢，嘘寒问暖。

令宋浩天没有想到的是，宴席刚刚过了一小半儿，趁着昔日的老同学们开始相互劝酒的时候，郑子健竟然醉醺醺地端着一杯盛满了酒的酒杯，一脸不屑地向宋浩天走来。

到了宋浩天近前，郑子健先是坏笑着瞟了一眼宋浩天身边的陈晨。然后，他就一脸讥讽地盯住了宋浩天，说：“宋同学，刚才忙着欣赏北北的婚礼庆典，没来得及和你叙旧。现在，我们兄弟好好地干它一杯，诉诉衷肠。”

这不纯粹黄鼠狼给鸡拜年吗？尽管，宋浩天并不知道郑子健接下来究竟要搞什么鬼，但是，既然郑子健已经拉开了战局，冲自己举起了酒杯，他也只好礼节性地起身，端起了酒杯，说：“好，我们干杯。”

往昔的同学，都知道郑子健和宋浩天之间的那些恩恩怨怨，见此情景，都不约而同地向他们这边儿看了过来。

郑子健偷眼看了一下当前的盛况，感觉时机已到。于是，也就那么微微一笑，说道：“宋同学真是豪爽之人，看来，你现在活得还蛮洒脱滋润的。不过，在干掉这杯酒之前，我有话要对你说。你真不愧是我们当年的领导表率，一班之长啊。到现在还一直走在风口浪尖，潮流的前沿，竟然当着爱妻和昔日同学的面儿，和自己的新欢眉来眼去。你活得还真是蛮精彩的啊，也不怕玩火自焚，你爱妻抽你。我真为你感到汗颜，为你的妻子，感到不值。”

2

此话，无异于一枚强力炸弹。

一些不很知道宋浩天和郭伊然已闹腾离婚的同学，正自纳闷，宋浩天如此纯善的一个人，怎么会离谱到当着郭伊然的面，带着个陌生的女人。真囧！

忽然间听郑子健这么一说，顿时，一片哗然。原来，人还真不可貌相。同学这么多年，真看不出来，宋浩天还喜好这么一口儿。他还真是真人不露相啊，竟然这样不靠谱地劣迹斑斑。难道以前，宋浩天在学校的良好表现，都是在装？还是社会这个大染缸，完全把他给潜移默化了？

一时间，同学们七嘴八舌，议论纷纷，全都被眼前的一切，搞得大跌眼镜，目瞪口呆。

宋浩天也被郑子健的话给彻底弄惊呆了。这世间，没有最无耻的，只有更无耻的。宋浩天只感到脑袋轰的一声，接着，气血也就一下冲向了脑门。但是，仅仅也就那么几秒，宋浩天就马上强迫自己镇静下来。

镇静下来后，宋浩天就冲郑子健淡然一笑，说：“郑同学，你可真逗，开什么玩笑啊。我正想问你，我的爱妻，怎么会搬进你的新房里去？呵呵，咱别如此的诙谐幽默了。玩笑开大了，不和谐，影响这难得的喜庆，而且老同学我也承受不起。呵呵，你们什么时候新婚大喜？我还正等吃你们的喜糖呢。”

郑子健的脸，顿时惨白。他完全没有料到，宋浩天说话会如此的锐利尖刻，一针见血。反正，我得不到的，别人也休想好好得到。从宋浩天身边夺回郭伊然的目的，已经达到。郭伊然对于自己来说，已经没有了利用的价值。何况，如果自己就这样当众被宋浩天诘难，就此闭口，不对他进行任何反击的话，不正说明，自己是在吃他宋浩天的残羹剩饭吗？MD，宋浩天这小子还真毒。想到此，郑子健一不做二不休，干脆来个鱼死网破。

他立刻反唇相讥：“开玩笑吗？宋同学你可真要问问你自己，就这样让你的爱妻天天和你一个屋檐，看你和新欢耳鬓厮磨？亏你做得出来。我作为一个昔日同学，实在是看不下去，于心不忍，才把我那套空着的房子，先让她住着。你以为怎么？别拿你的小人之见，度君子之心，把什么事儿都想得那么复杂龌龊。”

郭伊然正为郑子健悄然端起酒杯，兀自去找宋浩天而感到纳闷。忽听郑子健这么说，她顿时感觉天旋地转。心，也一下碎成了千片万片。

郭伊然终于明白，为什么每次提到结婚，郑子健总是闪烁其词，顾左右而言他。为什么上次让他和自己一起去看妈妈，他找借口不情不愿。原来，郑子健根本就不爱自己，他接近自己，只是为了羞辱自己。他完全是在利用自己，来报他当年的仇恨。我郭伊然真是聪明一世，糊涂一时，竟然被他的花言巧语所迷惑，被他当做了打败宋浩天的一枚棋子，还浑然不觉地以为，自己真的找了自己的真命天子。如此的混蛋歹毒，他竟然还能装出一副正人君子的样子。

仿佛万箭穿心，又仿佛当众被人扒光了衣服。在那一刻，郭伊然恨不得地上有条缝儿，好让自己钻进去彻底消失。不，我不能就这么消失，我要抽死郑子健那丫。郭伊然甚至忘记了，自己这是在闺蜜的婚礼上。

更忘记了，于北北此前曾告诉她，让她见机行事，把控局面的话。只见她疯了一般地向郑子健冲了过来，嘴里骂道："郑子健，你无耻。"接着，一记漂亮的耳光，就结结实实地打在了郑子健的脸上。

这一切，来得太过突然，以至郑子健和宋浩天连同身边的同学，一时间都吃惊到呆愣。直到郭伊然飞也似的逃出了婚礼大厅，宋浩天这才如梦初醒。我的神啊，事情怎么会搞成这个样子？我刚才怎么能混蛋到和郑子健一般见识？

宋浩天心里一痛，郭伊然她不会崩溃到做什么傻事儿吧？毕竟夫妻一场，那一刻，不容宋浩天多想，也顾不得周围同学们那些惊诧的目光，宋浩天急忙拉了身边的陈晨，紧跟着一路追了出去。

3

郭伊然强忍住的眼泪，在逃出婚礼大厅的刹那，喷涌而出，铺天盖地地顺着她的脸颊，流淌蜿蜒。

等宋浩天和陈晨追出来的时候，她已经冲向一辆停靠在酒店旁边的的士，并拉开了的士的车门。她气急败坏地对的士司机说："幸福街怡和家属院，请送我回家。"宋浩天急跑几步，上前一把拉住了正要上车的郭伊然，说："伊然，走，我和陈晨送你……"

还没等宋浩天把话说完，郭伊然就猛然甩开了宋浩天，她一脸癫狂地骂："滚，你们都给我滚远点儿，再别让我看到。"

宋浩天满脸疼痛地再度去拉郭伊然。他说："伊然……"

郭伊然冷笑："滚，你少寻我穷开心。难道刚才的双簧大戏，还没有过瘾？现在，又带着你的款姐儿，跑来向我示威挑衅？很刺激很好玩儿对吧？只可惜，我没空陪你们玩儿。"说过，郭伊然就冲还愣在那里的司机大叫："你不开车还愣着干吗，快走啊你。"

郭伊然回到家里，就一下瘫软在沙发上。她叫了声"妈妈"，就开始放声大哭。看女儿这个样子，吓得郭芙蓉赶紧连连追问："伊然，你不是和郑子健去参加于北北的婚礼吗？郑子健呢？你想吓死妈啊？你这到底是怎么了？快告诉妈妈啊。”

郭伊然扑进妈妈的怀里，像个伤痛至极的孩子，她对妈妈的问话，完全不管不顾，只是一味伤心欲绝地失声痛哭。直到哭得精疲力竭，她才说：“妈妈，我真想杀了郑子健和宋浩天。他们骗我，他们都在骗我。你说，为什么他们都要骗我啊，妈妈？”

当郭芙蓉知道这一切以后，也气得脸色铁青，嘴唇哆嗦。一时间，她傻了一般，抱着郭伊然，嘴里不断地重复：“怎么会这样？遭天杀的郑子健，还有那个天杀的宋浩天。这前世到底是造了什么孽啊，怎么会这样？”

看妈妈跟着自己一起伤心难过，郭伊然心里一酸，她一时失控的情绪，终于稍稍地稳定下来。

她于心不忍地对妈妈说：“妈妈，你别伤心难过。我真不是故意惹你伤心的，我更不想让你整天为我操心。我也想平平静静地生活，我的要求不过分吧？可怎么就是不能如愿呢？妈妈，我真的没脸活了。他们不但欺骗我，还当着那么多同学的面羞辱我。你说，以后还怎么让我面对同学？”说着，郭伊然抽抽搭搭，又哭了起来。

郭芙蓉只能强忍心疼，劝慰女儿：“傻孩子，别哭了。再苦再难，也都会过去的。天塌下来，还有妈妈我为你顶着。听妈的话，你为他们哭天喊地地伤心难过，根本就不值得。你想啊，身体是自己的，气坏了身体，除了妈妈，没有人真正心疼你。”

正说着，有人敲门。郭芙蓉赶忙让郭伊然擦下眼泪，自己则闷声闷气地问：“谁啊？”

4

门外回答说：“宋浩天。”

郭芙蓉一听到宋浩天三个字，就气不打一处来。

她一下拉开了房门，冲着宋浩天劈头盖脸就是一番臭骂：“好你个宋浩天，你竟然还有脸来啊。好好好，你来得正是时候。你说，你都做的什么事情？你说，我女儿哪点儿配不上你了？是工作？还是长相？还是她好吃懒做不懂得勤俭持家？你今天倒是给我说说清楚！别以为我们孤儿寡母的好欺负，我今天非要让你彻底给我说说清楚不可。不说清楚，你今天就休想走出这个家门半步。”

宋浩天的脑袋轰的一声。他真后悔，刚才没听陈晨的劝告，在这个节骨眼儿上来找伊然就是纯粹找骂找抽。但是，宋浩天也是情不自禁。今天所发生的一切，已经完全出乎了宋浩天的把控。他不知道，自己当时怎么会和郑子健那混蛋一般见识，说出那样混蛋的话。他更没料到，郑子健是在玩弄郭伊然的感情，纯粹为了报复，才把郭伊然当做一颗棋子。

如果宋浩天知道这些，作为一个男人，哪怕自己被郑子健当众羞辱死，他也不忍心令郭伊然如此的受伤尴尬。可现实，没有那么多的如果，他宋浩天必须面对现实。他实在是放心不下，也实在是害怕郭伊然一时间承受不了这个致命的打击，才这样不计后果，急急忙忙地赶过来。尽管，除了一纸婚约，连同那套各自出一半钱，一起供养的房子，他和郭伊然之间，可以说，已经没有了任何的关系。但从内心来说，宋浩天还是真心地希望郭伊然能够快乐和幸福，他不愿看到郭伊然受到任何的伤害和打击。

想着这些，宋浩天就强忍住被误解的委屈，问郭芙蓉道：“伊然呢？我想见她。”

郭芙蓉一脸怒火：“你还有脸见她？难道今天对她的侮辱还不够吗？”

宋浩天说：“你误会了我的意思，伊然也误会了我的一片好意。其实当初，我就不主张离婚，是伊然坚持要离。我现在找她，就和她说几句话。如果她听我说过，还生我的气，你们想怎么骂我都成。”

听宋浩天说得诚恳在理，郭芙蓉想想，也只好气哼哼地转身出去。一时间，偌大的房间里，只剩下了宋浩天和郭伊然。

宋浩天看着满脸泪痕的郭伊然，说："伊然，对不起，请你原谅。我今天真不是故意的。这么多年,我一直以为郑子健是真心爱你。我还以为，你们终于找到了幸福，会很快结婚，我也只好祝福你们。但我怎么都没有想到，郑子健会如此的混蛋。我当时，真的是被他气晕了头。"

郭伊然一脸冷漠："你来就是为了给我解释这个？"

宋浩天说："是。"

郭伊然心里微微一酸，说："那你说完了。现在，你可以走了。"

宋浩天说："是，那我走了，也请你多多保重。对了伊然，你以后有什么事情，也可以电话我。只要我力所能及，一定会尽力帮你。毕竟，我们夫妻一场，真心爱过。"

说过，宋浩天转身打开了房门，低着头，默然地走了出去。但就在宋浩天转身关上房门的一瞬间，郭伊然的心口，却猛然间一颤。她想，今天的一切，能怪宋浩天吗？千错万错，都是自己的错，都是自己有眼无珠，才轻信了郑子健的一派谎言。只是难为了宋浩天，竟然当着那位款姐的面儿，从酒店一路追到家里。

宋浩天干吗要这样？他不是已经和那位款姐出入成双，眉来眼去了吗？难道，他就不怕他的那位款姐儿吃醋生气？难道，他仍然爱着自己？这么说来，今天他带那位款姐儿，只是为了面子问题？当着大家的面故意演戏？这么说，自己以前真的是错怪了宋浩天？

谁都知道，爱情是自私的，容不得半点的沙子。如果不是，那女人怎么就不吃醋？怎么就可能放虎归山地让宋浩天为所欲为，一路追了过来，而把她自己彻底晾一边儿去？

一时间，郭伊然的脑子里，乱七八糟得如同一团乱麻。可无论怎样，都在说明一个问题,宋浩天是真心地疼爱自己。以前是,现在还是。只可惜，自己以前太过任性固执。

想着这些，郭伊然不觉心口揪疼，泪眼婆娑。

5

郭芙蓉出去之后，只是在门前的绿化带旁边，随便地溜达，她根本就没有走远。

她一直在悄悄地暗中观察着屋子里的一举一动。当她看到宋浩天这么快就走，本想冲过去拦他。但她转念想想，还是先进屋看下女儿的状况，再作打算。

这样想着，郭芙蓉也就回到了家里。一进屋，郭芙蓉就赶忙问伊然："宋浩天来干吗？怎么这么快就走了？"

郭伊然一脸伤痛："他说今天的事情，他不是故意的，希望我能够原谅。"

"就说这些？"

郭伊然点头。

郭芙蓉说："原谅？说得轻巧。你就这样让他走了？没有和你离婚，他就和别的女人出入成双，还公然带着出席同学的婚礼。你说，他做的都是什么事儿？这不公然挑衅，要你难堪吗？"郭芙蓉仍然一脸恼火。

郭伊然心里本来疼痛难过，听妈妈这么有失公平地说宋浩天，就打断了妈妈的话："妈，你也不能这么说啊，我不是也和郑子健一起去参加婚礼？"

郭芙蓉说："傻孩子，那不一样啊。郑子健也是你们同学，他本来就应该参加同学的婚礼。可宋浩天呢？他是专门带着那个女人，他是有备而来你知不知道？"

郭伊然说："就算他有备而来，当初也是我一再坚持和他离婚。万不得已，他才只好同意。妈妈，我想，其实，也就宋浩天能一直地这么迁就我。换了别的男人，刚才肯定不会追过来。"

郭芙蓉沉默不语。

郭伊然说："妈妈，你说，我说得对不对？妈妈，其实，宋浩天走后，我就一直在想，是不是一开始，就是我的错啊？我不该任性固执地不听他解释，更不该听信郑子健的花言巧语，以至一错再错，到现在错到无可挽回？”

听女儿这么说，郭芙蓉的心里，也很不是滋味。可怜天下父母心，郭芙蓉怎么会不知道这些，她心里比什么都清楚。

只是郭芙蓉太疼爱自己的女儿，以前是生怕女儿嫁给没房没存款的宋浩天，跟着他一生吃苦受累。她这才百般刁难，从中阻拦。现在是看到郑子健家境优越有钱，心想女儿跟了他一定坐享其成，荣华富贵，光门耀祖，从此脱离小白领的朝九晚五，摇身跨入富人的行列。只可惜……

想着这些，郭芙蓉不禁长长地叹了一口气，说：“伊然，其实，妈妈也真是老糊涂了。如果不是妈妈逼着要宋浩天买房，他也不会偷偷地背着我们去借钱，也不会出现这么多的波折和插曲，闹成现在这不堪的局面。”

郭伊然心里一酸，忙抱住妈妈说：“妈妈，你别这么说，说得我心里更加难过。其实，我知道，你所做的一切，都是为了我好。”

“你不怪妈妈就行。傻孩子，你也别难过。宋浩天不是还对你不错？你们不是还没有正式办离婚手续吗？你听妈说，日久生情，夜长梦多，不能让宋浩天和那个女人再纠缠在一起，我们要快刀斩乱麻。妈妈改天就去找宋浩天的父母好好谈谈，让他们也劝劝宋浩天，别再闹了。至于借那女人的钱，妈妈和宋浩天的父母商量一下，一起想办法凑凑，还她也就是了。”

听妈妈这样说，郭伊然心里说，事情真像老妈说得这么轻巧，也就好了。

6

让郭芙蓉没想到的是，一切并没有她想的那么简单。她去找宋浩天的父母谈判，竟然碰了一个不软不硬的钉子。

宋浩天的父母，虽然从内心来说，并不希望儿子和郭伊然这样闹腾，也不很支持儿子现在的这份姐弟恋情。毕竟，陈晨比自己的儿子大了整整6岁。而且，门不当户不对的，不很成体统。邻里邻居的，又都是教书育人的人民教师。说出去，他们的脸面上，多多少少总有那么一点儿挂不住。

但是，宋浩天的父母却因为郭芙蓉曾经逼着儿子宋浩天买房，而对郭芙蓉多多少少心存怨恨。加上，赵丽萍以前对郭伊然固执任性的种种不满，他们夫妻两个竟然不约而同、步调一致地对郭芙蓉态度冷淡。

当宋江和赵丽萍听到郭芙蓉提议说："我们两家做父母的，都一起想想办法，帮孩子凑齐这笔钱，还给陈晨。别让孩子们再为这事儿折腾下去。"他们就拿腔拿调地摆起了架子。宋江说："这事儿还真不好办。你看，他们现在已经闹成这个样子，这还真要问问浩天和伊然，他们自己愿不愿意和好。我们做父母的，说了还真不算。何况，他们已经是成年人了，他们的事情，我们也无法独断专横地去做决定不是？"

赵丽萍也随声附和："谁说不是，现在的孩子不比我们，什么不是他们自己说了算？再说，我们手里一时半会儿拿不出这个闲钱。亲家还是先问下孩子们的意思，我们再商谈。"

赵丽萍甚至在心里有种隐隐的小得意。哼哼，亲家你现在知道急了？早知现在，何必当初。

这算是什么态度？这像是父母说的不？有这么做父母的没？郭芙蓉看宋江和赵丽萍推推脱脱，一脸的阴阳怪气，说出来的话，更是不咸不淡。她一忍再忍，最终，还是大为恼怒地起来走人。谈判也就这么地不欢而散，以失败告终。

第二十四章 ● 乘人之危就是无耻的小三

1

一大早，陈晨在出版界的朋友杜飞，就急急忙忙给陈晨打电话。

陈晨在网上一直晃到凌晨两点才睡，当听到电话铃声，她睡意正浓地极不情愿。但一看是杜飞的电话，她一激灵，就赶忙接听。

谁知道，杜飞却在电话里，一阵穷扯神侃："嗨，美女好，你现在起床没有？"

陈晨哈欠连天地回道："没呢，找我什么事儿？你说。"

杜飞笑："还像以前一样夜猫啊？难道你不知道，女人总这样猫着，对皮肤不好，也最容易变老。"

陈晨笑："当然知道，你怎么也和宋浩天一个论调呢？能不能来点儿新意，别这么老套？敢情你这么一大早上骚扰，就为告诉我这个？"

杜飞大笑："不可以吗？这说明我对你关心。要是别人嘛，我才懒得理。"

陈晨说："好了好了，我正瞌睡，不和你贫嘴。没事儿我就挂了，我接着睡觉。"

杜飞说："睡什么睡啊，再睡你就真成头小猪了。我和你说啊，你的《失恋刻录店》，印刷厂打电话说今天出片。"

陈晨一听，立马振奋："真的啊，这么速度？"

杜飞说："可不，贼漂亮，你要不要过来一起去看看，我也好顺便请美女一起吃个饭？要知道，请美女吃饭，也是一种蛮有意思的享受。"

陈晨问："大概什么时候，我现在打电话问下宋浩天，看他是否有空。我想让他一起去，你们也正好相互认识一下，怎么样？"

杜飞说："好啊，我正好见识一下宋帅的魅力。时间大概也就10点左右吧，就这么说定，你现在赶紧起床，我等你们。"

放下电话，陈晨就给宋浩天打电话。不巧的是，宋浩天上午正好约见一重要客户，脱不开身，就问陈晨，可否下午或者明天。

听出宋浩天为难，陈晨心里虽说感到有点儿小小的遗憾，但她还是对宋浩天说："工作永远第一，你就好好陪你的客户，我自己去也可以。"

看陈晨如此善解人意，宋浩天就开心地和陈晨调侃玩笑："嘿嘿，你还没告诉我，你那位做出版的朋友，可是位帅哥？除了谈出版的正经事务，我可不许他和你有任何的不正经交集。"

陈晨一下乐了，她故意逗宋浩天玩儿："这个嘛，蛮难说，看情况而定吧。"

宋浩天说："你敢，你现在可是名花有主，已经打上了我宋浩天的标签，任何的男人都休想对你再有非分之想。"

陈晨笑："和你玩笑呢，你就把这些歪心思，全部用来对付你的客户吧。不过，说真的，我这位做出版的朋友，除了嘴巴有点儿贫，还真长得一表人才，并且，他还特有才华。可是，不知道怎么搞的，到现在还一直剩男一名，光棍儿一根，一个人挺没意思地耗着。"

听陈晨这么说，宋浩天的心里，还真有点儿小小的醋意："看你兴奋的，我就说嘛，肯定是一大帅。你可要给我乖乖的哦，不许越雷池半步。"

陈晨笑："放心吧，你就赶紧挖空心思对付你的客户。我现在起床，准备下就走。对了，书马上就可以印刷出厂，如果顺利，我想让你陪我一起去做《失恋刻录店》的全国巡展。"

宋浩天一脸甜蜜："这个，没有问题，必须的。"

2

郭芙蓉从宋浩天爸妈那儿出来，就感到胸口一阵接一阵地钝疼闷气，而且呼吸困难，四肢麻木、瘫软。勉强挣扎着乘车回到家里，郭芙蓉已是脸色惨白，虚汗淋漓。

看到妈妈这个样子，郭伊然惊讶地大叫一声："妈妈，你这是怎么了？"

郭芙蓉痛苦地皱着眉头，向郭伊然摆了摆手，有气无力地说："这还不是被宋浩天的父母给气的。"

不敢多问，郭伊然赶忙把妈妈扶到床上休息。但是，躺下休息之后，郭芙蓉胸口钝疼闷气的症状，不但没有减轻，反而越来越重。郭伊然这才突然想到，妈妈近段儿时间，老说自己胸口闷气，隐隐作痛，会不会是妈妈的心脏出了什么毛病？不容多想，郭伊然赶紧叫了辆车，把妈妈送到了医院。

医院诊断：心肌缺血。医生说，如果送来得晚，很有可能会有生命的危险。好在，郭芙蓉的心肌缺血属于突发性的。经过医生的及时抢救，很快也就脱离了险情。疼痛闷气、四肢麻木的症状也很快消失，只需要在医院观察静养几天，也就可以出院回家。

看妈妈的病情，基本稳定下来，郭伊然这才恨恨地给宋浩天打电话。

听说郭芙蓉被父母气病住院，宋浩天心里一惊，不禁思绪如麻。尽管他对郭芙蓉不和自己打个招呼，就擅自去找妈妈谈判的行为，颇为反感；尽管，爸妈告诉过自己，郭芙蓉来找他们，想要他和郭伊然重新和好，问自己什么想法，他已经和爸妈表明态度，那根本就不可能；尽管，他知道此行将会危机重重。可是现在，毕竟是老人病了，要面对的还是要面对，他思前想后，还是放下手里的策划文案，急忙赶到了医院。

当宋浩天来到病房的时候，郭芙蓉正躺在病床上熟睡。而郭伊然，正低着头偷偷地在抹着眼泪。

几天不见，郭伊然的脸，竟然整整瘦了一大圈。宋浩天心里一疼，就走上前去，俯下身来低低地问郭伊然："妈妈她现在怎样？"

郭伊然强压住心头的愤恨和伤痛，说："你不都看到了，没什么大碍了。静养几天，就可以回家。但医生说，以后要尽量避免情绪激动。医生刚给妈妈用过镇静剂，她刚刚睡下，我们到外面说话。"

宋浩天机械地随郭伊然来到了病房的外面。看着满脸愤恨和伤痛的郭伊然，一时间，宋浩天却尴尬得无从开口。他甚至想让郭伊然大骂，或者打自己一顿，好让她发泄一下心头的愤恨。可是，郭伊然只是轻咬着嘴唇，一言不发。

尴尬了很久，宋浩天才说："伊然，实在抱歉。你别这么不吭声啊，想骂你就骂我吧。别这么憋着，我知道，为妈妈的病，你一定特别怨恨我。"

听宋浩天这么说，郭伊然心里一酸，眼睛也跟着发潮。她说："浩天，妈妈只是不想让我们再闹下去，才找你父母商量，是否我们两家都想想办法，把你借她的钱还她，然后，我们好好过自己的日子。可是，你父母却……"

宋浩天没等郭伊然说完，就打断了她的话："别说这个了伊然。这些，我都知道。你妈妈走后，我爸妈就打我电话，他们都告诉我了。可是，我父母说得也没错，我们都已经是成年人了，自己的事情，也不能老让父母操心对吧？我们的事情，还是我们自己解决的好。"

郭伊然心里一惊，问："那你什么意思？"

宋浩天反问："发生了这么多的事儿，你感觉我们还有可能吗？"

什么？郭伊然一下呆愣。她原以为，宋浩天还在爱着自己。原来，这一切，也只不过是自己的一种臆想。那一刻，郭伊然只感到天旋地转，呼吸困难，心口也开始猛烈地抽疼。

时间，仿佛一下静止。周围的一切，在郭伊然的眼前，也瞬间成了一片空白。

许久之后，郭伊然才如梦初醒似的，想起来问宋浩天："浩天，我想问你，我们怎么没有可能？我们一起同甘共苦这么多年，我们一直都那么相爱。”

宋浩天叹了口气，说：“不错，我们是很相爱，也曾经把对方看做自己的一切。可是，时间也会改变模糊一切。只可惜，那些过往的美好，都已经成为美好的回忆。”

郭伊然强忍住的眼泪，终于从她的眼睛里喷涌而出，晶莹剔透的，一颗一颗滴落在她的脸颊上。

她说：“浩天，我明白了。可是，我还想知道，在于北北的婚礼上，你为什么丢下陈晨她不管不顾，一路追我到家里？”

宋浩天艰涩地说：“我不是已经告诉过你，我是希望你能够明白，我宋浩天向来明人不做暗事，真不是让你当众出丑，故意要你难堪。”

郭伊然一脸惨笑：“难道真的就为这个？你就不顾她心里的感受，一直追过来？不，不可能，不是这样的。你在说谎，你是担心我受不了那样的打击对不对？浩天，我知道你对我好，也知道自己太过固执任性，也只有你，才一直这么迁就我。你把她丢在一边，追过来跟我道歉，就说明在你的心里，还一直放心不下我。对不对？”

看郭伊然如此纠缠不清，宋浩天狠了狠心，说：“伊然，别说那么多了。一切都已经过去，再提也就没意思了。”

郭伊然却满眼含泪地坚持：“浩天，你把她丢在一边，追过来跟我道歉，就说明在你心里，爱我比她更多，对不对？浩天，你告诉我，既然这样，你为什么不敢面对你真实的内心？”

宋浩天突然间感觉可笑，一时间，他搞不明白，郭伊然这都什么逻辑。但是，宋浩天现在已经没有兴趣明白了。他再也没有心情来解读眼前这个，曾经让他疼爱到就像自己生命一样的女人。他感觉自己累了，真的累了。他再也没有当年的心境和激情。他只想一切都变得简单自然，不那么顶针较劲儿。他只想和陈晨一起，宁静恬淡，苦守岁月。

于是，宋浩天淡然一笑，对郭伊然说：“伊然，希望你别老揪住过去，和自己较劲儿。我不敢面对自己真实的内心？如果你真这样认为，真要听我真实的内心，那我就告诉你。我之所以把她丢在一边，追到你家里向你道歉，不只是因为我们曾经那么相爱，我不忍心你受到伤害，担心你做出什么过激的行为。更因为，陈晨她理解我不会怪我，她比你更加善解人意和大度。”

什么？她比我更加善解人意和大度？郭伊然的脸，一下煞白。仿佛有股刺骨的寒风，一下从郭伊然的心中刮过。极度的心寒，加上强烈的嫉妒，使郭伊然瞬间失去了思维和理智。

她说：“好啊宋浩天，原来是这样。我明白了，我终于明白了，你和陈晨她早就勾搭在一起。我还一直以为，你还爱我。宋浩天，我现在明确地告诉你，这婚，我郭伊然不离了。”

这些天来，宋浩天最害怕听到的话，终于听到，最害怕面对的现实，终于出现。以至,宋浩天呆愣半天,才有气无力地对郭伊然说:“伊然,当初,不是你一再坚持离婚吗？你怎么能这样地出尔反尔？”

郭伊然咬牙切齿:“不错,当初是我坚持离婚。可是,套用你刚才的话,时间,可以改变模糊一切。宋浩天,我现在再明确地告诉你一次,我不离了。房子，在法律上有我的一半。你不是也和我说过，那一半，永远都是我的，我可以永远地住下去吗？明天，我就收拾东西，搬回去住。”

3

幸福甜蜜的时光,总是过得飞快。尽管,在这段蜜月般的幸福时光里,于北北和她的小眼睛老公苏大鹏，不只一次地提起郭伊然。

他们为郭伊然担心叫屈，为郑子健的卑鄙无耻而感叹。可现实，就是这么残酷地不能和人们的意愿合拍。他们也只能在心里,发发感慨而已,现实中，却束手无策，爱莫能助。

因而，蜜月结束一回到家里，于北北就马上电话郭伊然：“伊然，我回来了。你现在怎样啊？真想死我了，你在哪里？方便不？我现在就去找你。”

郭伊然一听于北北回来，就像突然间抓到了一根救命的稻草。她说：“北北，你总算回来啦。告诉你，我已经决定，不离婚了。现在，我已搬回家里住。”

于北北一听，心想，这样最好。宋浩天除了在金钱上不能满足郭伊然任意挥霍腐败，但对郭伊然的宠爱，有目共睹，还真没得说。况且，郭伊然也不是什么特别拜金的腐女。于是说：“这样好啊，忘掉不快，重新开始。这样，我也就不再为你牵肠挂肚了。嘿嘿，搞了这么多的小插曲儿，也算是皆大欢喜。”

郭伊然惨笑：“好什么啊好。问题的关键是，我不同意离婚了，哈哈，宋浩天他反倒造反，死不同意。北北，我也不怕你笑话，搬回家住这段儿时间，我们一直在冷战。他一直对我不理不睬，形同陌路。北北，你回来得正好，我再也无法忍受这样的日子了，与其这样熬煎，真还不如去死。现在，我有个重要的决定，正要找你。”

“看你都说些什么啊，什么不怕笑话？我们之间谁笑话谁啊！怎么突然之间，变得如此文绉绉、酸溜溜的，几乎不像以前的你了，简直让我无从适应。我告你，狐朋狗友就不必客气，你和我客气个屁。只要你不怪我乱给你参谋就好。好了，你等着，我马上过去。”看来，情况比自己想的还要复杂，于北北放下电话，就直奔郭伊然那里。

但让于北北没有想到的是，郭伊然的重要决定，竟然是去见识一下那个勾走宋浩天魂儿的御姐陈晨。于北北问郭伊然：“你去见她干吗？求她？还是羞辱她？你这根本就是自讨没趣儿。”

“怎么就自讨没趣儿？我偏要去会会她，我郭伊然就是咽不下这口气。”郭伊然一脸坚决。

于北北瞪了郭伊然一眼：“你又犯傻？亏你还是我于北北的狐朋狗友，怎么如此傻瓜冲动？你想啊，你自己都管不住自己的老公，却去找她。你这不明摆着自己无能吗？这样，不但会增添她的嚣张气焰，甚至很有可能，招来她的一番冷嘲热讽。而且这样，还会让宋浩天更加烦你，得不偿失。”

郭伊然说：“那就任她这样乘人之危，兴风作浪？”

于北北说：“伊然，不是我说你，你别嫌不好听啊。你最致命的弱点，也就是固执任性。我虽说有点儿拜金俗气，但我遇墙知道拐弯儿，遇河知道搭桥。明确知道自己心里真正想要什么。找到自己的目标，我就会一下紧紧地抓住。一旦发现错了，就会毫不拖泥带水地抛弃。就像放弃宋浩天的那个董事长王博，我绝不犹豫。可你呢？”

郭伊然问：“那你的意思，就让我这样地放弃宋浩天？”

于北北说：“当然不是。我的意思是让你不要这么冲动，多动动自己的脑子。纵然你一定要去找这个女人，也一定要先研究研究她的性格弱点，你只有掌握了她的致命弱点，才好有的放矢，一举击败对方。对了，你对这个女人了解多少？说来听听，我帮你分析参考。”

郭伊然不禁愣愣地看着于北北，心想，看她平时和自己一脸的嘻嘻哈哈，整天没个正型儿，说得倒有几分在理儿。于是，郭伊然就说：“说实在话，我真还蛮嫉妒她。这个女人，虽说有钱，却看起来挺低调的，并没有沾染上有钱人的一贯嚣张和铜臭，好像还蛮清丽脱尘。一看，就一知性美女。”

于北北笑：“嘿嘿，这就对了。我和你说吧，知性的女人，一般说来大都知书明理。但一般也大都蛮爱面子。知道不？面子，就是她们的软肋。你就要找准她这个软肋，一剑刺去。这样，纵然不至于一剑封喉，至少也会让她血流满地，奄奄一息。哎，这么一说，听起来怎么像是我们在图谋不轨，谋财害命啊。哈哈，我竟然成了你的狗头军师，外加无耻的帮凶。”

郭伊然也被于北北的这一番高谈阔论给逗乐，她笑着说：“什么图谋不轨，谋财害命？你能不能正经点儿，我们这是正当防卫，在打一场轰轰烈烈的婚姻保卫战。”

于北北说："对对对，人不犯我，我不犯人。人若犯我，我必将加倍还击。你想吧，掰大道理你很有可能掰不过她，但也不能和她胡搅蛮缠让她不屑，而且，还要一剑刺去命中她的软肋。这其间的度，你就自己好好地拿捏把握吧。"

4

和杜飞一起去看过书的样片以后，陈晨的《失恋刻录店》很快也就印刷出厂。

书做得精美大气，令陈晨相当满意。封面是紫色调的，由淡淡的浅紫，缓缓过渡渐变为凝重的紫蓝。在这渐变的紫蓝色调上，是一台泛黄怀旧的老式留声机。简约，有味道，醒目，散发着淡淡的墨香。

此刻，陈晨依偎在宋浩天的怀里。她轻摸着手里的书，双眼放彩，满眼睛的甜蜜和憧憬。她说："浩天，我这宏伟计划的前期工程，总算顺利完工。我想，下个月初，就开始做《失恋刻录店》的全国巡展。你说过要陪我一起去，现在，你们公司业务繁忙，你看是否有时间脱得开身？"

宋浩天笑着调侃："放心，君无戏言。我说过陪你一起去，当然就一定陪你。何况，我才不放心让你独自一人，如一叶浮萍，凄凄苦苦，孤孤单单地满世界乱闯乱飞。你想啊，山高水远，前路漫漫，你如果遇到坏人，被劫个财或者色，我可怎么办。哈哈，我待会儿回去就和徐涛那小子商量，我要休假，陪你一起巡展观光。你看怎样？"

陈晨说："能脱开身陪我一起，当然好。但是，你要知道，这次巡展，我们已初步选定了 8 个城市。我粗略地算了一下，最快大概也要半个多月的时间。我就担心，这么长时间，徐涛会因为这段儿业务繁忙，在心里不很乐意放你。"

宋浩天说："你就别担心了，不可能的事儿，根本就没有问题。你还不知道徐涛和我的关系，形同兄弟。他一定会支持我们的。"

陈晨听得满心欢喜，她这才一脸娇羞地看了宋浩天一眼，说："看你刚才说的，什么满世界乱飞乱闯，不都有各地媒体给保驾护航，宣传报道吗。哈哈，你说，他们为什么都对这个活动特有兴趣？”

宋浩天笑：“那还不是你这个创意特别啊，而且还特有意义。要不，我怎么说你头脑聪明，胸大更有脑。如果没有特色和新闻价值，人家才懒得理你。”

听宋浩天这么说，陈晨就得意地在宋浩天的下巴上，甜蜜蜜地亲了一下。她说：“还是我聪明对吧？对了浩天，你这就赶紧回去。我现在抓紧时间，再联系下外地的媒体朋友，把我们具体的时间行程，给确定下来。然后，这两天，我再把书中选用藏品者的样书，给他们寄出去。你的任务，是回去以后，抓紧时间把你手边的工作做下安排部署。”

宋浩天冲陈晨坏坏地笑笑。然后，他伸开强而有力的双臂，紧紧地环住了陈晨，狠劲儿抱住了她。可能，宋浩天用力过大过猛。一时间，陈晨只感到呼吸困难，和宋浩天紧紧贴在一起的胸部，被宋浩天挤压得生疼。她娇喘连连地求饶：“你想抱死我啊，快放开我，大坏蛋。”

宋浩天不放，他紧紧地抱着她和她调戏：“陈晨，你什么人啊，你这不赶我走吗。我就搞不明白，你怎么老在关键的时候，就赶我走啊？我今天偏不，我就不放开，看你以后还敢不敢再赶我走。我就要这样和你贴着身子，紧紧密密地赖在一起。”说着，宋浩天就偏过脑袋，用自己的嘴巴去捕捉陈晨的嘴唇。

看宋浩天如此地赖皮好玩儿，陈晨真想抛开所有的一切，所有的烦杂，和眼前的这个男人，从心灵到躯体，真真正正、彻彻底底地融合在一起。任它风言风语，世故世俗，任它风云变幻，世事无常，直到时间停顿，天荒地老。

但是，陈晨不能。冥冥之中，她总感觉，这一切的美好，就好像是一场美丽易碎的梦境。使她每一次想靠近它，都会有种莫名其妙的伤感和心碎。以至使陈晨，怎么都不敢轻易地去碰触，去靠近。何况，眼前的巡展，时间真的很赶。

于是，陈晨也就强忍住对宋浩天的一腔真情和渴望，一边躲闪，一边故意装作若无其事地笑着说："傻瓜，听话，你赶快回去吧。刻录店的巡展，可是我们的伟大创举，时间真的很赶。以后，我们赖在一起的时间，还长呢。"

让陈晨没有想到的是，宋浩天刚走没过多久，她就听到有人敲门。

陈晨伸了个大大的懒腰，会是谁呢？难道是宋浩天又折回来了？这个坏蛋。这样想着，陈晨就睡眼惺忪地从电脑桌前站起身来，前去开门。可当陈晨打开房门，却一下子愣住。门口站着的，竟然是宋浩天的妻子郭伊然。

5

怎么会是郭伊然啊？她怎么来了？不会是来找茬闹事儿的吧？一连串的疑问，使陈晨呆愣在那儿。一时间，她大脑乱得像团麻，不知该说什么才好。

看陈晨呆愣的样子，郭伊然不禁得意地笑了，她说："陈姐你好，我想，我不必自我介绍，你也应该知道我是谁。不过，出于礼节和尊重，我还是先和你自我介绍一下，我是宋浩天的妻子郭伊然。"

听郭伊然这么说，陈晨这才蓦然间从呆愣中惊醒过来。她知道来者肯定不善，但见郭伊然说话还算客气分寸，也就微微一笑，落落大方地说："伊然你好。我知道的，我们曾经见过。虽然一直没有机会好好聊聊，但也算是老朋友了。你来什么事儿？请进来说话。"

郭伊然也不客气，随陈晨来到了客厅。

陈晨说："伊然你先坐会儿，我去给你倒水。"

郭伊然在沙发上坐下，说："陈姐，你不必麻烦，我坐会儿马上就走。很感谢你借给我们房子首付的钱，我和宋浩天一直感激不尽。早该来看望你的，却一直没来，实在抱歉。还望你多多原谅，私下不要怪罪。"

陈晨笑道："哪里的话，看你都说些什么，都过去的事情了，你还提它干吗。”

郭伊然柳眉一挑，说：“怎能不提？陈姐，你的大恩大惠，我和浩天一直铭记在心，不敢相忘。但是陈姐，你不能依仗着自己的这点儿钱，就明修栈道，暗度陈仓对吧？”

这都什么话！听郭伊然这么说，陈晨心里一惊，不由得一阵恼火直冲脑门。但她强压住自己心中的恼怒，仍然淡淡地一笑，问郭伊然：“伊然，你这话什么意思？想说什么你就直说，别绕来绕去地费神劳心。”

郭伊然一脸讥讽：“我什么意思，难道陈姐你心里还不清楚？我看陈姐你有品有位地知书达理，更是一位聪明之人，怎么放着清楚你装糊涂？我来问你，宋浩天是不是刚才还在你这儿？你们究竟做了些什么，我想，我也不必说了，你心里比我更清楚。可是陈姐，你总不能因为你的大恩大惠借钱给我们，就破坏我们夫妻的感情吧？我今天之所以来找你，就是希望你能明白这些，做到洁身自爱，还我们家庭一份安宁。”

陈晨不由得倒抽一口凉气，心想，哪有她这么说话做事儿的？明明是她自己闹着要和宋浩天离婚，现在却来兴师问罪。她这不纯粹胡搅蛮缠，倒打一耙吗？

一时间，陈晨差点没被郭伊然气晕过去。但她必须强迫自己镇定下来，她莞尔一笑，说：“什么？破坏你们夫妻感情？伊然，当初是你坚持和宋浩天离婚的。还请你说话要尊重事实，不要妄自菲薄，颠倒黑白。”

“尊重事实？”郭伊然一脸不屑：“不错，是我坚持离婚，可我们离了没有？没有离对吧。亏你还一知性美女，我们还没离婚，你就明目张胆地勾引我的老公，和他出入成双，这完全就是乘人之危，无耻程度已经上升到小三。”

什么？我无耻小三？陈晨生平最恨小三，她的婚姻，就是毁于无耻的小三。陈晨怎么也没有想到，自己竟然也有这么一天，被郭伊然这样骂为小三。心痛，屈辱，连同愤怒，一时间，一股脑儿地向陈晨挤压过来，使陈晨终于忍无可忍。

她一脸鄙视地盯着郭伊然，反唇相讥："伊然，请你说话放尊重一点儿。既然你没有离婚，怎么就公然搬到郑子健那儿去住？如果不是你这样闹腾，宋浩天怎么又会移情别恋？人说话做事儿要凭良心。你不会是因为郑子健把你甩了，心理失去平衡，才跑来我这里发疯的吧？"

几句话，把郭伊然精心伪装起来的一副傲慢，彻底击碎。郭伊然的精神防线也在顷刻之间，坍塌崩溃。

她几乎疯了一般，噌地一下从沙发上弹跳起来，用手指着陈晨，颤抖着双唇，咬牙切齿地说："陈晨，你别以为我什么都不明白。你当初背着我借钱给宋浩天，就根本没安好心。你们之间，早就不清不白。如果不是你这样暗中作梗，我和浩天怎会闹成现在这个样子？"

还真能污蔑，简直没事找抽，颠倒黑白。一时间，陈晨真想一耳光狠狠地扇在郭伊然的脸上。

但是，陈晨没有。她告诉自己不能感情用事，她只是极力控制住自己想要抽郭伊然的冲动，满脸鄙视地盯着郭伊然，一字一句地说："郭伊然，你还真够无耻。你不但侮辱了我陈晨，你也侮辱了宋浩天。你知道吗？你这样不明事理，胡搅蛮缠，根本就不配宋浩天爱你。你，现在就给我出去，我不想和你说话，我再也不想看到你。"

郭伊然说："好好好，你以为我想看到你啊？你以为宋浩天真的爱你？天真幼稚，做你的春秋大梦。我这就走，但是，在走之前，我还是要告诉你陈晨，我爱宋浩天，宋浩天也爱我。我们从大学相恋到结婚，整整8年，并不是你一朝一夕，就可以轻易破坏和取代的。陈晨，我恨你，我不会让你夺走宋浩天的。你给我记住，我郭伊然死也不会让你的阴谋得逞。不信，来日方长，咱就走着瞧。"

说着，郭伊然再也控制不住自己，任泪水狂乱地流了一脸。她狠劲地擦了一下不争气的眼泪，用饱含着泪水的双眼，轻蔑地看陈晨一眼，愤然地转身离开。

6

覆巢之下，岂有完卵？此乃两败俱伤。

陈晨在郭伊然离开的瞬间，双腿一软，一下便瘫软在沙发上。她的眼泪，也在顷刻之间，如同决堤的洪水猛兽一般，铺天盖地，绵延不绝。

可事情也就是如此的囧，正在此时，杜飞却偏偏不识时务地打来电话。

他不明就里，拿着电话就是一阵狂轰滥炸。

他说："陈晨，我有件事儿要告诉你。我在潮州报社的一哥们，被邀兼任一家网站的频道编辑。他听说你的巡展活动，感觉蛮好，就想在网上做个全程的追踪报道。问你是否可以合作？如果可以，希望你能把每到一处的活动盛况，给拍摄下来，并配以简短的说明文字，通过邮件给他发送过去。他还让我问你，此次巡展，能否把潮州定为其中的一站。如果能，他一定在潮州翘首企盼，恭候美女你的到来。"

杜飞在电话里说了这么大半天，却不见陈晨半点儿回应，就问："陈晨，你在干吗？愣什么神儿啊，你倒是听没听清我说的话啊？你感觉怎样？我感觉这事儿不错，可行。如果你怕拍照配文麻烦，我可以陪你一起去，无偿做你的助理。要知道，现在什么都是眼球效应，什么不都得在网上炒炒晒晒。当然，你的失恋刻录店，在网上已经够红够火。但是，咱不是越红越不嫌红，越火越不嫌吗。难道现在，谁还怕出名不成？"

听杜飞这么满腔热情，陈晨只好强忍住自己的伤痛和眼泪，说："好。谢谢你杜飞。我听清楚了，也都知道了。我考虑一下，再给你电话吧。"

尽管，陈晨极力克制着自己的情绪，但杜飞还是听出了其中的谬端。他心里一惊，马上一脸关切地问她："陈晨，你现在在哪里？我怎么感觉，你说话的音调好像不对劲儿呢？你在哭吗？发生了什么，你快告诉我啊。"

陈晨深深地吸了一口气，她捂住嘴巴，偷偷地清了清嗓子，说："没有。我在家呢，挺好的，什么都没发生。"

杜飞说："你骗人。还说没哭，你自己听听你的声音。"

陈晨说:“自己能听自己的声音吗？杜飞，你就别闹了。我可能有点儿感冒，说话鼻音太重。没事儿我就先挂了。”

“别挂。你胡说,你分明在哭。快告诉我,到底发生了什么？宋浩天呢？你想急死我啊你。”杜飞步步逼问。

“别……别提他了……”被杜飞这样穷追不舍地一再逼问，陈晨好不容易伪装起来的强颜欢笑，终于全线崩溃，她再也克制不住地声泪俱下。

听见陈晨在电话里一阵压抑地呜呜咽咽，杜飞立刻嗔怪她道:“还说没事儿，我就知道你在哭。陈晨，你在家等我，我这就过去。”

第二十五章 ● 善有善终，恶有恶报

1

送走了最后一位客户，宋浩天终于拖着疲惫不堪的身躯，离开公司回家。

路过小区门口的一家小超市，宋浩天走了进去。他随手在货物架上取了一提康师傅的红烧牛肉方便面。想了想，他又走到货架的一边儿，从货架上拿了几枚乡巴佬咸蛋，几袋尖椒凤爪，连同一瓶北京二锅头。

这些天来，宋浩天的晚餐，几乎都是与康师傅为伍。难得今天心情还算可以，他就加了这么几样小东东，准备小醉一番，也好忽略郭伊然那张阴晴不定、阴阳怪气的脸，好好地睡上一觉。

可那天说来也怪，宋浩天一进家门，就闻到了一股扑鼻的香味儿。寻着香味儿一路看将过去，宋浩天就看到餐桌上，竟然红红绿绿地摆放着几盘诱人胃口的美味菜肴。接着，郭伊然就系个小花围裙，笑眯眯地端着碗热气腾腾的汤，从厨房里飘出。

怎么搞的？这情景怎么貌似他和郭伊然的新婚蜜月？难道时光倒流？还是出现了童话故事里的现实版田螺姑娘？这小酒还没喝呢，怎么就晕晕乎乎，出现幻觉，甚至时光错位？

看宋浩天提溜着一提方便面傻愣着，郭伊然就飘在他的近前，她盯着他那提方便面笑道：“宋浩天啊宋浩天，你晚饭还准备拿这个瞎凑合？依我看啊，再这样吃下去，非把你自己也吃成软不拉唧的泡面。”

宋浩天这才如梦初醒，面对郭伊然这说不清楚是冷讽还是热潮的问话，他结结巴巴地有点儿说不成调儿：“哦，就随便填填肚子而已。我中午在公司海撮一顿儿，到现在还不很饿。怎么，你今天宴请贵宾还是怎么着？如果是宴请贵宾，要不要我今晚出去躲躲，好给你们腾腾地儿，尽兴地闹腾？”

郭伊然白了宋浩天一眼，并没有搭理宋浩天的话茬儿，却诡秘地冲宋浩天笑笑，一脸神秘兮兮地把手里端着的那碗香气扑鼻的热汤，送到了宋浩天眼前，问他：“你看，这是什么？”

宋浩天忍着口水，瞥了一眼，没有好气地说：“不就一碗汤吗，有什么好看的。”

郭伊然说：“你什么眼神儿，这不是一碗平平常常的汤，这可是一碗最最正宗的法式牛腩浓汤。宋浩天，你还记得我们刚结婚那阵儿不？我想给你大露一手我的厨艺，就在网上现学现卖，曾给你做过一碗这样的法式牛腩汤。不过，因洋酒太贵，我那时候不舍得买，就在咱家楼下的小超市里，偷工减料地买了蒙古口杯来冒充。”

宋浩天想起来，他怎么会忘记啊。那是他和郭伊然刚刚结婚不久，天天为还房贷拼命地工作，连同节衣缩食。那个时候，虽然生活清苦，自己也没少和伊然吵嘴闹气，还经常为几毛钱的青菜豆腐，算来算去。但却感觉，生活得分外充实、好玩儿和甜蜜。

想到此，宋浩天的心里，竟然泛起一阵暖暖的涟漪，他不禁接口和郭伊然玩笑说：“怎么会不记得，可是，你那汤的口感，真是不敢恭维，竟然差到难以下咽。我也就尝了那么一口，就赶忙跑洗手间吐掉，说什么也不敢再喝。怎么？你今天又想拿这个来毒我？”

郭伊然笑：“毒你？亏你说得出口。我只不过是想完成我那天没完成的心愿而已。好让你彻底明白，我郭伊然如果不是为了节省那点儿钱，厨艺那是相当地了得。所以嘛，今天我们局里发了奖金，我就特意去买了瓶真正的法国洋酒人头马，重新再做一次，给你尝尝。”

给我尝尝？宋浩天感到纳闷纠结。自从郭伊然搬回家来住以后，就一直冷讽热潮地和自己冷战。她不是说要和自己冷战到底吗？今天，她这是怎么了？难道，她又改变冷讽热潮的冷战方针，对自己实施糖衣炮弹，想用过去的一切美好，来诱惑自己浪子回头，回心转意？

不成，我才不上她的贼船。婚姻是两个人的事儿，必须相互理解和谦让，哪能她郭伊然说离就离，说不离就和好？难道就她一个人说了算？我是个男人，我有男人的自尊啊，我不可能总被她牵着鼻子走。何况，阴差阳错，彼此已经闹到这个地步，说什么也回不到那些美好的过去。这婚，我宋浩天是离定了。

想着这些，宋浩天不禁一阵心烦。他刚刚被勾起的美好回忆，也在瞬间烟消云散。于是，宋浩天也就冲郭伊然淡然一笑，而后，不冷不热地说：“伊然，岁月不可能倒流。过去的美好，也只能永远地成为过去。你这个汤，我实在是消受不起，我还是去厨房，整我的泡面好了。”

可事情偏偏也就这么奇怪。听宋浩天说得这么无情无义，郭伊然不但没有生气，反而笑得更加诡秘。

她说：“浩天，其实，你误会了我的一片好意。我要你喝这个汤，以及今天这顿我亲自下厨准备的饭局，不只是想要完成我以前没有完成的心愿，更重要的是，还有一个大快人心的消息要告诉你。我特想和你一起淋漓尽致地庆贺一番。这汤，你今天还要不要喝？”

2

“什么大快人心的消息？”宋浩天不禁停下了迈向厨房的脚步。他扭转身来，吃惊地盯住郭伊然问。

郭伊然说：“你想不到吧，郑子健那个混蛋，因行贿被抓。他卑鄙无耻，贪得无厌，不择手段，坏事干绝。这次被抓，真是上天有眼，罪有应得。浩天，你说，这算不算大快人心？是不是上天特意替我们惩罚了这个混蛋，终于给我们出了一口一直压在心头的恶气？”

宋浩天一听，先是一惊，接着，也便哈哈大笑。他大笑着说：“哈哈，真是大快人心。郑子健这丫，一贯依仗他老爸的关系和钱财，目空一切，简直十恶不赦。我看，他早就该被抓起来了。不过，你是怎么知道的，真的假的？这消息靠不靠谱？”

郭伊然说：“这种事儿，哪能有假，是于北北她亲口告诉我的。因为郑子健被抓，于北北的小眼睛老公苏大鹏和郑子健合作供应建筑玻璃的一大笔单子，也完全泡汤黄了。听于北北说，郑子健为了拿到工程项目，贿赂政府官员行贿 300 多万。为了达到少缴易地统建费的目的，郑子健还通过他老爸的关系，通过行贿和暗箱操作，少交易地统建费将近 700 万元。而且，他老爸以及公司其他涉案的高层，也一一相继被抓，依法追究刑事责任。哈哈，这下，他小子吃不了兜着走。他们郑家，也彻底地玩完歇菜。”

宋浩天笑：“君子爱财，取之有道。善有善终，恶有恶报。他们这完全是作茧自缚，罪有应得。”

郭伊然说：“可不是吗，上天还真是开眼，惩罚了这个混蛋。”

那天晚上，宋浩天和郭伊然，破例没有冷讽热嘲，他们一起和谐愉快地共进晚餐。虽然，彼此的心情，颇为微妙和复杂。

窗外，那棵购买新房的时候，他们都特别喜欢的大榕树，已经吐出了一片新绿。此刻，在银色的月光下，影影绰绰，斑斑驳驳。

3

徐涛舒舒服服地靠在椅背上，一边津津有味地看着刚下载的一部美国幽默大片，一边悠然自得地吐着烟圈儿。

当宋浩天敲门进来的时候，徐涛仍然眼睛不离电脑屏幕地说：“你来就来吧，还敲什么门。咱兄弟谁跟谁啊，装哪门子风雅礼貌，我呸。”说着，他给宋浩天扔过来一根香烟，拍了拍身边的沙发，说：“你小子来干吗啊？你那边闲了？很搞的片子，来，一起乐。”

看徐涛一脸的地痞流氓，没有一点儿正型，宋浩天就拿起桌上的鼠标，一下给他点了个暂停，说：“乐什么乐，我可没你如此的雅兴，我来是和你商量个事儿的。”

徐涛看宋浩天这架势，不觉一愣，问：“你紧张兮兮地到底要做什么？”

宋浩天在徐涛旁边的沙发上坐下，说：“我下个月初，准备休假。”

徐涛眯着一双眼睛，一脸的迷惑：“干好好的，你小子休什么假啊？何况，现在正是业务的高峰。什么叫高峰？你丫懂不？”

宋浩天说：“我当然懂。可下个月初，陈晨的《失恋刻录店》要做全国巡展。我答应过陪她一起去，咱堂堂的一个热血男儿，总不能自食其言吧？”

徐涛一听，一脸淫邪地笑：“哈哈，原来是去陪陈晨她旅游观光啊。好好好，这是好事儿，这个假，你可以休。”

宋浩天说：“什么叫旅游观光？你懂的，我们这可是正儿八经的事儿。怎么什么话，从你的嘴里一出来，就完全变了味儿。”

徐涛说：“我这不和你玩笑呢吗？急什么急。我看这个巡展嘛，也和游玩差不很多。何况，各地媒体，也都纷纷前去凑热闹宣传报道。你小子也可借此机会，大大地风光一回，露露你的那张小脸儿，多过瘾的美差啊！我看，简直比游玩还游玩。”

宋浩天笑：“我懒得理你，随便你怎么看，反正咱就这么说定了。我回去后，先好好整理一下最近的单子，做个系统的规划和安排。等做好了，我就把具体的方案，给刘小灿仔细交代下。”

徐涛说：“行，没有问题。”

宋浩天没有想到，徐涛答应得如此干脆利落，他嘿嘿一笑，说：“我说徐涛，通过我多日的观察，发现刘小灿这妞儿的工作能力还真不错。

虽然，她有点儿初出茅庐的嚣张和狂妄，但经常会在山穷水尽的时候，出其不意地来一柳暗花明的亮点。”

徐涛问：“刘小灿真这么神？”

宋浩天说：“说神当然有点儿夸张。不过，这就是特色和优势。年轻人嘛，不怕嚣张狂傲，就怕只会溜须拍马的，没有一点儿自己的想法。想法这东西蛮重要，我准备好好地栽培栽培这妞儿，让她成为我们公司的一朵奇葩。”

徐涛大笑：“哈哈。成，你自己看着办。”

说过，徐涛眼珠儿贼溜溜地一转，又接着说道：“对了浩天，如果有媒体宣传报道，在你露小脸儿的时候，可别忘记想方设法，拐弯抹角，哪怕八竿子也要拉上边地尽可能地给咱的婚庆策划公司也吹吹，顺便做个宣传。OK？”

宋浩天说：“那当然了，我也是这么想的。这个，你就放100个心，咱兄弟俩还真是想一块儿去了。”

4

从徐涛那儿回到办公室，宋浩天收拾了一下桌上的文案，也就兴高采烈地去找陈晨。他故意不给陈晨电话，想要给她一份意外的惊喜。

谁知，迎接宋浩天的，却无异于一场大劫难。

当宋浩天满脸亢奋地告诉陈晨说：“我已经和徐涛说过休假陪你巡展。激动死了，下个月初，我们就可以一起去实践你那伟大的创举，实现你的宏大的心愿。陈晨，告诉我，你高不高兴？”

陈晨却一脸落寞，她说：“浩天，我看不用了。其实，我要说的是，不用你陪我一起去巡展了。”

“什么？不用我陪你一起去？你这不纯粹开玩笑吗？我已经和徐涛他请好假了。你有没有搞错？还是我自己听错？”宋浩天以为陈晨在和她开玩笑，但看她脸色不对，就一脸迷惑地问。

陈晨极力地控制住自己内心的疼痛，装作一脸的若无其事。她轻描淡写地说："难道你真不知道？几天前，郭伊然来找过我，她走后，我想了很久……"

"郭伊然她来找过你？她来找你干吗？"宋浩天吃惊地打断了陈晨的话。

他怎么也没有想到，郭伊然竟然会背着自己，偷偷地来找陈晨。而且，出了这么大的状况，陈晨她竟然不声不响，也不给自己一个电话。看来，事情比自己想的还要糟糕。

陈晨说："郭伊然说，当初我借钱给你，就根本没安好心。我们之间，早就不清不白。如果不是我这样暗中作梗，你们也不会闹成现在这个样子。她还告诉我，你们从大学相恋到结婚，整整8年，并不是我一朝一夕就可以轻易破坏和取代的。她让我一定记住，她死也不会放手，让我的阴谋得逞。浩天，我一直想了很久很久，伊然她那么爱你，我们还是分开吧，趁现在还不太晚。"

她就是这么爱我的？当初是谁一直闹着离婚来着？是谁这么污蔑？简直是岂有此理，无中生有，无理取闹。宋浩天只感到有股热血，一下冲上自己的脑门。

天地良心，当初陈晨借钱给自己，纯粹是为了帮助自己，怎么就成了没安好心？郭伊然无论怎么侮辱自己都可以，但宋浩天绝不允许郭伊然这样地侮辱陈晨。可苍天在上，又有谁能相信他和陈晨之间曾经的清白？又有谁能明白，之所以闹成现在这个局面，还不都是她郭伊然推波助澜，一手造成？

在这一刻，宋浩天才真正地相信，世间的很多事情，明明你一清二白，但你却真的永远都解释不清。既然这样，那自己还顾忌什么，还解释什么。

想到此，宋浩天说："陈晨，我再也不想忍耐。你等我，我这就回去和郭伊然去办离婚手续。我真的是一天也不想忍耐了。"说着，宋浩天一下就拉开了房门。

陈晨连忙追了过去，她一把拉住了正要出门的宋浩天，说：“浩天，你别这么冲动好吗？你听我说。”

宋浩天疯了一般地甩开了陈晨，他说：“我不听，我现在什么都听不进去。陈晨，你别拦我。”

陈晨急了，说：“宋浩天，你就发疯去吧。我告诉你，就是你回去办好了离婚手续，我们也不可能真正幸幸福福地生活在一起。”

宋浩天一下被陈晨的话给镇住了。他像只突然泄了气的皮球，一下子瘫软在了那里。接着，就有一层水雾，慢慢地蒙上了宋浩天的眼睛。宋浩天用力地眨了下眼睛，不让自己的眼泪流出来，而后，他紧紧地把陈晨拥进了怀里。

他说：“陈晨，为什么？你告诉我，为什么我们不能在一起？你答应过嫁我，你为什么要反悔？为什么骗我。”

几天来，一直强忍着的眼泪，终于从陈晨的眼睛里涌流出来。

她说：“浩天，我没有骗你。我是答应过你，哪怕被世俗观念和别人的口水淹死，也要和你在一起。可是，当我听郭伊然说得那么决绝，我就明白，即使我们在一起，也不会得到安宁和幸福。”

宋浩天一下捂住了陈晨的嘴巴，说：“不，不要说这些丧气的话。我们会幸福的，你要相信我，也要相信你自己。”

陈晨轻轻地拿开了宋浩天的手，说：“浩天，你听我说。这根本不是相信不相信的问题，也不仅仅是姐弟恋的世俗观念问题。而是那天，我仿佛从郭伊然的眼睛里看到了曾经的自己。我明白一个决绝的女人，那种彻骨的仇恨和疼痛。我也知道那种彻骨的仇恨和疼痛，会使一个人彻彻底底变成一个不折不扣的疯子，会做出很多疯狂的事情来。既然明白这些，那就应该理智地及早放手。浩天，郭伊然那么爱你，你们又痴心相恋那么多年。万一郭伊然做出什么……你永远都不会原谅我和你自己。我真的害怕。浩天，其实，有时候，放手也是爱的一种方式。不是吗？”

宋浩天紧紧地拥着陈晨，他把自己的脸，紧贴着陈晨的脸。他满眼疼惜地说："陈晨，你永远只想着别人。可是，你是否为自己想过？为我想过？你明明知道我有多爱你，你竟然还能这么冷静，竟然还这么残酷。"

陈晨说："浩天，我没有只想着别人，我也不是残酷。只是，我明白这样下去，终将是两败俱伤，何不及早退出。你知道让我放弃这份爱，有多痛苦吗？我的痛苦并不比你的痛苦少一分一毫，但是，我必须这样做啊。浩天，我受过一次伤，再也不想再伤一次。"

宋浩天说："难道你放弃退出，就不伤吗？"

陈晨说："伤。但至少不是两败俱伤，至少不会酿成我们都不希望看到的悲剧。"

大悲无泪，大悟无言。缘来要惜，缘尽就放。宋浩天长长地仰天叹了口气，说："好吧。既然这样，那我也告诉你。陈晨，纵然你不再爱我，不再嫁我，我也要和郭伊然离婚。这婚，我是离定了，和你无关。好了，我想告诉你的，都已经告诉你了。陈晨，我突然感觉好累好疲惫，我想回去休息一下。你也休息，让我们都冷静一下，好好想想。"

第二十六章 ● 两个人的战争和玫瑰

1

话虽这么说，宋浩天却无论如何都无法冷静。他一出门，就急急忙忙招手拦了辆的士，怒气冲冲地赶到了家里。

见到郭伊然，宋浩天劈头就问："郭伊然，你去找陈晨了？咱俩闹腾还不够，你竟然偷偷跑去找她。真没看出，你还蛮本事哦，你感觉这样有意思没？"

郭伊然从陈晨那里回来，料定陈晨会告诉宋浩天自己上门找她，好让宋浩天来帮她出气。如果真是那样，郭伊然就决定和她死磕到底，哪怕来个鱼死网破。但是，左等右等几天过去，郭伊然看宋浩天根本就没什么反应，她心里不免想到，看来，宋浩天还是爱着自己。要不，自己那样上门侮辱陈晨，宋浩天不可能没一点儿反应。

因此，当宋浩天突然怒气冲冲地回来质问自己，郭伊然不觉一愣。但她很快镇静下来，一脸不屑地说道："我就去找她了，我去找她怎么了？是不是她向你告恶状啦？怎么？心疼了是不？自己无耻地破坏别人家庭，还好意思告状。"

宋浩天气得青筋暴突，咬牙切齿，他说："你……你……郭伊然，我最后再和你说一遍，我和陈晨之间是清白的。她当初借钱给我，完全是出于一片好心地帮我们，没你想的那么龌龊。”

郭伊然轻蔑地笑：“不龌龊你急什么急。龌龊不龌龊，她自己心里最清楚，并不是你说了算。如果不是她，我们能闹到现在这个地步？”

宋浩天狠狠地咬了咬牙，说：“好好好，郭伊然，我总算领教你了。随便你怎么想，随便你怎么说。我宋浩天再也不和你作任何的解释，我再也不想和你多说，哪怕一句话。走，我们现在就办离婚手续。”说着，宋浩天就去拉郭伊然的胳膊。

“怎么？为了这个女人，难道你还想强迫我，甚至打我不成？我就不去，你少来。宋浩天，我早和你说过，这婚我郭伊然不离了。”说着，郭伊然的胳膊，狠狠地那么一甩。由于气愤和用力，郭伊然这一甩，胳膊也就结结实实地撞到了宋浩天的胸口上。

再好脾气的人也会暴怒发狂，失去理智。兔子急了，还会咬人。钻心的疼痛，加上郭伊然的一脸骄横无理，以至宋浩天想都没想，不知怎的，一记响亮的耳光，就狠狠地打在了郭伊然的脸上。

这一耳光，简直太重了。郭伊然只感到眼冒金星，接连倒退了好几步。她摇晃了几下，终于没能站稳，重重地摔倒在地上。

郭伊然趴在地上，完全傻掉了。她甚至都忘记了疼痛和哭泣。半天，郭伊然才想起来哭闹，她一下从地上爬了起来，边哭边说：“好啊宋浩天，你居然打我，你竟然敢动手打我。我恨你，宋浩天，我永远都不会原谅你的。”

宋浩天说：“我就打你了。我告诉你郭伊然，你别欺人太甚，你别逼我急。离婚是你说的对吧，不离也是你说的。但是，我现在明确地告诉你，我们早已经分居，我们的夫妻关系，早已经名存实亡。我现在就搬公司去住，直到你同意去办离婚手续为止。”

说着，宋浩天头也不回，径直就向外走。郭伊然只感到天旋地转，她突然疯了似的，大哭着冲了过去，一把揪住了正要出门的宋浩天。她说：

“搬公司去住？说得好听！还不是去找你那个款姐？我今天就和你拼了，我今天就不让你去。”

宋浩天一边挣脱郭伊然的拉扯纠缠，一边如一只暴怒的雄狮：“放开我，我宋浩天还有脸面，还知道什么叫做廉耻。我不会像你那么下作轻浮，还没怎么着，就搬到郑子健给你准备的新房子去住。”

郭伊然只感到两眼发黑，大脑空白。她的精神世界，在那一刻，彻底地崩溃坍塌。她目光呆滞，眼神空洞，慢慢地放开了揪着宋浩天的手。她满脸泪痕地望着宋浩天良久，方才喃喃地说道：“好吧，宋浩天，你走，我让你走。记住，你今天走了，就永远不要回来。”

2

暮春的夜晚，繁星点点，满目清冽。各种混合的花香，夹杂着春天特有的气息，在朦胧的夜色里，静静地流泻。

一切，都显得那么的美好和谐，一切，都显得那么的富于诗情画意。可这美好的一切，却强烈地刺痛着宋浩天的眼睛。

直到宋浩天浑浑噩噩地来到公司，他这才突然发现，自己在和郭伊然打闹之中，一气之下，愤恨地摔门而出，竟然忘记了带公司的钥匙。

站在公司的门口，宋浩天说不出的颓败。回想今天所发生的一切，他竟有种做梦似的恍惚。宋浩天就这样恍恍惚惚，在公司的门口徘徊了一阵儿。没有办法，宋浩天只得垂头丧气地重新回家，去取钥匙。但是，当宋浩天拖着疲惫的身躯，终于回到家时，却怎么都敲不开房门。

怎么搞的？难道郭伊然没有在家？还是她赌气不给自己开门？不对啊，防盗门没有关牢，窗口的灯也亮着，郭伊然应该是在家里。郭伊然究竟在搞什么鬼？想着这些，宋浩天就拿出手机，拨打郭伊然的手机。可是，手机里一阵忙音，没人接听。

冥冥之中，宋浩天突然感到了一丝不祥。这不祥之感，来得毫无来由，但在此刻，却分外地真切和强烈。不容多想，宋浩天猛然用力，几下踹开了房门。

眼前的一幕，几乎让宋浩天晕倒。在空荡凌乱的客厅里，郭伊然紧闭着双眼，躺倒在一片血泊之中。她的手边，是他们新婚不久，一起去超市买的那把锋利的水果刀。一股暗红色的血，正从她割破的手腕上，蜿蜒流淌。

“伊然……”宋浩天大叫一声，扑了过去。他颤抖着双手抱住郭伊然，迅速拨打120急救电话。几分钟后，急救车已经赶到了宋浩天他们家的楼下。宋浩天急忙和救护医生一起，把郭伊然抬上了救护车。

虽然失血过多，但经过医院的紧急抢救，郭伊然的心脏，终于恢复了微弱的搏动。但是，因郭伊然大脑缺血缺氧过久，以至脑细胞受损，而丧失了意识。医院的医科专家集体会诊后，结论是如果不能尽快催醒她，很有可能，郭伊然就这样永远地失去记忆，而成为一个活着的植物人。

这个消息，对宋浩天来说，无异于晴天霹雳。他呆呆地望着如昏死过去，静静躺在病床上的郭伊然，心如刀绞，后悔莫及……

当郭芙蓉听到这个消息，她疯了一般地扑向宋浩天。她一把抓住他，对着宋浩天就是一阵叫骂捶打：“宋浩天，你个遭天杀的。你赔我女儿，你赔我的女儿啊。如果不是你，伊然她怎么会做傻事？宋浩天，我女儿哪点儿对不住你，你这个没有良心的混蛋，却逼她这样？今天……”

郭芙蓉的此番叫骂，在安静肃穆的医院里，无异于一颗突然炸响的闷雷。一时间，惊动了病房里的许多人，都纷纷出来围观。

值班的医生听到叫骂，也迅速赶了过来。看郭芙蓉这样近乎歇斯底里地大叫大闹，值班医生就走上前来，一把拦住郭芙蓉，说：“你知不知道，这里是医院。病人需要安静，你在这里大喊大闹什么？要闹，请你们回家去闹。”郭芙蓉这才气哼哼地放开了紧紧揪着的宋浩天。

当宋浩天的父母，急匆匆赶过来的时候，郭芙蓉已经恢复了正常的理性。但她一看到宋江和赵丽萍，就把脸偏转向了窗外，给他们俩一个冷冷的脊背。

宋江和赵丽萍，虽说对郭芙蓉有诸多不满，但他们看到昏睡在病床上的郭伊然，联想起上次郭芙蓉低下身段儿，去找他们商量谈判，遭到他们的冷讽热嘲，心里也很不是滋味。看郭芙蓉对他们不理不睬，赵丽萍就走过去，说："亲家，咱先不要赌气，赶紧想想办法，给孩子治病要紧。"

宋江则一脸焦急地拉过宋浩天，一直把他拉到了病房外面的走廊上，低声训斥："造孽啊，你们到底怎么搞的？我和你妈不很过问你和伊然的事儿，就是相信你们有自己的判断，有能力处理好你们的事情。结果……你说，怎么会搞成这个样子？"

宋浩天心里一酸，说："爸，我也没有想到，伊然她会这样……"

3

一连几天，宋浩天都一直守护在郭伊然的床边。

他不断地在郭伊然的耳边，轻轻地重复："伊然，我是浩天，你不认识我了吗？你说话啊伊然。伊然，只要你能开口说话，你说什么，我都听你的。"

郭伊然静静地躺在床上，眼神涣散，表情木然，她完全没有任何意识，真的是认不出宋浩天了。

几天后，主治医师把宋浩天叫去，告诉他："病人的情况不容乐观，作为家属，一定要好好帮助医生，帮她恢复记忆。常和她说说她以前喜欢的东西，兴许有救，但一定要坚持。"

宋浩天开始挖空心思，每天和郭伊然说话。阳光好的时候，他扶她一起到阳台上晒太阳。春日的阳光，暖洋洋的，他帮郭伊然一起回忆他们浪漫的过去。

郭伊然睡的时候，宋浩天就给她读他们大学时代，曾经喜欢的小说和诗句，来帮郭伊然恢复回忆。为了找到这些东西，宋浩天回家翻箱倒柜，终于找到几本他们大学时期，曾经一起读过的小说。

但是，一周过去了，郭伊然还是那样，眼神涣散，表情木然。有天早上，宋浩天看到自己家门前的花盆里，老爸种的几盆月季含苞欲放，正散发着淡淡的幽香。他灵机一动，就采了几朵。

来到医院，宋浩天就把刚采来的月季，轻轻地放在郭伊然的鼻子前，给她闻。

他说："伊然，你还记得这花吗？这是月季。你一定记得的，在你23岁生日的那天，我送你一份惊喜和意外，曾买来玫瑰送你。你却哭着说：一共99朵，这要浪费掉多少碗牛肉面啊。以后，不许我再胡乱花钱。我蛮可以在校园的小花圃里，偷摘些月季来冒充，反正它们长得蛮像。有买玫瑰这些钱，应该给自己买件外套。你还说，你看你看，天都凉了，我还是这件穿了又穿得破运动衣。伊然，你不知道，我当时的心情，真是又恨又爱。恨你辜负了我省吃俭用，精心为你准备的惊喜浪漫、爱情大餐；爱你勤俭朴素，对我无微不至的疼惜。伊然，你看到了吗，这是月季，它真的和玫瑰长得蛮像。我真的按你说的，摘了你说的月季来冒充玫瑰给你。伊然，这是只属于我们两个人的玫瑰，只属于我们两个人的秘密。伊然，你就用心地闻下，用心地看下，哪怕只一眼也好。"

郭伊然的眼睛，突然间闪动了一下。有一股水汽，慢慢地蒙上了她的眼睛。接着，她的嘴唇，微微地颤动，轻启："浩……天，是你吗？真的是你吗？"

"是我，是我啊，伊然。"宋浩天简直惊呆，他颤抖着双手，一下抱住了苏醒过来的郭伊然。

一朵灿烂的笑，绽放在郭伊然的脸上："浩天，我好像……好像做了一个好长好长的噩梦。我……突然感到好怕……又好幸福……我噩梦醒来，一睁眼就看见你。浩天，我爱你……"

"我知道，伊然，我也爱你，"说完，宋浩天就大声叫喊，"医生快来，伊然她苏醒了……"

4

郭伊然手腕上那道深深的伤口还没有好，严格地说，是刚刚拆线，还结着黑褐色的痂。

早上，医生查房时，给郭伊然做了一个全面的检查。主治医师一脸吃惊地说，郭伊然整体恢复得很快很好。她能这么快恢复记忆，简直不可思议。这应该归功于病人家属的全力配合，以及坚持不懈地悉心照顾。特别是宋浩天坚持每天和她说话，给她阅读她喜欢的书，来帮她回忆，起到了不可估量的作用。主治医师还说，再观察几天，如果没有什么问题的话，郭伊然就可以安心地出院了。

那天，阳光灿然，天空清澈，高远。待医生查房走后，宋浩天看着窗外，碧空如洗，满目青翠，就冲郭伊然说："伊然，我发现医院的后面，有个特漂亮的小草坪。你看今天的天气多好，我陪你到那里走走，出去透口气吧。"

郭伊然的眼睛亮晶晶的，她一脸甜蜜地冲宋浩天点头。宋浩天就陪郭伊然一起，来到了医院后面的小草坪上。

放眼草坪，满目清新碧绿。春天的阳光，暖烘烘的，透过树叶的缝隙，斑斑点点，碎金似的洒在宋浩天和郭伊然的身上。宋浩天坐在小草坪上，轻轻地揽着郭伊然暖暖的身体。他静静地看着怀里的这个女人，她目光清澈，长发散乱，脸色绯红，身体柔软。一起柔软的，还有宋浩天那颗曾经坚硬无比的心。

看宋浩天一直盯着自己，郭伊然就冲宋浩天赖皮地笑笑，说："看什么看，都老夫老妻了，怎么搞得跟初恋小青年似的，看得人不好意思了。对了浩天，你可要记住自己说过的话啊，只要我能恢复记忆，能和以前一样活蹦乱跳、健健康康，我说什么你都听。"

宋浩天就拍拍郭伊然的脸蛋，翘起自己厚厚的嘴唇，傻呵呵地笑。

郭伊然却把大眼睛一横，说："笑什么笑，不管你记不记得住，反正我是记得。你以后要敢自食其言，对我不好，再想那个女人的话，我就先把你杀死，然后，我再自杀。这样，纵然我到了天堂，也不再寂寞，也可以黏住你。”

宋浩天脸上的笑意，更深了。这是一个多么胡搅蛮缠、刁蛮无理，却又满脑子天真烂漫的小女人啊。

从外面的小草坪回到病房，宋浩天就那么决定，他要给陈晨打一个电话。发生了这么多意外，《失恋刻录店》巡展的事情，不知道陈晨她准备得怎么样了。她到底定在哪天出发？

他还想告诉陈晨，这些天来发生的这些事儿，实在是出乎了他的预料。风云变幻，世事无常，很多事情，也真的使人无法把控。也许，这就是所谓的命。

宋浩天也终于真正想明白了，陈晨放弃嫁给自己的良苦用心。他想请陈晨放心，自己不会辜负她的一片好心，一定好好地陪着伊然，直到永远。她也永远是他今生今世的一位红颜知己、知心姐姐。这次巡展，没有自己的陪同，希望陈晨，一定自己照顾好自己。

想着这些，宋浩天就向病房的外面走去。但是，恰在此刻，郭伊然突然叫住了宋浩天：“浩天，你去叫下医生啊。我突然感觉，眼睛有点儿酸疼，好像还有一点儿模糊，看不清楚东西。”

“是吗？”宋浩天心里一惊，连忙去值班室叫主治医生。医生经过一系列检查诊断，并没有什么异常。就告诉郭伊然不要过分担心和紧张，休息一下，很快就会好的。

医生走后，宋浩天仍然惦记着还没有给陈晨打的那个电话。他看了看靠在病床上的郭伊然，就找借口对郭伊然说：“伊然，你先躺着休息一会儿。我去外面一趟，给你买点儿水果，马上就回。”

郭伊然淘气地白了宋浩天一眼，说道：“买什么水果啊，我们马上就要出院了，这不还有水果吗。”

宋浩天说：“快躺下，听话。”

郭伊然顽皮地笑："嘿嘿，我就不让你去。再吃再睡，我就真成了一头名副其实肥猪。"

宋浩天看郭伊然一脸的霸道骄横，无奈，直得笑着说："成肥猪怎么了？你就是成了肥猪一头，我也喜欢。好好好，不去就不去吧。来，我给你读《茶花女》里的经典片段。"

说过，宋浩天就靠着床头，轻轻地揽过了郭伊然，动情地给她念《茶花女》里的经典片段……

5

宋浩天正念《茶花女》念得投入动情，忽然听到有人敲门。

宋浩天想都没想，就随口说道："谁啊，请进。"让宋浩天吃惊的是，推门而入的，竟然是一个陌生的男人。

看到宋浩天发愣，男人露出一个极为职业的微笑。他自我介绍说："我是欣欣花店的雇员，请问，你们是宋浩天先生和郭伊然女士吧？"

宋浩天点头。

男人说："有位女士订了束鲜花，特意让我亲手送给你们。"

难道会是陈晨？宋浩天心里不觉一惊，他连忙冲那个男人问道："那女士叫什么名字？"

男人说："她没有留下名字。不过，那女士蛮奇怪的。她本来和我一起来的，不知为何，站在门边隔着玻璃，向里面看了看，好像犹豫了片刻，很有意思地就突然不进来了。她告诉我，让我把这束花儿，一定亲手交给你们。"

"那她现在呢？"宋浩天一脸焦急地追问。

男人回答："她把这束花给我之后，转身就走了。"

宋浩天问："刚刚走的？"

男人说："刚刚，估计她还没有走远。对了，我差点忘记。刚才，那位女士曾在这里，写过一张什么纸条。好像，就放在这束花里。"

宋浩天赶忙接过了男人手里的那一大束洁白的百合。果然，在那束清香淡雅的百合花里，宋浩天和郭伊然，发现了一张叠得方方正正的纸条。纸条上面，工工整整地写道：

浩天、伊然：

我明天就要和好友杜飞一起去做《失恋刻录店》的巡展。

本想把这束美丽的百合，亲手送给你们，却不忍打扰你们的恩爱场面。只好拜托花店的专员，代我送上我深深的祝福：真心希望你们的爱情，能像这花儿一样，甜美、纯洁、心心相印、灿烂芬芳。

陈晨

宋浩天立刻拉起郭伊然，急急忙忙追了出去。但是，医院的走廊外面，空荡荡的，根本没有一个人影。他们就向外追去，一直追到了医院的门口，宋浩天和郭伊然，不觉一愣。他们看到，不远处的停车场里，陈晨正用她那纤细的手，拉开宝马车的车门。

宋浩天感到，有股湿热的东西，突然间滴落在了自己的手上。他侧脸一看，竟然是郭伊然那无声的眼泪。

宋浩天紧紧地握了一下郭伊然的手。他在心里告诉自己，宋浩天，你一定要挺住。曾经沧海难为水，除却巫山不是云。取次花丛懒回顾，半缘修道半缘君。没有什么大不了的，一切，都会成为过去。往事如烟，时间会尘封一切。但他还是鼻子一酸，不争气地任自己的泪水，流了一脸。

此刻，陈晨恰恰回转了头。她透过车窗的玻璃，正好看到了一起追出来的宋浩天和郭伊然。陈晨自嘲地笑了笑，缓缓地摇下了车窗的玻璃。

她微笑着冲他们挥了挥手，然后，毅然发动了她的那辆银色的宝马……

【上品读者明星俱乐部】

导演：把本书认真看完的读者，最有资格扮演书中的角色！

本书人物小传

【主要人物】

宋浩天:28岁左右。帅气，略带书卷气。性情纯善厚道，一脸坦然，但死爱面子，特固执，偶尔可爱地发个小呆，爆出一连串令人捧腹的冷笑话。颇有人缘，脚踏实地，敬业拼命，博士毕业后，应聘到一家私人传媒公司做策划总监。新婚不久，因被妻子误会，无奈分居。接着，遭遇传媒公司倒闭失业的打击，最终放下自己所谓的自尊和一纸博士文凭，自谋职业，加盟哥们儿徐涛的婚庆公司。后来，被红颜恩人陈晨含而不露的情感所打动。

郭伊然：28岁左右。宋浩天的大学同班同学，新婚妻子。率真甜美靓丽，但刁蛮任性，一根筋，遇问题容易冲动，不善沟通。大学毕业后，通过老妈多方努力进入政府机关，悠然自得地做着公务员。信奉爱情至上，不过分虚荣，崇尚甜甜蜜蜜的二人世界、安安静静的居家小日子。婚后因误会和宋浩天分居，陷入昔日追求者的爱情陷阱，后割腕自杀差点成为植物人才幡然醒悟。原来，自己一直以爱的名义，伤害着最爱自己的老公——宋浩天。

陈晨:33岁左右。曾经的报社首席美女记者，知性气质美女，个性独立另类，思想敏锐，感性和理性共存，满脑子理想梦幻，但从不做不靠谱的事。凡事认准就做，认真执着。嫁给赫赫有名的富二代公子哥，因小三搅局陷害企图投江，被宋浩天无意撞见相救后，为宋浩天的纯善坦然吸引，与宋浩天产生姐弟恋情。

于北北：28岁左右。郭伊然的大学同班同学，闺蜜。美艳性感张扬，活力四射，拜金女，快人快语。但世故机灵，遇事知道转弯儿，满脑子鬼点子、馊主意，有时好心办坏事。热衷在交际中争取资源，一心想找个钻石男，来个咸鱼大翻身，却因贪图虚荣陷入一场不堪恋情，差点被宋浩天的董事长王博金屋藏娇。知道实情后悬崖勒马，终于答应和一直追求她的“小眼睛暴发户”苏大鹏结婚。

郑子健：29岁左右。“高富帅”的富二代花花公子，郭伊然和宋浩天的大学校友。油头粉面、一脸霸气、狂妄无礼、心狠手辣、卑鄙无耻。大学期间，曾经追求郭伊然受辱，视宋浩天为情敌，一直对郭伊然和宋浩天耿耿于怀。后寻找机

会见缝插针，精心设下爱情圈套骗取郭伊然芳心，对郭伊然和宋浩天进行报复。终因参与房地产行贿以及暗箱操作被抓。

徐涛：29 岁左右。宋浩天从小一起混大的哥们儿，宋浩天失业后，加盟他的婚庆公司。机智幽默、油腔滑调、不拘小节，稍有大男子主义倾向，但对朋友仗义热情。老婆跟人跑后，不再相信有真的爱情，变得玩世不恭。发现陈晨很像自己的初恋，后对其抱有莫名好感。

【次要人物】

郭母郭芙蓉：55 岁左右。郭伊然的老妈，世故精明、爱慕虚荣、精于算计。早年丧夫，含辛茹苦把郭伊然养大，生怕女儿受半点儿委屈。

宋父宋江：55 岁左右。宋浩天的老爸，教师。乐观、豁达、随和，但稍有知识分子的小迂阔。一脸超然，两袖清风。

宋母赵丽萍：55 岁左右。宋浩天的老妈，教师。思想相对开明前卫，但较为清高，嘴不饶人。

王博：40 岁左右。宋浩天曾经所在公司的董事长，一个早期“海龟”。多才多金，商界精英，但好色。

吴淼淼：29 岁左右。宋浩天曾经的顶头上司，王博的情人。清丽痴情，精干却自负傲气。宁为玉碎，不为瓦全。后殉情自尽。

杜飞：30 岁左右。出版社编辑，被陈晨戏称“男闺蜜”。和女友分手时正巧与逃避宋浩天婚礼的陈晨相遇，和陈晨相谈甚欢成为好友后，暗恋陈晨。敏感、心细、腼腆，但有点儿娘。

苏大鹏：33 岁左右。于北北的老公，被于北北戏称为“小眼睛暴发户”。憨厚热心，没多少文化，自己创业打拼一家建材公司，对于北北言听计从。

【群众演员】

若干。

个人信息

姓名：　　　　　联系方式：

感兴趣的角色：主角（　　　）；配角（　　　）；群众演员。

档期（可以参与节目拍摄的时间）：

自我介绍：

（对本书角色感兴趣的读者请将以下相关信息发送至 Email：spxsg@sina.com，我们筛选合格后会直接通知您。）